Et toute la vie devant nous

DU MÊME AUTEUR

Je vais bien ne t'en fais pas
Le Dilettante, 2000 ; Pocket, 2001.

À l'ouest
Éditions de l'Olivier, 2001 ; Pocket, 2002.

Poids léger
Éditions de l'Olivier, 2002 ; Points, 2004.

Passer l'hiver
Éditions de l'Olivier, 2004 (Bourse Goncourt de la nouvelle) ; Points, 2005.

Falaises
Éditions de l'Olivier, 2005 ; Points, 2006.

À l'abri de rien
Éditions de l'Olivier, 2007 (prix France Télévisions, prix Populiste) ; Points, 2008.

Des vents contraires
Éditions de l'Olivier, 2008 (prix RTL/Lire) ; Points 2009.

Kyoto Limited Express
avec Arnaud Auzouy, Points, 2010.

Le Cœur régulier
Éditions de l'Olivier, 2010 ; Points, 2011.

Les Lisières
Flammarion, 2012 ; J'ai lu, 2013.

Peine perdue
Flammarion, 2014 ; J'ai lu, 2015.

La Renverse
Flammarion, 2016 ; J'ai lu, 2017.

Chanson de la ville silencieuse
Flammarion, 2018 ; J'ai lu, 2019.

Une partie de badminton
Flammarion, 2019 ; J'ai lu, 2020.

Tout peut s'oublier
Flammarion, 2021 ; J'ai lu, 2022.

Dessous les roses
Flammarion, 2022 ; J'ai lu, 2023.

Il ne se passe jamais rien ici
Flammarion, 2024 ; J'ai lu, 2025.

Olivier Adam

Et toute la vie devant nous

roman

Flammarion

Pour l'écriture de ce livre, l'auteur a bénéficié d'une aide
du Centre national du livre.

ISBN : 978-2-0804-9058-2

Pour Karine

« Je ne t'ai jamais dit
mais nous sommes immortels. »

DOMINIQUE A.
Immortels

Tu m'as dit que tu voulais revoir l'allée des Sycomores.
Retourner là où tout avait commencé.
J'ai pensé que ça n'était pas raisonnable.
Mais j'ai sauté dans ma voiture et j'ai roulé jusqu'à toi.

1985

Paul

Il n'y a pas eu de frontière à traverser. Pas de délimitation précise. Nous avons glissé d'une ville à l'autre sans même que je m'en aperçoive. Par la simple grâce d'un panneau d'indication.

— Et voilà ! a fait ma mère, radieuse. Adieu Vigneux !

Je me suis retourné et j'ai regardé s'éloigner les six tours, l'étang artificiel. C'est là que j'avais passé les dix premières années de mon existence. Ma mère semblait soulagée de tourner la page. J'ignorais pourquoi au fond. À voix basse, j'ai prononcé le mot « adieu » à mon tour. Puis j'ai senti mon cœur se serrer. Je savais que nous ne reviendrions pas. Qu'il n'y aurait pas de raison.

À travers le pare-brise défilaient des rues nouvelles, des quartiers inconnus mais rien n'était vraiment différent. C'étaient les mêmes maisons, les mêmes petits blocs HLM. Et puis des parkings, des supermarchés, des entrepôts. Des établissements scolaires. Un terrain de sport. Un magasin d'ameublement. Pourtant, depuis des mois, nos parents nous répétaient que rien ne serait plus jamais comme avant. Nous allions vivre en pavillon désormais. Nous aurions un jardin. Dans un meilleur quartier. Avec de meilleures écoles. Jamais je n'avais osé leur demander ce que ça pouvait signifier, un « meilleur quartier », de « meilleures écoles ». Moi j'aimais bien celle où j'allais jusque-là. J'y avais mes amis, Youssef et Tuan. Ils allaient me manquer.

— Tu les retrouveras au lycée, m'avait dit ma mère un jour, comme si elle lisait dans mes pensées. Il n'y en a qu'un dans les environs. Enfin… s'ils y vont

À l'époque, je n'avais pas relevé le « s'ils y vont ». Où auraient-ils pu aller sinon ? Je m'étais contenté de hocher la tête même si le lycée, ça me paraissait loin. D'ici là, ils m'auraient oublié. Sans doute cela leur prendrait-il beaucoup moins de temps encore. J'étais loin d'être un garçon inoubliable. En tout cas c'est ainsi que je me voyais. Et personne ne m'avait jamais laissé penser le contraire.

Assis à côté de moi sur la banquette arrière, Antoine ne lâchait pas des yeux le camion qui nous devançait. Je crois qu'il avait peur que le chauffeur nous fausse compagnie et emporte avec lui toutes nos affaires. Les meubles. La télévision. Le réfrigérateur. Les vélos. Les jouets. C'était comme une filature. Nous roulions à quelques mètres de tout ce qui nous appartenait. À un moment, notre père nous a désigné au loin la base de loisirs. Ses lacs et ses chemins de terre. Ses pelouses. Les barques et les pédalos en été. Nous y allions déjà de temps en temps, avant le déménagement, pour nous balader à pied ou à vélo, jouer au ballon. Ça n'était pas très loin de chez nous. Ça le serait un peu moins. Encore une chose qui changerait sans changer tout à fait.

Puis nous sommes passés devant les grilles de Paris-Jardin. Ma mère a soupiré en apercevant les villas, les allées bien peignées, les vastes terrains fleuris, les grands arbres.

— On ira s'y promener, nous a-t-elle annoncé. Vous verrez. C'est un domaine privé mais il est ouvert au public.

C'est comme un grand parc avec des belles maisons dedans. Il y a même des étangs. Un bois avec des écureuils et un ruisseau. Ils ont leurs propres terrains de tennis, vous vous rendez compte ? C'est un vrai petit paradis.

— Pourquoi on ne va pas vivre là-bas, alors ? a demandé Antoine.

— Parce que c'est trop cher, a répondu notre père.

Et comme souvent, cela a suffi à clore la discussion. Ça faisait longtemps que dans ma tête je dressais la liste de tout ce que nos parents trouvaient trop cher. Les restaurants. Les vacances ailleurs qu'au camping. Les cours de tennis et l'équipement qui allait avec. Un piano. Des baskets Adidas. Un tee-shirt Chevignon comme en avaient mes cousins.

Nous sommes arrivés au centre-ville. Il n'y avait pas grand-chose. Une pharmacie. Une boulangerie. Un bar-tabac. Un Félix Potin.

— Là, il y a un marché deux fois par semaine, a commenté ma mère en désignant ce qu'elle a appelé la « grand-place », qui ne l'était pourtant pas tant que ça. Et le Prisunic est un peu plus loin. On n'avait pas ça, à Vigneux. Et regardez, là-bas, c'est le cinéma Les Trois Orangeries.

Je n'ai pas cru bon de demander pourquoi nous n'y étions encore jamais allés. Nous ne roulions que depuis un quart d'heure, c'était juste à côté, en fait. Mais sans doute que ça aussi, c'était trop cher. En tout cas ces temps-ci. Mon père m'avait expliqué : là où nous avions vécu jusqu'alors, les loyers n'étaient pas très élevés. Bientôt nous habiterions dans une maison. Ce serait beaucoup mieux. Mais ça coûtait la peau des fesses. Nous allions devoir nous serrer la ceinture.

— Là, c'est votre école, a poursuivi ma mère. Il paraît qu'elle est très bien. Que le niveau est bon.

J'ai jeté un rapide coup d'œil. Derrière de hauts murs se dressaient de grands bâtiments en meulière, percés de fenêtres rectangulaires. Il y avait aussi des arbres. Sans doute une cour de récréation. Un petit gymnase. Un préau couvert pour les jours de pluie. Il faudrait prendre la voiture tous les matins et tous les soirs pour s'y rendre et en revenir. Certes, il existait un autre établissement plus proche de notre nouvelle adresse, mais nos parents n'avaient pas souhaité nous y inscrire. Quand j'avais demandé pourquoi, notre père m'avait répondu qu'aucun des enfants du lotissement n'y allait.

— Comment ça se fait ? Puisque c'est moins loin…

— C'est l'école où vont ceux de la cité.

— Et nous, on n'a pas le droit d'y aller ?

— Si, on a le droit. Mais on préfère pas, c'est tout. Bon. Tu m'emmerdes avec tes questions.

Je n'avais pas insisté. Même si ça m'avait un peu chiffonné, cette histoire. Après tout, jusqu'ici, nous avions vécu à la Croix-Blanche. Et la plupart des copains de mon ancienne école aussi. C'était nous, alors, « ceux de la cité », même si ce n'était pas la même.

La voiture a freiné. Nous nous sommes arrêtés à un carrefour. Dans le rétroviseur, il y avait longtemps maintenant que les six tours surplombant l'étang artificiel avaient disparu.

— La rue qui monte, là, mène à la forêt, a expliqué notre mère. Après, c'est une autre ville. Beaucoup plus chic. Et la route qui descend, à gauche, va jusqu'à la Seine. Si on passe le pont, on arrive à Juvisy, Viry-Châtillon, Ris-Orangis. C'est beaucoup moins bien que chez nous. Mais bon, eux, au moins, ils ont une gare de RER. C'est plus pratique.

— Pourquoi chez nous c'est mieux, alors ?

— Parce que là où on va, c'est plus calme. Il y a moins d'immigrés.

— C'est quoi, des immigrés ? a demandé Antoine.

Mais sa question est restée sans réponse. Mon père s'est contenté de jeter un regard réprobateur à ma mère, qui lui a répondu d'un haussement d'épaules signifiant sans doute : « Ben quoi ? Je dis ce qui est. » Et j'ai préféré ne pas repenser à toutes les engueulades qui les avaient opposés ces derniers mois au sujet du déménagement. C'était surtout ma mère qui voulait. Elle répétait qu'elle en avait marre de vivre avec des pauvres et des Arabes. Il y en avait de plus en plus. La cité avait changé ces dernières années. Les Français, les Italiens, les Portugais partaient les uns après les autres. C'était de pire en pire. Elle ne se sentait plus en sécurité. Mon père trouvait qu'elle exagérait. Il ne voyait pas de quoi elle parlait. Par qui exactement sa « sécurité » était menacée. Mais il avait fini par céder. Ils se disputaient jusque tard le soir. Dans l'appartement, les murs étaient si fins qu'on entendait tout d'une pièce à l'autre. Même ce qui se passait chez les voisins ou dans la cage d'escalier. J'essayais de m'endormir malgré tout, en me demandant en quoi c'était grave qu'il y ait de plus en plus d'Arabes à la Croix-Blanche. Il y avait de plus en plus de Noirs aussi. Mais notre oncle Robert l'était lui-même un peu, même s'il disait toujours : « Je ne suis pas vraiment noir, c'est pas pareil, eux c'est des Africains. Moi je suis métis, et ma mère était française des Antilles, ça n'a rien à voir. »

La voiture a redémarré. Plus personne ne parlait. Un peu plus loin sur la droite, légèrement en hauteur, j'ai aperçu des grandes barres d'immeubles. Un panneau annonçait : Cité des Bergeries. Juste en dessous : Groupe scolaire Robert Desnos. Le camion a ralenti, clignotant gauche allumé, mais il a continué à rouler au pas.

— On y est presque, a annoncé mon père.

Antoine et moi, nous avons collé nos fronts à nos vitres respectives pour mieux voir. Du boulevard s'échappaient des rues parfaitement perpendiculaires, comme tracées à l'équerre, bordées de grandes maisons toutes identiques, aux murs rose orangé troués de larges baies vitrées. Aux étages, les fenêtres étaient encadrées par de beaux volets en bois verts. Tout avait l'air flambant neuf. Propre. Uniforme. Cossu. Dans les jardins, l'herbe commençait à peine à pousser. Des berlines de modèles récents étaient garées sur les trottoirs, entre des arbres encore chétifs, soutenus par des tuteurs plus épais que leurs troncs. Toutes les rues portaient un nom d'artiste. Monet. Renoir. Ravel. Chopin. Et il semblait qu'ici on ne dise pas « rue », mais « allée ». Au bout de l'une d'elles, j'ai vu se déployer une vaste pelouse. Antoine a cru voir un plan d'eau. Une île. Des cygnes. Une grande bâtisse blanche.

— C'est là ? a-t-il demandé.

— Non, a répondu notre mère. Ça, c'est le Clos Saint-Michel. C'est une résidence Kaufman & Broad. Elle vient d'être construite. J'aurais bien voulu, mais on n'est pas assez riches. Et puis ce ne sont pas des maisons à louer. Il faut les acheter pour y vivre. Nous, c'est juste à côté. Mais c'est très bien aussi, vous verrez. C'est pratiquement pareil. D'ailleurs on arrive.

Cette fois le camion a tourné à gauche. Allée des Sycomores. Là aussi les maisons étaient crépies mais d'un rose plus pâle, un peu sale, ou déjà vieux, on aurait dit. Elles étaient également beaucoup plus petites, et collées les unes aux autres. Pas de baies vitrées au rez-de-chaussée. À l'étage, des fenêtres étroites sans volets. Aucun jardin en vue. Ils devaient se cacher derrière, et à en juger par la largeur des façades, n'étaient sûrement pas bien grands. Le camion s'est immobilisé. La voiture aussi.

— Ça y est, a fait notre père. On est arrivés. On est chez nous.

Antoine est descendu de la voiture tout de suite. Je l'ai imité. Deux garçons de nos âges, juchés sur leurs bicross, nous ont observés un moment avant de s'éloigner. J'ai regardé autour de moi. Notre nouvelle rue. Notre nouvelle maison. Dans celle d'en face, sa jumelle en miroir, une fille était postée à sa fenêtre à l'étage. Comme par réflexe, sans même y réfléchir, je lui ai adressé un signe de la main. Elle ne m'a pas répondu. Et a disparu presque aussitôt.

Voilà. C'est la première fois que je t'ai vue.

Sarah

Elle m'appelait depuis l'étage. J'ai abandonné mon dessin sur la table du jardin. Le temps n'en finissait pas de s'étirer depuis mon réveil. Je l'avais tué comme j'avais pu. Ma mère dormait toujours tard les lendemains de garde. Et elle n'aimait pas que je sorte sans l'en avertir ou lui demander l'autorisation. J'avais pour consigne de ne pas la déranger tant que sa porte restait fermée et qu'elle ne me faisait pas signe. Je suis entrée dans sa chambre et j'ai ouvert les rideaux. Elle était encore au lit et s'étirait. Son rimmel avait bavé. Elle n'avait pas eu le courage de se démaquiller avant de se coucher.

— Je ne t'ai pas entendue rentrer cette nuit, lui ai-je fait remarquer.

— Heureusement. Je te connais, tu n'aurais pas réussi à te rendormir. Ça s'est bien passé hier soir ?

J'ai acquiescé, même si je n'avais pas trop aimé passer la soirée toute seule. C'était la première fois que ça se produisait. D'habitude, quand mon père était sur les routes et que ma mère travaillait de nuit à l'hôpital, j'allais dormir chez ma tante et mon oncle. Mais là ça n'avait pas été possible. J'ignorais pourquoi exactement. On m'avait juste dit ça, que ce n'était pas possible.

— De toute façon, tu as dix ans, tu es assez grande pour rester seule maintenant, m'avaient lancé mes parents. Pense à bien fermer la porte à clé. Et ne la rouvre sous aucun prétexte, même si quelqu'un sonne. En cas de problème, le numéro des voisins est près du téléphone.

Je m'étais demandé si c'était de ma faute. Si j'avais fait ou dit quelque chose de mal la semaine précédente. Ou si c'était lié à ma cousine, dont les résultats au collège étaient médiocres et que tout le monde dans la famille s'accordait à trouver « insolente ». À moins que quelqu'un n'ait été malade. Ou que ça ait un rapport avec mon oncle et ma tante qui s'engueulaient de plus en plus souvent ces temps-ci. La dernière fois que j'étais allée chez eux, ma cousine avait fondu en larmes. Elle craignait que ses parents ne se séparent. Je n'avais pas su comment réagir. Les miens aussi se disputaient régulièrement. Mais dans mon esprit ça n'avait rien à voir avec le divorce. C'était comme ça, c'est tout. C'était la vie d'adulte.

— Oui, mais moi, il la tape.

— Qui ça ?

— Mon père. Il tape ma mère. Enfin… ça lui est déjà arrivé. Et un jour, il l'a menacée avec un couteau. Parce qu'elle n'arrêtait pas de l'insulter.

— Oui mais c'était pour de faux, hein ? avais-je tenté de la rassurer.

Ma cousine avait hoché la tête. Mais j'avais bien vu qu'elle n'était pas très sûre de ce qu'elle-même devait penser de la situation. Moi non plus je dois bien l'avouer. C'est fou, non, vu d'aujourd'hui. Même s'il suffit d'ouvrir un journal ou de tendre l'oreille pour réaliser que les choses n'ont pas autant changé qu'on pourrait le croire.

— Tu as fait quoi ? m'a demandé ma mère en s'étirant.

— Rien de spécial. J'ai lu *Les Quatre Filles du docteur March*. J'ai mangé le sandwich que tu m'avais préparé. Et je me suis mise au lit.

C'était à peu près la vérité. J'avais aussi regardé la télévision – ce qui m'était formellement interdit. Il y avait le commandant Cousteau sur la Deux. Et sur la Une, un film avec Alain Delon et Mireille Darc. Le genre dont mes parents disaient toujours qu'il n'était pas pour moi. Sans doute parce qu'on y voyait des actrices toutes nues. D'ailleurs ça n'avait pas manqué. Je n'en avais pas perdu une miette. Mais j'avais quand même fini par m'ennuyer et par monter me coucher. À l'étage de la maison d'en face, une fenêtre était éclairée. C'était celle de ta chambre. Tu terminais de ranger tes livres dans ta bibliothèque. Vous étiez arrivés dans l'après-midi et n'aviez pas chômé. Le lit et la commode, le bureau et la chaise, tout était déjà à sa place. Il y avait même un poster de Michel Platini punaisé au mur. Au bout d'un moment, ta mère était apparue. Elle t'avait déposé un baiser sur le front. Tu t'étais mis au lit sitôt la porte refermée, et avais lu quelques pages d'une bande dessinée avant d'éteindre ta lampe de chevet. Je t'avais imité quelques minutes plus tard, sans prendre la peine de me laver les dents pour une fois. Il n'y avait personne pour vérifier.

— Tu as vu ? j'ai dit à ma mère. Il y a des nouveaux dans la maison d'en face. Ils ont emménagé hier.

— Ah ben ça n'aura pas traîné. Les Da Costa sont partis il y a quoi ? Un mois ? Et alors, les nouveaux, ils ont des enfants ?

— Oui. Deux garçons, apparemment. Je crois que le plus grand a mon âge ou pas loin.

— Ah ben super, ça te fera un copain de plus.

J'ai haussé les épaules. Tous les voisins ne devenaient pas systématiquement mes copains. Il y en avait même quelques-uns que je détestais. Des filles méchantes comme des hyènes. Des garçons complètement débiles. Je suis ressortie de sa chambre après lui avoir rappelé que nous étions censées aller chez Auchan dans l'après-midi pour mes fournitures de rentrée. Je l'ai entendue soupirer.

— Ton père t'emmènera demain, a-t-elle crié tandis que je dévalais l'escalier. Il a sa journée. Là je suis trop crevée.

J'ai regardé l'heure. Il était encore tôt. Et je savais qu'il ne servait à rien de compter sur elle pour quoi que ce soit. Elle était toujours épuisée les lendemains de garde, et se contentait de traîner dans la maison comme un zombie, jusqu'à ce que vienne le moment de se préparer pour la prochaine. Quant à mon père il rentrerait tard, elle ne serait déjà plus là et je l'imaginais râler en découvrant le mot qu'elle s'apprêtait à lui laisser à propos des courses. Il détestait les supermarchés. Et les obligations domestiques en général. Ça faisait partie des mille et une choses qu'elle avait à lui reprocher. Même quand il était là, il la laissait s'occuper d'à peu près tout. Le ménage et la lessive, le repassage et la cuisine, les courses. Pourtant elle travaillait dur, elle aussi. Elle le lui rappelait parfois. Et il répondait toujours, Tu me vois passer l'aspirateur ? Ou repasser une chemise ? Ou une casserole à la main ?

— Et pourquoi pas ? rétorquait ma mère.

Ce qui le faisait immanquablement secouer la tête. Comme s'il ne pouvait s'agir que d'une blague. Le plus souvent, après ce genre de discussion, il disparaissait dans le garage et se mettait à bricoler en buvant une bière, la radio allumée. Ou bien il s'affairait au jardin la clope au bec. Quand il ne se contentait pas d'enfourcher son vélo en tenue de cycliste et de revenir trois heures plus tard, vidé enfin d'une forme de colère qui sans ça semblait toujours sur le point de le submerger. Après quoi il se plantait devant la télévision en attendant le repas.

Je suis sortie par la porte de devant. Elle donnait directement sur la rue où s'alignaient des maisons parfaitement identiques à la mienne. La seule chose qui changeait, c'était le modèle de la voiture garée sur le trottoir et encore, certains voisins avaient exactement la même, à la couleur près. Devant celle d'à côté, Alex jouait au foot avec son petit frère. Il essayait de lui apprendre à jongler. Ça n'était pas gagné. Clément n'était pas très dégourdi. Il portait des lunettes à verres épais et souffrait de problèmes de coordination. Il avait aussi du mal avec la lecture et l'écriture. Sa mère avait beau passer un temps fou à superviser ses devoirs, ses notes demeuraient catastrophiques. Sa maîtresse l'engueulait du matin au soir. Ses camarades se foutaient de sa gueule. Je suppose qu'aujourd'hui on l'aurait emmené voir un certain nombre de spécialistes. Ils auraient diagnostiqué une dyslexie et l'équipe pédagogique de l'école aurait mis en place des mesures d'accompagnement adaptées. Mais à l'époque rien de tout ça n'était au programme. Tant pis pour Clément qui en dépit de ses efforts resterait juste un « cancre ». Et une tête de Turc quand son grand frère ne serait pas dans les parages pour le protéger.

Je les ai rejoints. Nous avons parlé de la rentrée tandis qu'ils continuaient à taper dans le ballon.

— Ma mère est passée devant l'école, a dit Alex. Ils ont affiché les classes.

— Et ?

— On est dans la même.

Il m'a fait un petit clin d'œil. J'ai haussé les épaules. Comme si ça ne me faisait ni chaud ni froid.

— Par contre, on a monsieur Cavalieri, il a ajouté.

Je me suis mordu l'intérieur de la joue. Tout le monde avait les jetons de monsieur Cavalieri. Il avait la réputation d'être sévère. Et de ne pas aimer les filles, qu'il traitait de « pisseuses ». On disait même qu'il lui arrivait de donner des gifles quand il était hors de lui. Mais c'était peut-être une légende.

Le petit frère d'Alex a commencé à s'impatienter.

— Tu joues plus vraiment là...

— Ben non. Tu vois bien qu'on discute.

La réponse n'a pas eu l'air de lui plaire. Il a pris un air mauvais avant de shooter dans le ballon qui s'est mis à dévaler la rue. Alex lui a ordonné d'aller le chercher mais Clément n'a pas bougé d'un pouce. Les bras croisés sur la poitrine, il boudait avec un air de défi.

— Je te préviens, a soupiré Alex, si c'est moi qui y vais, c'est fini. On joue plus.

J'ai jeté un œil au ballon pour voir où il était allé rouler. Et c'est là que je t'ai vu. Tu le tenais dans tes mains et te dirigeais vers nous. Parvenu à notre hauteur, tu l'as tendu à Clément sans prononcer le moindre mot. Alex t'a remercié. Tu n'as pas répondu. T'es contenté de hocher la tête et de rester planté là. Comme si tu attendais quelque chose. Je t'ai observé un instant. Tu fermais un œil à cause du soleil.

— Il habite en face, j'ai dit à Alex. Il vient d'emménager.

— Cool. Tu fais un foot avec nous ?

Tu as semblé hésiter avant de décliner, au prétexte que tu n'aimais pas trop ça, jouer au foot. Je n'ai pas réussi à tenir ma langue.

— Ben pourquoi tu as un poster de Platini au-dessus de ton lit alors ?

Tu m'as regardée sans comprendre. J'ai dû me résoudre à t'avouer que je voyais ta chambre depuis la mienne. Tu as plissé les yeux d'un air songeur. Un demi-sourire tordait les coins de ta bouche.

— C'est mon père qui l'a mis, as-tu fini par expliquer après un long silence. Moi je m'en fiche de Platini.

Alex a froncé les sourcils, puis t'a fait remarquer qu'on pouvait très bien aimer jouer au foot dans la rue sans en avoir rien à faire de l'équipe de France, du championnat et des matchs à la télé. Tu as hoché lentement la tête. On aurait dit que tu enregistrais l'information pour plus tard.

— Tu t'appelles comment ? Tu viens d'où ? T'es dans quelle classe ? Tu vas dans quelle école ? a enchaîné Alex.

Tu as répondu Paul, la Croix-Blanche à Vigneux, en CM2, à Jean-Jaurès. Et après ça nous sommes tous allés chez Alex et Clément pour jouer à La Bonne Paye.

Voilà. C'est la première fois que nous nous sommes parlé tous les deux. Il y a maintenant quarante ans. Et déjà, Alex était là, entre nous. Ou avec nous. Dès le premier jour.

C'est fou que je m'en souvienne si bien.

Mais tu me connais. Je me souviens toujours de tout. Dans les moindres détails.

Paul

Je ne suis pas tombé dans votre classe mais ça ne changeait pas grand-chose. Sinon que, de l'avis général, j'avais de la chance de ne pas me farcir monsieur Cavalieri. À la récré vous m'ignoriez. Et vous vous ignoriez tout autant. L'école et le lotissement étaient deux univers séparés. Personne n'aurait su dire en vertu de quel règlement tacite, selon quelle logique alambiquée, mais c'était ainsi.

Que ce soit en classe ou à la récré, les filles restaient entre elles. Et les garçons idem. Ça n'évoluerait qu'au collège et encore, il faudrait attendre la cinquième. Quand je le croisais, Alex me faisait un petit signe de la tête, c'est tout. Il avait sa bande de potes, sur laquelle il semblait régner, et dont il n'avait pas l'air de vouloir m'ouvrir les portes – une part de moi s'est vite dit que je lui aurais fait honte, que je n'étais sans doute pas assez cool. Quant à toi, tu étais toujours fourrée avec Alice, une rousse très sage et très discrète. Je me demande ce qu'elle est devenue. Dès l'année suivante, elle est partie dans le privé, comme pas mal de ceux qui vivaient à Paris-Jardin. J'étais un peu amoureux d'elle. Je trouvais qu'elle ressemblait à Becky Thatcher dans *Tom Sawyer.* C'était mon dessin animé préféré. Loin devant *Goldorak*, *Capitaine Flam* et *Ulysse 31*.

Je vous voyais discuter dans un coin de la cour, toujours le même, sous le vieux châtaignier. Je me demandais ce que vous pouviez bien vous raconter. De temps en temps, vous surpreniez mon regard. Tu plissais toujours les yeux et tes lèvres arboraient alors cette petite moue sarcastique dont tu n'as jamais perdu le secret.

Mais dès que nous quittions l'école et rentrions allée des Sycomores, tout changeait. Il y en avait toujours un pour sonner chez les deux autres, le mercredi, le samedi, le dimanche. Et parfois le mardi ou le vendredi soir : nous n'avions pas école le lendemain, et aucun devoir ne nous clouait à la table de la cuisine. Le reste du temps, je vous apercevais derrière les carreaux de vos fenêtres. Vos deux maisons étaient collées. Vos chambres donnaient sur la rue. C'étaient les parents qui occupaient celles dont les fenêtres s'ouvraient sur le jardin – elles étaient en outre dotées d'un petit dressing et d'une salle de bains attenante, ce dont ma mère ne se remettait pas, à ses yeux c'était le comble du luxe. Aucun de nous ne tirait encore ses rideaux. J'avais remplacé Platini par McEnroe. Mon père avait refusé de me payer l'affiche que j'avais repérée un mois plus tôt chez Ikea (l'enseigne venait d'ouvrir un magasin près d'Évry et mes parents nous y traînaient au moins une fois par mois, pour « regarder ». Nous en revenions le plus souvent sans rien, sinon un paquet de biscuits à la cannelle) : une aquarelle dans les tons mauves, représentant la façade d'une belle maison dans la lumière du soir. Par la fenêtre grande ouverte, on distinguait une vaste pièce où une femme aux cheveux longs jouait du piano. Je m'en souviens encore. Après d'âpres négociations, et grâce au soutien de ma mère, il avait néanmoins fini par accepter que j'opte pour le tennis. Au moins c'était du sport, un truc de « mecs » – même si de son point de vue ça ne paraissait pas si clair, le tennis manquait sans doute un peu de « virilité » selon ses critères, et il regrettait déjà que je n'aie pas des goûts « plus simples ».

— Et puis tant qu'à faire, t'aurais quand même pu choisir un joueur français, non ? On a Yannick Noah, merde…

Mais je ne sais pas pourquoi je te raconte ça. Ce sont des souvenirs, c'est tout. Et je n'en ai pas autant que toi. Chez moi tout est toujours plus flou. Et tu me connais, ce que j'ai oublié, je le réinvente. Je bouche les trous. Je colmate. Alex me l'a souvent reproché.

Nous nous retrouvions le plus souvent dans la rue. Antoine et Clément étaient toujours fourrés dans nos pattes. Ils nous suivaient partout et se plaignaient à nos mères quand nous leur demandions de nous lâcher. Elles nous recadraient, trouvaient que nous exagérions.

— Tout de même, vous pourriez être un peu sympas avec les petits, non ?

Et puis ça leur faisait des vacances, de se débarrasser d'eux pour quelques heures. Sans compter que Clément avait besoin de s'amuser un peu : le pauvre passait tant de temps sur ses leçons pour de si maigres résultats.

Quand il faisait moche ou que nous en avions assez de traîner dans les rues du lotissement, nous finissions souvent chez Alex. Sa mère était gentille et, contrairement aux nôtres, ne râlait jamais lorsque nous faisions du bruit ou semions le désordre dans le salon avec nos jeux de société, nos paquets de gâteaux, nos bouteilles de Coca-Cola. Nous avions le droit de regarder *Récré A2* en entier. Et *Niels Holgersson* et *Temps X* le samedi après-midi, même s'il faisait beau dehors. Alex avait aussi l'autorisation de se servir de la chaîne hi-fi, pourvu qu'il fasse attention à ne pas rayer les disques. Il mettait Supertramp, Bowie ou Queen. Que des trucs qu'écoutait son père et que je ne connaissais pas. Chez moi, on ne passait pas souvent de la musique. Et quand c'était le cas c'était surtout de la variété française. Mon père aimait bien Johnny, Eddy Mitchell, Michel Sardou. Maman plutôt Claude François et Dalida, même si je ne l'ai jamais vue mettre un disque d'elle-même. Mais moi ce que je préférais, c'étaient les 45 tours que nous avions hérités de grand-mère après sa mort. *L'Aigle noir*, *Dis, quand reviendras-tu*, de Barbara. *Le Petit Garçon*, de Reggiani. *Et si tu n'existais pas*, de Joe Dassin. Je les écoutais en cachette. Ça agaçait mon père. Il trouvait toutes ces chansons trop sentimentales pour un garçon. Et pas vraiment de mon âge.

La mère d'Alex ne travaillait pas. Son père, comparé aux nôtres, gagnait bien sa vie dans un bureau à Paris. Son seul salaire suffisait. Et il disait qu'ainsi sa femme pouvait s'occuper des enfants. De Clément, en particulier. Je ne sais pas la tienne, mais ma mère la plaignait. Ce qui me paraissait étrange étant donné qu'elle râlait toujours que son boulot l'épuisait et que c'était difficile de se taper tout le reste en plus. Quoi qu'il en soit, la mère d'Alex passait le plus clair de son temps chez elle et semblait toujours ravie de nous accueillir. Elle nous préparait des gâteaux. Nous posait des tas de questions. J'aimais bien bavarder avec elle. Elle était douce et jolie. Et avait l'air de sincèrement s'intéresser à nous.

Avec Alex, vous m'inondiez d'anecdotes concernant votre classe. Monsieur Cavalieri avait fichu un coup de pied au cul à Untel. Tiré l'oreille d'une autre. Tapé sur les doigts d'un troisième à l'aide de sa règle en fer. Il gueulait pour un rien. Tous les élèves étaient terrorisés. Moi, en comparaison, je n'avais pas grand-chose à vous rapporter.

D'autant que je ne m'étais pas encore fait beaucoup de copains. Juste Vincent et Frédéric. Deux garçons sages et sérieux qui vivaient à Paris-Jardin, comme ta copine Alice. Le premier me parlait tout le temps de sa maison de campagne. Il y passait ses vacances, certains de ses week-ends, et prétendait y disposer d'une table de ping-pong et d'un trampoline. Le deuxième partait au ski en hiver. Il disait même loger dans un hôtel.

— C'est rien que des petits cons prétentieux, des petits bourges qui se vantent et croient faire envie alors que pas du tout, avait grincé ma mère quand je lui avais expliqué tout ça.

Puis elle m'avait conseillé de mieux choisir mes fréquentations. Ce qu'elle faisait déjà à l'époque de Youssef et Tuan à la cité. Mais pour d'autres raisons. Papa la reprenait toujours quand elle parlait d'eux. Il lui rappelait que nous étions de gauche dans la famille, et avions voté Mitterrand. Je ne voyais pas le rapport mais ma mère finissait toujours par lui répondre, *Toi*, tu as voté Mitterrand, avec un air bravache. Je n'ai jamais su si elle disait ça pour l'emmerder ou si c'était vrai. De toute façon elle aimait surtout Chirac parce qu'il était corrézien, comme sa mère, mais elle tenait toujours à préciser que ça n'avait rien à voir avec la politique et que nous ne pouvions pas comprendre.

Parfois aussi, nous grimpions sur nos vélos et sortions du lotissement en cachette. Nous n'en avions pas le droit en théorie, mais c'était un vrai labyrinthe et nos parents nous perdaient de vue dès que nous tournions dans l'allée des Églantiers (toutes les rues du quartier portaient un nom d'arbre : acacias, peupliers, châtaigniers, chênes, érables…). Que nous nous aventurions plus loin ne faisait pas grande différence, à moins qu'ils ne se mettent à ratisser les alentours, ce qui malgré nos craintes ne s'est jamais produit. Pourvu qu'Antoine et Clément se taisent, ils n'en sauraient rien. Il nous fallait parfois acheter leur silence à coups de chewing-gums, ou leur promettre de jouer aux Playmobil avec eux le soir venu, ce dont je m'acquittais avec un plaisir régressif mal assumé – j'ignore s'il en allait de même pour Alex, il me semblait plus mûr que moi, déjà aux abords de l'adolescence. Nous longions la grande route pendant quelques mètres, puis nous engagions dans les allées bordées de pavillons du Clos Saint-Michel.

— On va au parc ? demandait souvent Antoine. On pourra aller voir le château ?

De château, il n'y en avait pas vraiment. Il s'agissait seulement d'une vaste maison bourgeoise datant des années 1920, blanche avec un toit d'ardoises, qu'on avait divisée en appartements. Quant au parc, c'était juste une très grande pelouse dotée d'un petit étang au milieu duquel était plantée une île. À certains endroits, elle était si proche du bord que les adolescents du coin, qu'on devinait au collège, y accédaient d'un bond. Il y avait aussi des enfants de nos âges. Tous vivaient dans les maisons flambant neuves de la résidence qui encerclait les lieux, et nous regardaient de travers.

— Qu'est-ce que vous foutez là ? Rentrez chez vous, nous gueulaient-ils au passage.

Ils avaient beau être comme nous en CM1 ou en CM2, nous n'en connaissions aucun.

— C'est parce qu'ils sont dans le privé, m'avais-tu expliqué un jour.

— C'est quoi, le privé ? t'avais-je demandé.

Tu n'en savais pas beaucoup plus que moi, sinon qu'il s'agissait d'écoles réservées aux riches, où en plus des cours on enseignait la religion catholique. D'ailleurs d'après toi, la plupart des élèves qui y suivaient leur scolarité se rendaient à la messe le dimanche, au catéchisme et à l'aumônerie le mercredi. Et une bonne partie allait aussi au conservatoire, à l'équitation ou au tennis. Tu disais ça avec un air mauvais. Moi je ne voyais pas où était le mal. À part peut-être pour cette histoire de religion et de messe. Surtout qu'elle se tenait le dimanche matin et que chez nous, c'était le jour où mon grand-père, qui vivait dans un petit immeuble réservé aux personnes âgées près de la base de loisirs, apportait les croissants. Nous prenions le petit déjeuner en famille, celui-ci s'étirait jusqu'à midi, papa regardait *Téléfoot* avec son beau-père, maman préparait le repas qui suivrait, et je n'aurais raté ça pour rien au monde. Mais le pire d'après toi, c'est que certains d'entre eux étaient scouts. Tu disais en avoir déjà croisé dans leur uniforme débile.

— Qu'est-ce qui est vert et qui pue au fond d'un bois ? m'avais-tu demandé pour conclure.

Je n'avais aucune idée de la réponse. Tu avais fini par me la donner sous le regard amusé d'Alex, qui la connaissait déjà.

— Un scout mort.

Et puis tu avais explosé d'un rire mauvais.

Les mois ont passé comme ça. Les après-midi les uns chez les autres, et le reste du temps où nous faisions semblant d'à peine nous connaître. Antoine et Clément toujours collés à nos basques. Les histoires qu'Alex et toi me racontiez à propos de monsieur Cavalieri, dont le comportement ne semblait poser problème ni à vos parents ni à ceux de vos camarades. Celles que j'inventais pour avoir quelque chose à dire (une fille avait glissé un mot dans ma trousse, j'avais défendu Frédéric en sortant de l'école contre un grand qui avait voulu lui piquer son cartable, mon institutrice m'avait envoyé chez le directeur parce que j'avais sifflé pendant la classe – et bien sûr rien de tout ça n'était vrai, je faisais « mon intéressant », comme le disaient mes parents dès que je prenais la parole à table, et sans que je comprenne pourquoi). Les signes que nous nous adressions par fenêtres interposées. Alex qui finissait toujours par baisser son pyjama et me montrer son cul. Toi que j'espionnais quand j'éteignais la lumière et que la tienne restait allumée – il n'y avait pas grand-chose à voir, la plupart du temps tu étais plongée dans un roman, ou bien tu lançais un 45 tours sur ton mange-disque orange et te mettais à chanter en positionnant ta main sous ton menton comme si tu tenais un micro. Les gâteaux de la mère d'Alex, les jeux de société, nos tours de vélo et les escapades au Clos Saint-Michel, où il nous fallait éviter les volées de marrons, quand ce n'étaient pas des cailloux.

Et puis c'est arrivé. Et je crois que ça nous a liés à jamais.

Sarah

Alex n'avait pas réussi à se débarrasser de son frère. Le tien passait l'après-midi chez un de ses copains qui organisait un goûter d'anniversaire, si je me souviens bien. Quoi qu'il en soit, il n'était pas avec nous ce jour-là. Ma cousine non plus, même si elle vivait chez moi à cette période. Sa mère avait fini par mettre les voiles. Mon oncle l'avait de nouveau menacée avec un couteau et cette fois il avait collé la lame contre sa gorge. Il avait eu beau s'excuser pendant toute la soirée qui avait suivi, la supplier de lui pardonner, lui jurer qu'il ne recommencerait pas, elle avait attendu qu'il parte au travail le lendemain (il était vendeur dans une concession automobile Opel sur la nationale 7, ce qui expliquait que nous roulions en Ascona, quand la plupart des voisins avaient opté pour Renault, Peugeot ou la Golf de Volkswagen) pour quitter leur domicile avec sa fille en larmes et deux valises pleines à craquer. Mon oncle l'avait cherchée partout. À la maison, nous avions reçu l'instruction de ne décrocher le téléphone sous aucun prétexte. Il avait compris et s'était pointé allée des Sycomores. Mon père ne lui avait pas laissé le temps de descendre de sa voiture. Il était sorti, batte de base-ball à la main, dès qu'il l'avait vu se garer. Par la fenêtre de ma chambre, je l'avais entendu le menacer.

— Barre-toi d'ici. Tout de suite. Si tu t'avises de revenir je te casse la gueule. Je te démonte, tu m'entends.

Mon oncle était reparti aussi sec et n'avait pas tenté le diable (mon père n'était peut-être, comme le lui disait parfois ma mère quand elle voulait le rabaisser, « qu'un petit représentant en extincteurs de chez Sicli », il n'avait pas le physique de l'emploi, arborait des yeux de loup, un corps qu'on devinait fait d'acier sous la chemisette, et pouvait vraiment vous foutre les jetons quand il le voulait). Depuis, nous vivions dans la terreur, craignant une explosion de violence – mais c'était sans compter sur les inépuisables réserves de lâcheté de mon oncle, qui n'avait jamais remis les pieds devant chez nous. Paradoxalement, à cette période, quelque chose de joyeux traversait aussi la maison. En dépit des circonstances, ma mère semblait heureuse d'avoir sa sœur auprès d'elle. Elles parlaient jusque tard dans la nuit, les soirs où elle n'était pas à l'hôpital. Et ma tante l'écoutait, contrairement à mon père que la conversation de maman saoulait vite, surtout quand elle abordait ses fonctions d'infirmière et les mille et une intrigues qui agitaient le service dans lequel elle officiait. Quant à moi, j'étais heureuse de partager ma chambre avec ma cousine. Elle était un peu plus âgée que moi, et surtout beaucoup plus mûre et délurée. Me parlait des garçons qu'elle embrassait, me faisait écouter Daho, Higelin et les Cure, alors que j'étais encore scotchée aux chanteurs qui passaient à *Champs-Élysées*, et m'avait refilé *Moi, Christiane F, treize ans, droguée, prostituée*, que j'avais lu en cachette.

Je sais que ma cousine n'a rien à voir avec ce qui est arrivé. Puisqu'elle n'était pas avec nous justement, ce jour-là. Mais dans mon esprit, les deux événements se confondent. Elle est repartie quelques jours plus tard. Mon oncle n'avait pas eu besoin de braver mon père, ni de menacer quiconque. En dépit de tout, sa femme et sa fille sont rentrées d'elles-mêmes au bercail. Avant de quitter notre maison, ma tante a pris un air désolé, mais qu'est-ce que nous voulions. C'était son homme, elle l'avait dans la peau et ne se voyait pas vivre sans lui. Ce fut le début d'une interminable série de départs et d'allers-retours qui a duré plus dix ans. Finalement, c'est mon oncle qui a mis un terme à l'histoire. Il avait rencontré une femme de dix ans plus jeune que lui. Elle était enceinte. C'est lui qui a demandé le divorce. Ma tante en est longtemps restée inconsolable.

Tu te souviens de ma cousine ? Vous vous êtes parfois recroisés au fil des années. Elle te plaisait bien, il me semble. Mais tu as raison, je m'égare. Je le fais peut-être exprès. Sans doute pour retarder le moment d'évoquer ce qui a suivi. Alex et Clément, toi et moi sur nos bicross, nous dirigeant vers le Clos Saint-Michel.

C'est la dernière fois que nous y avons mis les pieds.

Moi, en tout cas, je n'y suis jamais retournée. Pas avant aujourd'hui.

Nous avons laissé tomber nos vélos dans l'herbe, à quelques pas de l'étang. Comme d'habitude, les locaux nous ont lancé des regards mauvais. Mais depuis quelque temps, ça s'arrêtait là. Ils avaient fini par se lasser. Terminés les marrons, les cailloux, les mises en demeure. Ils se contentaient de nous toiser et d'afficher leur hostilité. Les garçons crachaient par terre. Les filles se marraient entre elles. J'avais l'impression qu'elles se moquaient plus particulièrement de moi. Je me demande aujourd'hui pourquoi nous continuions à nous aventurer sur leur territoire.

Lequel d'entre nous entraînait les autres. Après tout il ne s'agissait que de maisons toutes semblables et alignées les unes à côté des autres, d'une vaste pelouse que dominait une grande demeure 1920, une « folie », comme on l'appelait dans le quartier, de quelques grands arbres, d'une île buissonneuse et d'un peu d'eau. Mais c'était comme Paris-Jardin. Une sorte d'enclave luxueuse (du moins à nos yeux), qui nous fascinait. Nous aimions y traîner et observer les autochtones. Leurs us et coutumes. Leurs manières. Et je me rends compte à présent que nos parents faisaient peu ou prou la même chose en été quand nous quittions le camping ou le village vacances et qu'ils rêvassaient en lorgnant les grands hôtels, les restaurants et les voiliers amarrés. Comme dans cette chanson de Michel Jonasz que ma mère adorait. Eux aussi ne faisaient que passer devant en suçant leur glace à l'eau.

Alex avait emporté un jeu de cartes. Nous avons fait quelques parties de Kems. Clément était très fort à ce jeu. Personne ne parvenait jamais à détecter les signaux qu'il adressait à son partenaire. Et il était imbattable pour les décrypter chez les autres. C'était sa petite fierté. Il nous tannait à longueur de temps pour qu'on y joue, réclamait toujours une partie supplémentaire, ne voulait jamais s'arrêter. Mais il y en avait toujours un parmi nous pour se lasser. Je crois me souvenir que ce jour-là, ce fut moi. Nous avons cessé de jouer. Clément a boudé un long moment. Puis, constatant que nous nous en foutions, nous a proposé de jouer au foot. Il avait pris son ballon avec lui. Ni toi ni moi n'en avions vraiment envie. Alex pas beaucoup plus. Mais comme souvent il a eu pitié de son frère. Il le savait : si Clément s'acharnait à ce point à s'améliorer au foot alors qu'il était si mauvais, ce n'était pas pour rien.

Dans son esprit, c'était le seul moyen de sortir de son isolement, de ne plus être laissé de côté par les garçons de son âge. Alex a fini par céder. Toi aussi. Alors je me suis levée et je vous ai rejoints. Nous nous sommes renvoyé la balle pendant un bon quart d'heure. Pour un garçon qui prétendait détester le foot, tu n'étais pas si mauvais. Enfin, disons que tu te débrouillais. Je me souviens que tu m'avais expliqué un jour que tu n'étais doué pour aucun sport, mais que tu parvenais toujours à te débrouiller dans n'importe lequel. Parce que tu décortiquais les gestes et les répétais jusqu'à savoir les reproduire. Tu te définissais comme un tâcheron. Et ça valait selon toi dans tous les domaines. Tu exagérais sans doute un peu. Tu as toujours eu cette propension à l'autodénigrement. Ça m'a parfois agacée, je te l'avoue. J'avais l'impression que ça ressemblait trop à de la fausse modestie pour être tout à fait séduisant. Mais j'imagine que cela n'a jamais été le but de l'opération.

Qui a envoyé le ballon vers ceux du Clos Saint-Michel ce jour-là ? Clément ? Alex ? Tu as toujours affirmé que c'était toi. Pourtant, si je ferme les yeux et tente de reconstituer la scène, je me revois tirant n'importe comment, sans me soucier de là où atterrirait la balle. Je faisais ça moitié parce que j'étais incapable de viser dans quelque direction que ce fût, moitié parce que ça vous arrachait à chaque fois un sourire, moitié parce que je n'en avais rien à foutre. Oui j'ai remarqué, ça fait une moitié de trop. Mais tu sais bien que les mathématiques n'ont jamais été mon fort. Quoi qu'il en soit, le ballon a fini dans les pieds d'un type entouré de ses potes, qui nous a regardés d'un air mauvais avant de s'en saisir. Il n'avait pas l'air pressé de nous le rendre. J'ai vu Clément blêmir. C'était le ballon officiel de l'Euro qui s'était joué quelques mois plus tôt et qu'avaient remporté les bleus de Platini. Il l'avait reçu pour son anniversaire et y tenait plus que tout. Je me suis avancée vers le garçon qui la gardait prisonnière. Un roux aux cheveux en brosse et aux yeux enfoncés.

— Rends-la-nous, lui ai-je lancé.

— Eh oh ! Tu ne me remercies pas d'avoir ramassé ton ballon, d'abord ? C'est pas très poli, ça.

— Rends-la-nous, crétin. Tout de suite.

Il m'a lancé un regard narquois. Puis a brandi son majeur. À ses côtés, deux blonds à mèche ricanaient.

— C'est pas drôle.

— Ben si, a répondu le roux. C'est drôle.

Je me suis retournée et je vous ai vus vous approcher, Alex et toi. Clément n'avait pas bougé. Il nous observait, l'air inquiet derrière les gros verres de ses lunettes.

— Alors les gars, s'est moqué le roux en vous voyant arriver. On sait pas tirer ? Qu'est-ce que vous foutez là encore ? On vous a déjà dit de partir. C'est une résidence privée.

— Ah ouais, a fait Alex. Et c'est marqué où ?

— Sur ta queue.

— Ben au moins, sur la sienne, il y a suffisamment de place pour écrire tout ça, ai-je répliqué.

Le roux en est resté bouche bée. Il était rouge du menton aux oreilles. Alex était mort de rire. Toi, tu me regardais, effaré. Je n'avais aucune idée d'où avait pu me venir une phrase pareille. Et encore moins l'image qui se cachait derrière. Jamais de ma vie je n'avais même songé à un sexe de garçon. Je savais à peine à quoi ça ressemblait. J'avais dû entendre des blagues là-dessus en écoutant parler mes parents quand ils invitaient de la famille, le samedi soir à la maison, et que les bouteilles défilaient. Je me souviens de t'avoir jeté un coup d'œil, un peu anxieuse. Un instant, j'ai pensé que tu allais croire que j'avais déjà vu la bite d'Alex. Qu'il me l'avait déjà montrée. Mais finalement tu t'es mis à te marrer, toi aussi.

— OK, s'est repris le roux. Vous voulez votre ballon ? Eh bien, allez le chercher.

Et il a tiré dedans de toutes ses forces.

Après ça, les choses me reviennent moins clairement. Tout est un peu brouillé. Je me souviens que le ballon a fini dans l'eau, entre la pelouse et l'île, et qu'Alex était très énervé. Les deux blonds avaient l'air de vouloir se battre. Les insultes fusaient. Je ne sais pas combien de temps a passé avant que la voix d'une des filles ne nous parvienne. Elle criait quelque chose. C'est toi qui as compris le premier. Un « petit » était tombé dans l'eau. Je t'ai vu courir vers l'étang. Alex s'est précipité à ta suite et je l'ai imité.

— Putain qu'est-ce qu'il a foutu ? a fait Alex.

C'était Clément, le « petit ». Et ce qu'il avait « foutu » n'était pas difficile à imaginer. Il avait dû tenter de récupérer le ballon depuis la berge. Et puis, d'une manière ou d'une autre, il avait glissé.

Il se débattait pour ne pas sombrer. L'étang n'était pas très profond mais il ne savait pas nager sans brassards. Personne n'avait jamais réussi à lui apprendre. Ça le terrorisait, va savoir pourquoi. Il était en panique et disparaissait régulièrement sous l'eau. Combien de minutes s'étaient écoulées pendant que nous nous engueulions avec les petits bourges du Clos Saint-Michel ? Combien de litres d'eau Clément avait-il déjà avalés ? Alex a sauté sans hésiter un seul instant, ni même prendre la peine d'ôter ses chaussures ou son pull. La flotte lui arrivait à la poitrine. Il a agrippé son frère qui s'est mis à tousser comme un dératé. Tu les as aidés à regagner la terre ferme. Clément avait du mal à retrouver son souffle, et ses lunettes n'étaient plus sur son nez. Alex est retourné dans l'eau. Il pestait qu'elle était glacée, putain de bordel de merde. Il a entrepris de fouiller le fond. Il a dû s'y reprendre à plusieurs fois, complètement immergé. Et puis il a fini par se redresser et d'un geste victorieux a brandi les lunettes à gros verres de son petit frère. De nouveau, tu l'as aidé à remonter sur la berge. Clément, toujours allongé dans l'herbe, toussait moins. Il retrouvait peu à peu son souffle. Mais il grelottait. La température était anormalement basse en ce début d'avril. Trois jours plus tôt, il avait même un peu neigé. Quand il a pu s'asseoir, Alex lui a remis ses lunettes sur le nez.

— Il est où le ballon ? a-t-il demandé d'une voix faible.

Je le lui ai montré et un grand sourire a fendu son visage.

Ce sourire-là, je ne l'oublierai jamais.

Nous sommes remontés sur nos vélos. Clément et Alex étaient trempés jusqu'aux os. J'ai jeté un œil aux alentours. Le roux et les deux blonds à mèche avaient disparu depuis longtemps. Les filles et leurs messes basses aussi. Nous avons pédalé aussi vite que possible jusqu'à l'entrée du lotissement. Clément avait du mal à suivre. Il claquait des dents et on entendait sa respiration crisser, un peu comme celle d'un asthmatique. Il n'y avait personne dans les rues. La plupart des gens étaient dans leur salon, devant la télévision. Ou bien partis faire les courses au supermarché, ou au centre commercial Belle Épine. Tes parents étaient chez Ikea. Pour une fois, ils y étaient allés sans vous. Nous nous sommes réfugiés chez toi. Alex et Clément se sont déshabillés dans la salle de bains. Tu leur as tendu le sèche-cheveux pour qu'ils se réchauffent. Puis tu es allé leur chercher des vêtements secs. Tu as pris les leurs, les as enfouis dans le grand sac-poubelle que j'avais trouvé sous l'évier de la cuisine, avant de planquer le tout au fond de l'armoire de ta chambre. Après quoi nous nous sommes installés au salon. Tu as préparé des chocolats chauds pour tout le monde. À la télévision, les Bogdanoff divaguaient sur le futur. Régulièrement, Alex se postait à la fenêtre pour surveiller sa maison. Il était tendu à l'idée de devoir rentrer vêtu, comme son frère, d'habits qui ne lui appartenaient pas. Il lui faudrait s'expliquer. Avouer qu'il avait quitté le lotissement, que Clément avait échappé à sa surveillance et qu'il était tombé à l'eau alors qu'il ne savait pas nager. Il se prendrait sans doute un sacré savon. Leurs parents étaient chez eux mais ils avaient parlé d'aller voir un film aux Trois Orangeries dans l'après-midi. On y passait *Les Morfalous*, avec Belmondo. C'était surtout leur père qui voulait. Leur mère était moins emballée. Elle n'était pas très « films d'action », préférait les comédies ou les histoires d'amour. Il faut croire qu'il avait fini par la convaincre. À son grand soulagement, Alex les a vus sortir de la maison et s'engouffrer dans leur voiture. Nous nous sommes précipités chez eux. Alex et Clément se sont changés en vitesse et tu as récupéré les vêtements qu'ils venaient d'ôter. Nous sommes retournés chez toi. Le générique de *Temps X* s'achevait. Clément était tout à fait réchauffé à présent. Il ne toussait presque plus. Nous avons ri en lui disant qu'il avait bien bu la tasse quand même. Tu as éteint la télévision au moment précis où la porte d'entrée s'est ouverte. C'étaient tes parents. Ils rentraient d'Ikea et étaient allés chercher ton frère à son goûter d'anniversaire en chemin.

— Ça va, les enfants ? Vous avez passé un bon après-midi ? a demandé ton père, avant de disparaître dans l'escalier pour monter dans sa chambre, comme souvent lorsque nous étions chez toi.

En chœur, nous avons répondu oui. Mais c'était une question de pure forme, qui n'attendait pas réellement de réponse.

— Vous vous êtes fait des chocolats chauds ? s'est étonnée ta mère depuis la cuisine.

Mais ça s'est arrêté là. Je crois qu'elle était surprise que nous nous soyons débrouillés tout seuls. Antoine nous a demandé si nous étions partants pour un Cluedo. Tu as sorti le jeu et nous avons commencé à jouer.

À part le sac de vêtements trempé au fond de l'armoire de ta chambre, rien ne pouvait nous trahir.

Je me demande bien ce que tu en as fait, d'ailleurs.

Paul

Vous êtes rentrés chez vous un peu avant l'heure du dîner. Mon père est redescendu de sa chambre dès que la porte a claqué. Il faisait toujours ça quand vous veniez chez moi. Il n'aimait pas qu'il y ait de l'agitation sous son toit. Entendait profiter de son temps de repos du soir ou du week-end sans que quiconque « l'emmerde », et ça nous incluait, nous ses enfants. Alors ceux des autres, n'en parlons pas. Son seuil de tolérance au chahut, à l'excitation ou aux jérémiades en tout genre était proche de zéro. Antoine et moi étions des gamins plutôt sages, il me semble, obéissants et peu enclins aux caprices ou aux colères. Mais pour lui, c'était déjà trop. Bien sûr il nous aimait. Il aurait donné sa vie pour nous. Mais en un sens, il avait du mal à nous supporter. Je dis ça sans récrimination. Une bonne partie des pères de cette génération lui ressemblaient.

Une fois dans le salon, il m'a jeté un regard agacé avant de souligner qu'il aurait préféré que nous allions jouer chez Alex, ou mieux encore, dehors. Après tout il avait fait beau aujourd'hui, même si on se les caillait un peu. Nous aurions dû trouver un moyen de nous dépenser, plutôt que de regarder la télévision. Sur ce, il a allumé le poste (qu'il n'éteindrait que quatre ou cinq heures plus tard) et nous sommes passés à table. Ma mère avait concocté une tourte à la viande. Nous l'avons dévorée devant *Cocoricocoboy*. Tu te souviens de cette émission ? L'inspecteur Ménardeau. Guy Montagné. Les fausses pubs, les séquences gags. Mon père adorait *Le Bébête show* – surtout la marionnette de Chirac en aigle. Il ne ratait la séquence sous aucun prétexte, il fallait se taire et le regarder rire. Quand la playmate commençait son strip-tease, Antoine et moi faisions mine de fixer notre assiette, tout en jetant des coups d'œil discrets à l'écran. C'était comme ça à cette époque. Des centaines de milliers d'enfants dînaient chaque soir devant des filles qui se dévêtaient devant les caméras, et d'autres à peine plus habillées. Y compris le dimanche dans *Benny Hill*. Et quand ce n'était pas ça, c'était un défilé ininterrompu de phallocrates, de blagues misogynes et graveleuses, ponctuées d'imitations racistes perpétrées par Michel Leeb et consorts. Vu d'aujourd'hui ça paraît inconcevable et ma fille aurait sans doute du mal à le croire, mais c'était vraiment ainsi.

Quoi qu'il en soit, ce samedi soir-là s'est déroulé comme un samedi soir ordinaire, allée des Sycomores. Pendant que ma mère débarrassait et faisait la vaisselle, et que mon père était devant le journal de 20 heures, je suis monté me mettre en pyjama et me brosser les dents. Antoine a joué un petit moment dans sa chambre. J'ai sûrement dû lire un peu – sans doute un livre que tu m'avais conseillé et que j'avais emprunté à la bibliothèque municipale. Depuis que tu t'étais gentiment fichue de moi en me disant qu'il n'y avait pas que les bandes dessinées dans la vie, j'étais passé aux romans. Je crois que c'est l'une des premières choses que j'ai commencé à faire pour te plaire et que j'ai fini par adopter jusqu'à ce qu'elles me constituent. Et puis

Alex aussi enchaînait les bouquins. Même si son truc à lui, c'était plutôt le dessin. Nous avions même entrepris de faire un livre ensemble, lui et moi. *Les Enquêtes du commissaire Moutarde.* J'avais écrit l'histoire. Alex l'avait illustrée. Quand tout avait été terminé, nous avions ajouté une page de titre où figuraient nos deux noms, avions agrafé le tout et te l'avions remis, impatients de recueillir tes impressions. Te connaissant, je suis sûr qu'il traîne quelque part au fin fond des archives de ta vie. Tu as toujours tout gardé, tout conservé. J'ai toujours tout jeté, effacé. J'ignore ce que cela dit de chacun de nous. Quelles conclusions en tirer.

Nous sommes redescendus pour *Champs-Élysées.* Michel Drucker recevait Jean-Jacques Goldman. C'était la première fois que je le voyais, que je l'entendais. Mon père trouvait qu'il chantait trop aigu, qu'il couinait « comme un chat auquel on a marché sur la queue ». Ma mère jugeait sa musique trop « moderne ». Elle n'aimait pas non plus Balavoine, trop vindicatif. Michel Berger était trop doux, efféminé. Souchon trop mou. Renaud trop grossier. Cabrel trop moustachu. L'accent de Nougaro l'irritait. Julien Clerc bêlait. Françoise Hardy aurait « endormi un régiment ». France Gall était « plus excitée qu'une puce ». Jane Birkin minaudait. Mais surtout, elle ne supportait pas la voix de Véronique Sanson. Dès qu'elle passait à la radio ou à la télé, elle se levait pour baisser le son ou quittait la pièce.

Je me souviens que Goldman avait presque l'air gêné d'être là, à ce point mis en avant. Et que ça m'avait plu. Je me suis demandé si mes parents accepteraient qu'on achète son disque la prochaine fois qu'on irait à Belle Épine. Ou si je pourrais le commander pour mon anniversaire. J'ai oublié ce qu'il avait interprété ce soir-là. Je ne suis même pas sûr d'avoir tant aimé ses chansons que ça.

Je crois que c'est son attitude, surtout, qui m'avait interpellé. On le présentait comme une star mais il n'avait pas trop l'air d'avoir envie d'endosser le costume. Comme s'il n'était dupe de rien. Comme s'il préférait se tenir un peu sur le côté. Il faut croire que ça m'a parlé.

Après l'émission, nous sommes montés nous coucher, mon frère et moi. Le samedi soir, les parents restaient toujours un peu tard au salon. Je n'ai jamais su ce qu'ils y faisaient. S'ils se servaient un verre et continuaient à regarder la télévision. S'ils bavardaient dans le silence. S'ils avaient l'un pour l'autre les gestes tendres que je ne les ai jamais vus avoir devant moi. À peine s'embrassaient-ils du bout des lèvres, un baiser furtif, quand l'un ou l'autre rentrait du travail. Je ne les ai jamais non plus entendus se dire « je t'aime ». Ni même prononcer ces mots à l'intention de qui que ce soit. Pas même de leurs propres enfants. Avant de me mettre au lit, j'ai jeté un œil à ta maison. Tu étais assise sur ton lit, à côté de ta cousine. Elle avait passé la journée à Paris avec sa mère et vous secouiez la tête en rythme. Elle devait te faire écouter sa dernière découverte musicale. Les Rita Mitsouko peut-être, dont le premier album venait de sortir. Au mouvement de tes lèvres, j'ai deviné que tu chantais. Chaque fois que je te voyais par ma fenêtre, tu chantais. Sauf quand tu lisais peut-être, mais ce n'est même pas certain. Encore aujourd'hui, le plus souvent, quand tu ne parles pas, que tu es rêveuse, ou même quand tu manges, entre deux bouchées, tu chantonnes. C'est presque impossible à discerner. Tout juste un murmure. Mais moi je t'entends.

Alex aussi était dans sa chambre. En tenue de nuit, à son petit bureau qu'éclairait une lampe, il dessinait. À un moment, il a fini par relever la tête et m'a aperçu. Il m'a fait signe. La fenêtre à côté de la sienne, celle de son petit frère, était plongée dans la pénombre. Il devait déjà dormir.

Avant de me coucher, j'ai ouvert mon armoire et regardé le sac qui contenait leurs vêtements encore trempés. Je n'avais aucune idée de la manière dont j'allais pouvoir m'en débarrasser. Fallait-il les jeter ? Mais dans ce cas, la mère d'Alex et Clément ne se demanderait-elle pas où étaient passés ces pantalons, ces pulls, ces slips, ces tee-shirts, ces chaussettes ? Au moins, ils avaient conservé leurs blousons, qu'ils avaient ôtés pour jouer au ballon. Fallait-il que je trouve un moyen de les faire sécher avant de les leur rendre ? Mais là, ce serait ma mère à moi qui ne manquerait pas de s'apercevoir de quelque chose et poserait des questions : pourquoi des vêtements qui n'appartenaient à personne dans cette maison étaient-ils étendus sur son séchoir ? (Tu noteras au passage que toute une série d'objets de la maison étaient censés lui appartenir. Mon père disait « ton » aspirateur, « ton » séchoir, « ta » cocotte-minute, « ton » lave-linge, quand ma mère répondait « ta » perceuse, « ta » pompe à vélo, « ta » voiture… Mais je suppose que c'était pareil chez toi.)

Finalement, j'ai jeté les vêtements dans une benne quelques jours plus tard. Personne ne s'est aperçu de rien. Personne n'a jamais rien su. À part Alex, toi et moi. C'est resté notre secret. Je ne me l'expliquerai jamais.

J'ignore ce qui m'a réveillé. À cette époque, je n'avais pas le sommeil particulièrement léger. Et je rêvais encore. Je n'avais aucune idée de l'heure, si ce n'est que le jour n'était pas levé.

Des lueurs bleutées repeignaient, par intermittence, les murs de ma chambre.

1989

Paul

J'ai appuyé sur *rewind* pour remettre le morceau au début. Je tenais à peu près la mélodie à la main droite. La gauche, en revanche, me donnait encore du fil à retordre. J'avais beau m'acharner, le *Basket-ball* de William Sheller, c'était beaucoup trop compliqué pour moi.

Mon père est entré dans la chambre sans frapper. J'ai ôté le casque de mon walkman.

— Je ne t'entends pas beaucoup t'exercer sur ton morceau. On te paie pas des leçons pour jouer ça…

Par « ça », il entendait les chansons que j'essayais de retranscrire à l'oreille. Mon grand-père m'avait offert un synthétiseur Bontempi à la fin de mon année de CM2, et quelques mois plus tard mes parents avaient accepté de m'inscrire au conservatoire. Les tarifs étaient modulés en fonction du quotient familial et à l'arrivée c'était bien moins cher qu'ils ne se l'étaient imaginé. La prof avait fait une drôle de tête quand je lui avais avoué que je n'avais pas de piano à la maison mais un clavier électrique de seulement cinq octaves, aux touches étroites et légères qui produisaient le même son, qu'on les effleure ou les martèle avec vigueur. Elle avait soupiré. Hésité un moment. Mais s'était finalement résolue à commencer à m'enseigner le piano classique « en attendant ».

— En attendant quoi ? m'avait demandé ma mère.

— Que j'aie un vrai piano.

— Alors elle peut toujours courir. Qu'est-ce qu'elle croit, celle-là ? Elle nous prend pour Crésus ?

En définitive, et parce qu'à défaut d'être doué j'étais un élève plutôt consciencieux, Mme Tomasi m'avait accordé le droit de m'entraîner sur le piano de sa salle de cours quand elle ne l'occupait pas elle-même. Évidemment, ça ne pourrait pas me mener bien loin, ne me permettrait de progresser au rythme requis qu'un ou deux ans encore, mais nous n'en étions pas là. Pour l'heure, je travaillais les pièces les plus faciles de Bach ou Mozart et les exercices de Czerny une ou deux fois par semaine au conservatoire, et le reste du temps sur mon Bontempi à la maison. Et ça suffisait, même si je délaissais vite mes partitions pour massacrer les chansons que j'aimais. J'espérais pouvoir te proposer un jour d'y poser ta voix. Tu t'étais inscrite à la chorale en cinquième. Et c'est peu dire qu'avec tes robes un peu gothiques, tes imitations de Dr. Martens aux pieds et tes yeux charbon, tu déparais du reste du groupe, majoritairement composé des pires fayots du collège et des rares ressortissants de Paris-Jardin ou du Clos Saint-Michel qui pour des raisons mystérieuses n'étaient pas inscrits dans le privé.

— Bon, a fait mon père. On a discuté avec ta mère. Et c'est minuit dernier carat.

— Mais, ai-je miaulé. Les autres vont rentrer à une heure.

— Les autres… Qu'est-ce que j'en ai à faire des autres ? Et d'abord de qui tu parles ?

— Alex, Sarah…

C'était un jeu toujours un peu risqué que nous jouions à trois. Chacun racontait à ses parents que les deux autres avaient de plus larges latitudes, afin d'obtenir un alignement sur ces dernières. Nous faisions le pari qu'aucun d'eux ne vérifierait. Certes, il arrivait que ta mère croise mon père dans le bus qu'elle empruntait pour rentrer de l'hôpital. Mais je les voyais mal papoter, d'autant que mon père était au volant et qu'un panneau interdisait qu'on adresse la parole au chauffeur. Du côté d'Alex, les risques étaient quasi inexistants. Ses parents ne contrôlaient plus ses allées et venues depuis un bon moment. Sa mère avait fait plusieurs séjours en clinique pour des cures de sommeil. Elle n'était plus que l'ombre d'elle-même. Et son père, que nous avions toujours connu discret, silencieux, l'était devenu plus encore. Quand il n'était pas à Paris pour son travail, il se laissait absorber par les romans policiers qu'il dévorait à la pelle. Alex était quasiment livré à lui-même.

Mon père a pris un petit temps pour réfléchir.

— Tu es sûr que tu ne me mènes pas en bateau ? Lydie a vraiment dit une heure à ta copine ?

Ça m'a surpris qu'il appelle ta mère par son prénom. Mais j'étais trop préoccupé par mon mensonge pour relever l'incongruité de la chose. J'y ai repensé un peu plus tard, effaré de constater une fois de plus qu'un pan entier de la vie de nos parents nous échappait. Qu'ils en avaient une en dehors des heures que nous passions à leurs côtés.

— Oui, ai-je répondu du tac au tac. C'est elle qui nous amène. Et elle viendra nous rechercher.

— Mouais… Connaissant ta mère, elle va veiller jusqu'à ce que tu sois rentré. Tu sais qu'elle se fait toujours un sang d'encre pour tout et n'importe quoi.

Il est sorti de la pièce sans ajouter un mot. J'en ai conclu que j'avais remporté la mise. Je suis allé à la fenêtre voir si je t'apercevais. Mais tu n'étais pas dans ta chambre. Je suis quand même resté un moment à contempler la fresque qui commençait à s'étendre sur le mur contre lequel était collé ton lit. Tu avais entrepris d'entièrement le recouvrir de cartes postales et de photos que tu découpais dans des magazines. Jamais mes parents ne m'auraient autorisé à faire un truc pareil. Déjà qu'ils gueulaient quand je changeais mes posters et que le scotch arrachait un petit morceau de papier peint. Au moins ils avaient renoncé à se mêler de ce que j'accrochais. Il y avait longtemps que les sportifs avaient disparu. Je les avais remplacés par des chanteurs ou des affiches de films. *Le Cercle des poètes disparus. Le Grand Bleu.* De ton côté, tout se mêlait. Chagall, Matisse, Robert Smith, Fred Chichin et Catherine Ringer, Daho et la chute du mur de Berlin, Albert Camus, Romy Schneider, Isabelle Adjani et Tiananmen, Hippolyte Girardot dans *Un monde sans pitié*, Vanessa Paradis dans *Noces blanches*, Judith Godrèche dans *La Fille de 15 ans*, Charlotte Gainsbourg dans *L'Effrontée*, Barbara, Rimbaud et les photos prises au centre social et culturel pendant le spectacle du cours de théâtre que tu suivais depuis deux ans maintenant. Dernièrement, Jean-Louis Murat avait fait son apparition. J'avais attendu qu'une de ses chansons passe à la radio pour savoir de qui il s'agissait. Puis j'avais guetté un autre de ses passages pour pouvoir l'enregistrer sur une cassette BASF.

Je suis retourné à mon clavier. J'ai mis *L'Ange déchu* et j'ai essayé de recomposer la mélodie à la main droite et les basses à la gauche. C'était plus simple que Sheller. Mais j'étais encore loin du compte.

Un peu plus tard, j'ai sonné chez toi. C'est ta mère qui m'a ouvert.

— Tes parents t'ont vraiment donné l'autorisation pour une heure ? m'a-t-elle demandé d'un air soupçonneux.

J'ai acquiescé. Elle a soupiré, haussé les épaules, puis m'a dit que tu n'étais pas encore prête, mais que je pouvais monter.

— Alex est déjà là.

J'ai grimpé l'escalier, un peu contrarié. Je détestais l'idée que vous puissiez vous voir sans moi. Ça arrivait parfois, surtout pendant les vacances d'été. Nos parents les prenaient peu ou prou à la même période mais il arrivait qu'il y ait quelques jours de décalage et que l'un d'entre nous parte ou revienne un peu plus tôt ou un peu plus tard que les deux autres. Quand c'était moi j'avais toujours la sensation de rater quelque chose. J'étais d'une humeur massacrante et mes parents me le reprochaient. Avec ce que ça leur coûtait, tout de même, j'exagérais. Je ne mesurais pas ma chance. Il y avait des gens qui ne partaient jamais à la mer ni où que ce soit…

Par la porte entrouverte, je t'ai aperçue à ton bureau, face à un petit miroir. Tu achevais de te maquiller. Je t'ai observée un instant.

— Ben qu'est-ce que t'attends ? Entre ! as-tu fait sans que rien ait pu indiquer pourtant que tu t'étais rendu compte de ma présence.

Je t'ai obéi. Alex était affalé sur ton lit. Il feuilletait un numéro de *Studio Magazine*.

— Salut ! T'es là depuis quand ? n'ai-je pu m'empêcher de lui demander.

— Je sais pas. Cinq minutes… J'avais mon cours de dessin. Je suis venu directement.

Du regard, il m'a désigné son grand carton vert à élastique.

— Tu nous montres ? lui as-tu lancé en te retournant enfin.

Tu avais mis un rouge à lèvres très rouge, ajouté un trait d'eye-liner au coin des yeux. Et tu souriais de cette façon dont je voulais croire que tu ne la réservais qu'à moi.

Alex s'est exécuté. C'étaient surtout des esquisses, des natures mortes, au crayon ou au fusain. Des paysages à l'aquarelle ou à l'huile. Quelques visages. Il dessinait ou peignait ce que ses professeurs exigeaient. Chez lui, il s'attelait à des œuvres plus personnelles mais refusait de nous les montrer. Nous devions nous contenter de ce qu'il produisait dans le cadre des cours qu'il suivait au centre social et culturel ou au collège. À nos yeux, c'était un pur génie. Mais il détestait qu'on le lui dise. Tout juste consentait-il à bougonner qu'il se débrouillait, mais rien d'exceptionnel. Du reste, c'était ce que lui serinait son père quand il daignait se rappeler qu'il avait un fils : Surtout ne va pas te faire des idées…

Avec le recul, je me rends compte que ça a été une constante. Que ce soit les siens, les tiens ou les miens, quoi que nous fassions en dehors de l'école où nous nous efforcions d'avoir les notes qu'ils attendaient (même si ce n'était pas toujours, quand elles étaient bonnes, dans les matières qu'ils espéraient, le français, l'histoire, les langues, c'était bien joli, mais ce n'était pas avec ça qu'on décrochait un bon métier avec un salaire correct et la sécurité de l'emploi), nos parents n'avaient de cesse de nous remettre à notre place. Sans doute pour que nous ne nous fassions pas trop d'illusions. Pour nous protéger des déceptions. Peut-être aussi parce que de manière confuse, ils nourrissaient l'idée que les arts, le théâtre, la musique, la littérature, n'étaient pas pour nous. Et par « pour nous », je crois qu'ils n'entendaient ni nous ni eux-mêmes en particulier. Il était plutôt question de géographie et de milieu social. Tout ça, c'était pour les autres. Ceux d'en haut. Ceux de Paris ou des grandes villes. Ceux qui avaient « des relations ». Ceux-là mêmes dont ils parlaient toujours avec un certain mépris, disaient qu'ils se « la jouaient », « pétaient plus haut que leur cul », et aimaient moquer ce qu'ils croyaient savoir de leurs manières et de leur façon de penser.

Nous nous sommes extasiés sur chacun des dessins d'Alex. Comme toujours il s'est hâté de tout ranger et de passer à autre chose. Les morceaux que je travaillais au conservatoire. La pièce que tu répétais au théâtre. Les airs que tu étudiais à la chorale du collège. Comme s'il croyait plus en nous qu'en lui-même.

Nous sommes descendus au salon. Ton père nous a demandé, à Alex et moi, de bien veiller sur toi. Et bien sûr de ne pas trop boire. Tu lui as ri au nez.

— Papa ! Qu'est-ce que tu racontes ? Il n'y aura pas d'alcool…

Évidemment tu lui mentais. Ça t'agaçait prodigieusement qu'il fasse mine d'être aux petits soins pour toi devant nous – du moins était-ce ainsi que tu présentais les choses, ajoutant qu'en vrai il n'en avait rien à foutre, et ta mère pareil. Moi je trouvais que tu exagérais et qu'au fond tu avais plutôt de la chance. Ça me semblait normal que ton père s'inquiète de te voir partir en soirée comme ça, vêtue de ta robe noire décolletée, et maquillée. Et il avait l'air d'autant plus sincère que ni Alex ni moi n'offrions de garanties propres à rassurer qui que ce soit. J'étais du genre transparent, timide, incapable de faire du mal à une mouche. Et Alex avait déjà ce regard sombre, ces gestes nerveux, cette allure d'artiste maudit qui ne le quitteraient jamais. Il paraissait souvent à vif, portait ses cheveux en pétard, fumait des clopes sans se cacher de quiconque. J'imagine que pour un adulte, ça n'inspirait pas confiance. Et puis il y avait cette aura morbide autour de lui. Son petit frère était mort dans des circonstances inexpliquées. Il s'était éteint dans son sommeil. Les médecins avaient parlé d'insuffisance respiratoire, d'inflammation pulmonaire sévère. L'un d'eux avait évoqué une maladie auto-immune, un choc anaphylactique ou une malformation congénitale. Un autre avait avancé la piste d'un trop-plein d'eau dans les poumons et d'une « noyade sèche », ce qui était parfaitement absurde – à part pour nous trois, mais c'était une hypothèse si terrifiante que nous avions gardé le silence. La veille au soir, Clément s'était couché tôt pour un samedi, il était fatigué mais personne ne s'était spécialement inquiété. Ça lui arrivait comme à n'importe quel enfant après une journée bien remplie. Il s'était certes plaint d'avoir la nausée dans la soirée, mais s'était gavé de pizza et de chocolat une heure auparavant. Rien d'alarmant. Vers quatre ou cinq heures du matin, sa mère s'était réveillée en sursaut, sans raison particulière. Elle s'était levée pour boire un verre d'eau, puis avait passé une tête dans la chambre de Clément. Une odeur de vomi l'avait alertée. Elle s'était approchée de lui. Avait touché son front. Était ressortie pour aller chercher un gant de toilette humide afin de lui nettoyer le visage. Elle avait mis quelques minutes à se rendre compte que son fils était inanimé. Que sa poitrine ne se soulevait pas. Qu'aucun air ne sortait de sa bouche ni de son nez. Quand les pompiers étaient arrivés, il était trop tard depuis longtemps. De ma fenêtre, je les avais vus charger un brancard dans le camion. À la lumière des lampadaires, j'avais juste deviné qu'il s'agissait de Clément. Je m'étais dit qu'on devait le conduire à l'hôpital pour une crise d'appendicite ou autre chose. Comme Antoine quelques mois plus tôt. Il avait réveillé mes parents en se plaignant qu'il avait très mal au ventre. Mes parents l'avaient emmené aux urgences dans la nuit.

Personne n'en parlait jamais, et surtout pas lui, mais la mort de son frère accompagnait Alex partout où il allait. Dans les allées du lotissement. Au collège. Tout le monde savait que sa mère allait mal. Que lui-même avait traversé des jours terribles et qu'il cheminait au bras d'un spectre. Je me souviens de l'enterrement. C'était le deuxième auquel j'assistais, après celui de ma grand-mère maternelle, qu'un cancer des os avait emportée. Mais pour celui-ci rien n'avait de sens. Que Clément puisse reposer dans ce cercueil était inconcevable. Révoltant. Nous regardions Alex sans savoir comment lui porter secours. Dans les semaines qui avaient suivi, nous avions fait en sorte de ne pas le lâcher d'une semelle. Nous nous pointions chez lui sitôt sortis de l'école. Sa mère ne sortait plus de sa chambre. Nous passions devant celle de Clément sans nous attarder. Apercevoir son bureau, son lit, ses jouets suffisait à nous foudroyer. Alex demeurait stoïque et changeait de sujet chaque fois que son nom était prononcé, ou que l'un de nous évoquait les circonstances de sa mort. Et il détournait le regard dès qu'à nos yeux les larmes montaient. Je le voyais serrer les dents. On aurait dit que notre détresse l'incommodait. Il semblait même parfois en colère de nous voir flancher. Au bout de quelques mois, il nous avait annoncé que nous ne nous réunirions plus chez lui, désormais. Sa mère avait besoin de repos, de calme, de silence, avait-il plaidé. Mais nous savions, toi et moi, qu'il était question d'autre chose. Il s'agissait aussi, pour lui comme pour nous, d'échapper un peu à la gangue de tristesse et d'effroi qui nous y engluait. À nos mensonges. Au serment silencieux auquel nous avions choisi de ne jamais nous soustraire. Et au sentiment de culpabilité qui nous rongeait sans que jamais nous nous le soyons formulé.

— Allez, a fait ta mère. En route, mauvaise troupe.

Et nous sommes montés dans sa voiture.

Sarah

Ma mère nous a laissés devant chez Nico. Il vivait dans l'appartement au-dessus du bar que tenaient ses parents et disposait d'une cave aménagée où, comme son grand frère avant lui, il était autorisé à organiser des fêtes. Jusque-là, celles-ci s'étaient toujours déroulées l'après-midi. Pour la première fois, c'était le soir. Tout le monde était déjà là ou presque. Jean-Marc, Christophe, William, Stéphanie, Nathalie… Il y avait aussi Bruno. Il vivait à la cité des Bergeries et était le seul de là-bas à être encore avec nous au collège. Tous les autres avaient été orientés en section technologique dès la fin de la sixième. L'établissement où ils allaient maintenant était situé juste à côté du nôtre, une simple barrière séparait les deux cours de récréation mais c'était comme une frontière infranchissable, qui reproduisait à quelques exceptions près celle que traçait l'avenue séparant les Bergeries du Clos Saint-Michel et du lotissement où nous vivions. Nous ne réalisions pas à l'époque, je crois, combien ces populations censées se mélanger, dans une de ces villes de banlieue qu'on disait plutôt « mixte », vivaient en réalité tout à fait séparées les unes des autres. Certes, avec Alex et toi, il nous était arrivé, alors que nous étions en sixième ou en cinquième, d'aller traîner du côté des HLM. Tout comme il arrivait que ceux qui y vivaient nous rejoignent allée des Sycomores (sous les regards suspicieux de nos parents qui nous reprochaient alors d'avoir de mauvaises fréquentations). Mais au fil des années, et sans que nous en ayons eu conscience, c'était devenu de plus en plus rare. À part Bruno, chacun demeurait de son côté de la barrière. Et même lui, quand j'y réfléchis, on ne le voyait qu'au collège et lors des fêtes chez Nico. Enfin : lors des cinq ou six premières. Au bout d'un moment, il a cessé de venir, comme si quelqu'un ou quelque chose l'avait sommé de choisir enfin son camp.

Des projecteurs recouverts de gélatine bleue, rouge ou verte éclairaient la cave. Plusieurs spots diffusaient des lumières stroboscopiques. D'autres étaient braquées sur une boule à facettes suspendue au plafond. Au fond de la pièce se dressaient une petite console et des enceintes, d'où Nico lançait la musique. Il passait une bonne partie de son temps libre à concocter ses cassettes en prévision. Calé contre un des murs, un grand frigo recélait les boissons que ses parents mettaient généreusement à notre disposition : du Coca, du Fanta, de l'Orangina et quelques bières (une chacun maximum, avaient-ils fait mine d'ordonner, mais il y en avait au moins cinq fois plus que de convives). Tout le monde avait quand même reçu la consigne d'apporter une bouteille d'alcool. Certains, comme moi, étaient allés au supermarché faire le plein de Malibu, de gin fizz Pitterson et de ce truc horrible au goût de litchi dont j'ai oublié le nom. Les caissières n'étaient pas regardantes. Au pire, il suffisait de prétendre que c'était pour nos parents et elles faisaient semblant de nous croire. De ton côté, tu avais opté pour une des bouteilles de rhum de ton père. Il s'en est aperçu quelques jours plus tard. À ta grande surprise il ne t'a pas engueulé. Ça l'a bien fait marrer au contraire. On aurait dit qu'il était fier de toi. Je l'imagine même s'en être vanté auprès de ses collègues au dépôt de bus : « Ça y est, mon fils boit de l'alcool, c'est un homme à présent. Un vrai. » Il te taquinait souvent au sujet des filles. Cherchait régulièrement à te sonder. Ou à se rassurer. Depuis toujours il trouvait tes goûts, ta gestuelle, ta façon de marcher ou de parler un peu louches. Il se foutait régulièrement de ta gueule. Ne manquait jamais de brocarder devant témoins ta « délicatesse ». Ta « sensibilité ». C'était soi-disant « pour de rire » mais derrière les quolibets, les moqueries plus ou moins bon enfant se cachait à l'évidence une peur viscérale. Celle que tu sois gay. Ou plutôt « pédé », comme on disait à l'époque.

Nous avons salué tout le monde. Certains dansaient déjà. Surtout des filles. Les mecs, pour la plupart, discutaient en se servant un premier verre. J'ai rejoint la piste. Jean-Marc m'a imitée presque aussitôt. C'était le meilleur danseur de l'assemblée. Ses gestes étaient fluides, sa mèche retombait souplement sur ses yeux, et il la relevait avec une décontraction étudiée. Les autres ont suivi. Les morceaux se sont enchaînés. Bruno faisait le con comme d'habitude. Christophe et William essayaient de prendre un air dégagé, tout en s'appliquant au cas où une fille les regarderait. Alex, selon que les chansons lui plaisaient ou non, alternait danse effrénée et pauses clope et rhum-Coca. Il se déchaînait sur tous les pogos sans exception. Toi, planté près de la console, tu faisais mine de fouiller parmi les cassettes et les vinyles, mais ne me quittais jamais très longtemps des yeux. De temps en temps, je te faisais signe de nous rejoindre. Tu me répondais d'un geste que ça t'allait comme ça, que tu préférais nous regarder et écouter la musique. Les heures ont filé. De plus en plus d'alcool coulait dans les veines. Certains commençaient déjà à s'éclipser pour aller vomir. On sentait s'approcher le temps des baisers dans les recoins de la cave, des crises de larmes et des râteaux. C'est le moment qu'a choisi Nico pour lancer une série de slows. La cave a soudain été plongée dans la pénombre propice aux roulages de pelle que la plupart des garçons espéraient arracher à leur cavalière. Jean-Marc s'est aussitôt planté face à moi. Ça m'a étonnée. Je faisais rarement partie des « premiers choix ». On me rangeait plutôt dans la catégorie des « jolies mais bizarres » et il était censé être un des garçons les plus séduisants de l'assemblée. Mais j'ai hoché la tête et nous avons tourné collés l'un à l'autre pendant les six minutes et vingt-huit secondes que durait *Still Loving You*. Lui ont succédé Benoît (sur *Purple Rain*), Adrien (*Careless Whisper*) et qui d'autre encore, sur quelle chanson, je ne me souviens plus exactement. De toute façon ça n'avait pas d'importance. Je n'avais aucune attente particulière en la matière. Je dansais pour danser. Rien de plus. De son côté, Alex était enchaîné à Sandrine. Elle avait le béguin pour lui. Tout le monde le savait, il n'était pas intéressé mais ne faisait rien pour la détromper.

— Je n'ai pas le cœur à lui briser le sien, me répétait-il, visiblement très content de sa formule.

Toujours collé à la console, tu te contentais de nous observer. J'ai eu pitié. Je me suis postée devant toi et t'ai tendu la main. Tu t'es un peu fait prier pour la forme. Mais tu as fini par me rejoindre. Et nous avons tangué lentement sur *Puisque tu pars*. Je t'ai glissé à l'oreille que ce n'était pas en prenant tes airs de chien battu que tu allais choper des meufs. Le genre poète ou musicien romantique aux yeux tristes, ça ne marchait que dans les bouquins ou les films. Dans la réalité c'étaient les mecs bien dans leur peau ou qui faisaient semblant de l'être qui emportaient la mise. Tu as haussé les épaules et je t'ai senti te coller un peu plus contre moi. Je t'ai regardé et tu avais les yeux fermés. Tu ne les as rouverts qu'au moment où la chanson s'est arrêtée. C'était le dernier slow. La lumière s'est un peu rallumée. Il devait être 23 heures. William a lancé un titre de Madness, suivi d'un Mano Negra et d'un Madonna. Tu es resté sur la piste. Tu avais assez bu pour ça. Je dois dire, sans vouloir t'offenser, que tu dansais plutôt mal. À contretemps. Le corps un peu trop raide. Tu ne me lâchais pas du regard. Je te souriais de temps à autre. Tu avais l'air heureux. Je t'ai proposé de faire une pause pour boire un verre. Et c'est à cet instant précis que nous avons entendu des cris provenant de l'escalier. Quelqu'un beuglait le nom de Nico. Celui-ci est monté voir ce qui se passait. Apparemment, des mecs voulaient entrer. Ils étaient passés par le bar et son père faisait barrage. Il tenait d'abord à s'assurer que ces types, des Noirs et des Arabes pour l'essentiel, comptaient bien au nombre des invités.

— Et pourquoi on serait pas invités ? a fait l'un d'eux tout en essayant de forcer le passage.

Ça a gueulé un peu et nous sommes montés voir à notre tour. La plupart vivaient aux Bergeries. Nous les connaissions tous au moins de vue. Certains avaient été dans nos classes en sixième. D'autres devaient avoir un ou deux ans de plus que nous. Il y avait aussi deux ou trois mecs qui venaient de Vigneux, mais ça je ne l'ai su que plus tard, lorsque tu m'as parlé de Youssef que tu avais connu en primaire quand tu vivais là-bas. Ils ont tout de suite repéré Bruno.

— On est avec lui, a fait le plus balaise du groupe en le désignant. C'est lui qui nous a dit qu'on pouvait venir.

Le père de Nico a interrogé son fils du regard. Nico semblait dépassé. Bruno aussi. À son air affolé, on voyait bien que rien de tout ça n'était prévu. C'est là que j'ai aperçu Fabrice, le grand frère de Bruno. Évidemment. Il avait dû l'entendre dire à leur mère qu'il allait en soirée chez Nico, et il avait décidé de se pointer avec des potes, histoire de s'amuser un peu. Après un petit moment d'hésitation, Nico a finalement fait signe à son père que tout allait bien. L'ambiance s'est aussitôt détendue. Les nouveaux venus ont commencé à se servir dans le frigo et à danser. *Devil Inside* d'INXS a démarré. Fabrice a décrété que c'était de la merde et a entrepris de se mêler de la programmation. Il avait apporté sa propre cassette. Tout le monde paraissait bien s'amuser. Fabrice et ses potes s'éclataient sur la piste. Certains enchaînaient des figures de hip-hop. D'autres se sont mis à aborder les filles. Surtout Nathalie et Stéphanie, qui étaient, de l'avis de la majorité des garçons, les plus jolies du collège. (Il n'était pas très difficile de se situer dans la hiérarchie : les mecs faisaient des classements, délivraient des notes qui finissaient toujours par nous revenir aux oreilles, et pour être honnêtes, nous les filles, ne nous en offusquions que pour le principe. De notre côté, nous faisions exactement la même chose…) Et puis je ne sais pas ce qui s'est passé exactement. Qui avait trop bu, qui s'est mal comporté, qui s'est embrouillé avec qui, mais le ton est monté soudain. Ça a commencé à se bousculer. Les mecs des Bergeries étaient bien énervés. Ils en avaient après William, Cédric et Christophe. Des coups ont commencé à pleuvoir. Des filles à hurler. Nico s'est précipité à l'étage. Son père a déboulé aussi sec, accompagné par trois de ses clients munis de battes de base-ball en métal. Ils ont allumé la lumière. Et la musique s'est éteinte d'un coup.

Tout est devenu confus mais je me souviens que les types des Bergeries ont fini par se casser en nous traitant de gros racistes. Avant de s'en aller, deux d'entre eux se sont retournés et ont apostrophé Bruno.

— Putain, tu vas quand même pas rester avec ces poufiasses et ces petits pédés.

Je l'ai regardé et il semblait écartelé. Mais finalement il a rejoint les autres. Juste avant de disparaître il nous a fait un petit signe désolé.

— C'est bon, a dit Nico. Merci d'être venu, c'était cool. On se revoit lundi au collège.

Puis j'ai vu le fameux Youssef se planter en face de toi et te cracher au visage, avant de s'engouffrer dans l'escalier à son tour. Tu as eu l'air un peu sonné. M'as assuré que ce n'était rien. Puis t'es essuyé le visage avec un mouchoir. Mais j'ai bien vu que tu serrais les dents pour ne pas pleurer.

Les types de la cité sont demeurés un moment devant le bar à narguer le père de Nico et les piliers accoudés au comptoir. Et puis ils sont enfin partis. Trois jours plus tard, la vitrine a été caillassée. Ça n'avait peut-être rien à voir. On ne saura jamais. Mais le père de Nico, lui, avait sa petite idée. C'était eux. Pour lui c'était forcément eux. Des années après, on m'a rapporté qu'il avait pris sa carte au Front national. Ça ne m'a pas vraiment étonnée. Nico lui-même répétait toujours que son daron était un peu facho sur les bords. Même si jusqu'ici il l'avait toujours entendu dire qu'il votait pour le PC.

Je crois que c'est à partir de ce jour-là que les choses ont commencé à se tendre avec la bande des Bergeries. Ils se sont mis à traîner aux abords du collège. S'amusaient à intimider les élèves qui en sortaient. Demandaient à voir les raquettes que certains trimballaient dans des housses

– le club était en face du collège et pas mal de mecs, surtout des troisièmes, aimaient aller y faire une partie après les cours. Ne les rendaient pas toujours. Réclamaient de faire un tour de vélo ou de mob.

— T'inquiète, je te la rends. T'as pas confiance ? Tu me prends pour un voleur ? T'es raciste ou quoi ?

Ça tournait parfois à la baston. Les surveillants étaient contraints d'intervenir. Au bout de quelques semaines, des parents se sont plaints que leurs enfants étaient agressés par des « voyous ». D'autant que les skinheads affluaient depuis peu. Ils avaient dû renifler l'odeur du sang. À deux ou trois reprises, la rue du collège s'était transformée en champ de bataille. Des patrouilles de flics ont commencé à surveiller l'entrée de l'établissement. Les accros aux pétards ont dû aller se planquer pour fumer tranquilles. Ils se regroupaient désormais autour du gymnase, dissimulés par les châtaigniers.

Après leur départ de la soirée, Nico a remis la musique, mais le cœur n'y était plus. Et puis il n'était pas loin de minuit. Une partie des invités est remontée à la surface, où leurs parents les attendaient au volant de leur voiture. Nous étions une douzaine à être encore là. Nous nous sommes assis en cercle. Alex a allumé un joint et l'a fait tourner. Je t'ai regardé et toi non plus tu n'avais aucune idée d'où il avait pu le sortir. Nous ignorions même qu'il fumait. Quelques jours plus tard, il m'a raconté qu'il l'avait acheté au frère de Bruno avant que les choses ne dégénèrent. J'ai pris une ou deux bouffées. Toi tu as refusé. Tu sirotais ton gin-fizz. Tu n'as pas beaucoup changé. Je ne t'ai pas vu souvent tirer sur un bédo. Pour ce qui est des clopes et de l'alcool, par contre, tu n'as jamais été le dernier

– mais je ne suis plus si sûre d'avoir le cœur à en rire aujourd'hui.

Je ne sais plus qui a soudain proposé qu'on joue à cette version légèrement remaniée du jeu de la bouteille (dans celle-ci, imaginée par Nico, la bouteille, après avoir tourné sur elle-même, pointait un membre de l'assemblée, qui devait embrasser la personne de son choix). Mais je t'ai vu te raidir. Tu devais te dire qu'une fois de plus, aucune fille ne viendrait s'asseoir devant toi. Que toutes se dirigeraient vers Jean-Marc, Adrien ou Benoît. Sandrine a été la première à être désignée. C'était une fille très timide. Très réservée. Elle s'est levée et s'est avancée vers Alex. Ses joues étaient cramoisies. Elle tremblait. Nous l'avons tous encouragée. Alex paraissait un peu gêné. Mais il a hoché la tête et elle s'est lancée. Leurs bouches sont restées fermées. Ce n'était qu'un « smack », comme on disait. Mais il a semblé à beaucoup qu'il durait quelques secondes de plus que nécessaire. Et tout le monde s'est mis à hurler. Alex a haussé les épaules en souriant. Sandrine, visiblement aux anges, s'est rassise sans le quitter des yeux. Nico a relancé la bouteille. Une fois, deux fois. La troisième, elle a tourné longuement jusqu'à s'arrêter sur moi. Je me suis levée. Jean-Marc, sûr de lui, m'a fait un clin d'œil. Mais c'est toi que j'ai choisi. De mon point de vue, il n'y avait rien d'équivoque dans ce geste. Je ne pensais pas répondre à une quelconque attente de ta part. Dans mon esprit, il s'agissait plutôt de te rendre un genre de service. Quelque part dans les replis embrumés de ma petite cervelle, je devais me dire que te choisir ferait un peu remonter ta cote. C'était sans doute un raisonnement absurde. Je n'avais pas ce pouvoir. Je n'étais pas suffisamment populaire pour ça. Mais je me suis approchée de toi. Tu m'as regardée avec une drôle d'intensité, que je n'ai pas su décrypter à l'époque. J'ai fermé les yeux et approché ma bouche de la tienne. Nos lèvres se sont à peine effleurées. Et puis, je ne sais pas pourquoi, je n'ai pas pu m'en empêcher, j'ai éclaté de rire. C'était peut-être le joint. Ou bien cette idée qui m'avait soudain traversée : c'était un peu comme embrasser à huit ans un cousin ou le fils d'un ami de ses parents, planqués sous une tente au camping des Flots bleus à Paimpol. Tu as fait mine de rire à ton tour. Mais je sais aujourd'hui que je venais de te blesser sans le vouloir. Que cette esquisse de baiser t'a déchiré le cœur. Je suis allée me rasseoir. Quelques tours plus tard, Jean-Marc m'a choisie. Et nous nous sommes roulé une pelle maladroite. Il tournait sa langue comme une toupie. Tu as quitté l'assemblée peu après, pour regagner ton poste près de la console, et t'es resservi un grand verre de vodka que tu as bu d'un trait. Tu avais l'air triste. Mais je ne m'en suis pas inquiétée. Tu avais souvent l'air triste. C'était même agaçant parfois. Après ça, Jean-Marc et moi, nous sommes sortis ensemble pendant six jours. C'était déjà pas mal. Dans la moyenne. Je ne sais même plus pourquoi nous avons cassé. Qui de nous deux a pris l'initiative. Lui sans doute. Je suppose qu'à ses yeux j'étais juste un pis-aller. Une distraction. Un nom de plus dans sa collection. Il visait plus haut. Stéphanie ou Nathalie… Quant à moi, au fond, ça ne me faisait ni chaud ni froid. Je sortais alors avec qui me le demandait. Et ne ressentais ni chagrin ni manque quand ça s'arrêtait. Comme si j'étais spectatrice de ma propre vie.

Le jeu a continué et peu après, la bouteille a désigné Alex. Il m'a lancé un regard noir, comme s'il avait quelque chose à me reprocher, avant de s'asseoir devant Sandrine, entérinant ce qui avait eu lieu dix ou vingt minutes plus tôt. Eux non plus, ça n'a pas duré très longtemps. Deux semaines, peut-être. C'est lui qui l'a larguée. Dans les mois qui ont suivi, jamais elle n'a cessé d'arborer cette mine blessée, cette expression suppliante de fille aux abois. Elle ne le quittait pas des yeux ni pendant les cours ni aux tables du réfectoire, l'implorait en silence de la reprendre. Elle s'est peu à peu mise à me détester. Alex et moi traînions tout le temps ensemble. Toi non plus elle ne pouvait plus t'encadrer. Tu complétais le trio et il était d'usage, quand quelqu'un en avait après l'un d'entre nous, qu'il nous en veuille à tous les trois. Nous formions un tout inséparable. D'ailleurs c'est ainsi que tout le monde nous surnommait : « les inséparables ». Même les pions. Même le CPE. Monsieur Vance, il s'appelait. Tu te souviens ? Il puait le poisson et tout le monde le traitait de pédophile. Comme ça. Juste pour se marrer. Longtemps je me suis dit que nous avions été cruels avec ce pauvre type. Jusqu'à ce qu'un jour on me rapporte qu'il avait fini en taule. Pour pédophilie, précisément. Au fil des années il avait abusé de dizaines de garçons du collège. Je me suis toujours demandé combien, parmi ceux de notre époque, y étaient passés. Alex et toi m'avez toujours affirmé que ça n'avait été le cas pour aucun de vous deux. J'espère que vous ne m'avez pas menti. Mais comment savoir ? De mon côté, je vous ai caché tant de choses.

Pendant plusieurs semaines après cette soirée, il est arrivé que mon téléphone sonne quand j'étais seule à la maison. Je décrochais et il n'y avait jamais personne au bout du fil. Mais ça n'avait rien de spécialement inhabituel. Les blagues au téléphone, les appels anonymes faisaient partie de notre quotidien. À l'époque, aucun numéro ne s'affichait nulle part. Impossible de savoir qui appelait. Il n'y avait même pas de fonction rappel. Une ou deux fois, à la place du silence, j'ai entendu des chansons. Du Cabrel. *L'Encre de tes yeux. Je l'aime à mourir.* Je ne voyais pas qui ça pouvait bien être. Personne autour de moi n'aimait particulièrement Francis Cabrel. Personne n'était suffisamment timide et amoureux de moi pour faire un truc pareil. Aujourd'hui je suis sûre que c'était toi.

1992

Sarah

Nous ne sommes jamais tombés dans la même classe au lycée. Ça ne s'était plus produit depuis le CM2. Pendant les quatre années qu'avait duré le collège, avant chaque rentrée, Alex rédigeait une fausse lettre en imitant l'écriture de sa mère. Il demandait à l'administration de bien veiller à ne pas nous séparer. Mettait en avant sa propre fragilité depuis « ce qui était arrivé », et son besoin d'avoir ses amis auprès de lui. Ça avait toujours fonctionné. Personne n'était jamais allé chercher plus loin. La mère d'Alex ne venait jamais aux réunions parents/professeurs. À vrai dire, elle ne sortait plus trop de chez elle. Ou alors la nuit. Je la voyais parfois de ma fenêtre s'aventurer dans les allées désertes du lotissement, en chemise de nuit ou en robe de chambre, une tasse de tisane et une clope à la main. Dans la lumière des réverbères, elle avait l'air d'un spectre. C'est le père d'Alex qui tenait plus ou moins la baraque. Mais son travail l'engloutissait. Il avait bénéficié d'une promotion et dirigeait désormais un service à la Défense. Gagnait plutôt bien sa vie. Parlait même de déménager. D'acheter pourquoi pas une maison au Clos Saint-Michel. Alex essayait de l'en dissuader.

— Ta mère a besoin de changer d'air.

— Oui, mais pas au Clos Saint-Michel. C'est nul. Y a que des cons, là-bas. Pourquoi pas Paris-Jardin ?

Le père d'Alex écarquillait les yeux. C'était quoi le problème avec le Clos Saint-Michel ? Quant à Paris-Jardin, ça coûtait un bras. Et Alex lui-même n'avait-il pas toujours affirmé que c'était un repaire de petits bourges, de minets à mèche, de filles à serre-tête et de vieux cathos ?

Quoi qu'il en soit, le déménagement n'a jamais eu lieu. Ou disons qu'il s'est fait sans Alex et sa mère. Son père a fini par se tirer pour s'installer dans un pavillon en banlieue ouest avec une de ses collègues. Il a néanmoins continué pendant plusieurs années à subvenir aux besoins de son fils et de son ex-épouse bien au-delà de la pension règlementaire. J'imagine qu'il se sentait coupable de les avoir abandonnés. Et puis sa nouvelle compagne était blindée. C'était sa N+2, comme on dirait aujourd'hui et, chose rare à l'époque, elle gagnait le double de la plupart des hommes. Même si ceux qui occupaient un niveau hiérarchique comparable au sien gagnaient beaucoup plus encore. Sur ce point aussi, comme sur tant d'autres, rien n'a vraiment changé.

Nous nous retrouvions pendant les intercours. Dans le parc du lycée. Au réfectoire. Au CDI quand nous avions des heures de perm en commun. Au club ciné, dont nous faisions tous trois partie. Ou chez Boulle, le bar avec flipper et juke-box où s'agglutinaient les moins sages de nos congénères. La plupart ne commandaient qu'un café et squattaient les banquettes pendant des heures entières, au grand désespoir de la patronne. Ils bavardaient, jouaient aux cartes, se bécotaient dans les coins. Parfois, l'un de nous séchait les cours pour y rejoindre les deux autres.

Contrairement à ce que nous nous étions promis, nous n'avons pas pu choisir la même orientation en première. À part Alex, qui a pu s'inscrire en lettres et arts plastiques sans demander l'avis de quiconque, nos parents ont plus ou moins décidé pour nous. J'ai consenti à opter pour une première B (sciences économiques et sociales), pourvu qu'on m'autorise à continuer à suivre mes cours de théâtre au centre social et culturel, et à reprendre l'option art dramatique au bahut. Toi, par contre, tu n'as pas pu échapper à la filière scientifique. C'était pourtant dans les matières artistiques et littéraires que tu excellais. Tu t'étais mis depuis peu à lire de la poésie. Avais découvert Leonard Cohen. Écoutais toujours Sheller et Murat. Schubert et Brahms. Mahler. Debussy. Rachmaninov. Continuais à étudier le piano. Tes parents t'avaient offert un Clavinova. Ou plutôt : t'en avaient payé une partie. Ta mère venait d'obtenir une promotion aux Bétons de Paris. Après y avoir exercé la fonction de secrétaire comptable, elle était devenue assistante de direction. Vous ne rouliez pas sur l'or pour autant. Antoine était désormais au collège. Deux adolescents à charge, on sait ce que ça coûte. Il était convenu que tu rembourses les deux tiers de la somme en travaillant pendant l'été – ce que tu as fait, au guichet d'une agence bancaire à Saint-Germain-des-Prés, grâce à ton oncle Robert, employé au Crédit lyonnais. Il s'agissait d'un des premiers claviers électriques sur sept octaves proposant un toucher plus ou moins équivalent à celui d'un vrai piano. En vérité, c'était encore loin d'être l'idéal, et tu continuais à t'entraîner sur le Pleyel de madame Tomasi au conservatoire. Mais c'est à cette époque que tu as commencé à composer tes propres chansons. Alex, qui en plus du dessin et de la peinture s'était mis à la guitare en autodidacte, s'est proposé de t'accompagner. Et j'ai fini par vous rejoindre au chant. Nous répétions chez toi tous les samedis après-midi – sauf quand nous allions nous balader à Paris. Ta mère ou ton père venaient parfois glisser une oreille. Nous les sentions circonspects.

— C'est pas un peu triste, votre truc ? Qui va vouloir écouter ça ? À moins d'avoir envie de se tirer une balle...

Antoine, lui, se foutait carrément de nos gueules. Il détestait la chanson française. Ne jurait que par le grunge. Nirvana. Soundgarden. Pearl Jam. Mais nous ne prêtions guère attention à leurs remarques. Nous ne jouions que pour nous. Pour passer du temps et créer quelque chose ensemble. Rien n'est jamais sorti de ta chambre, jusqu'à la fameuse cassette dont Alex avait dessiné la pochette. Mais ça, ce fut des années plus tard. Pour l'heure nous étions encore au lycée. Nous avions dix-sept ans et, avec le recul, je me dis qu'aucun de nous n'allait très bien.

Tu te souviens de ce samedi-là ? Celui où nous sommes allés voir *Les Nuits fauves* à Paris. Je suppose que oui. J'en suis même certaine. Tu prétends toujours que ta mémoire est une passoire. Mais je n'ai jamais été sûre de devoir te croire.

Ce matin-là, Alex m'attendait devant chez lui. Il avait la mine sombre et les yeux rouges.

— J'ai pas beaucoup dormi, m'a-t-il lancé.

C'était peut-être la vérité, mais je savais que ça n'expliquait pas tout. Il avait aussi beaucoup fumé. J'ignore d'ailleurs où il trouvait l'argent, mais il gardait en permanence une grosse réserve de shit cachée sous son lit. Il prétendait que ça lui donnait la force de se lever le matin. D'aller en cours. De parler avec les autres. Les autres, c'étaient ceux de sa classe. Il n'avait pourtant pas tellement l'air d'avoir à se forcer quand il était avec eux. Au contraire il semblait être le centre de l'attention. La star. Enfin tu vois ce que je veux dire. Il avait cette sorte de charisme, de magnétisme. Toutes les filles étaient à ses pieds et il enchaînait les conquêtes. Ça ne durait jamais très longtemps. Il disait aussi que les joints l'aidaient à travailler. Il bossait sur son dossier pour les écoles d'art. Pour le book, il était dans les temps. Il lui suffisait de faire le tri dans tout ce qu'il avait réalisé ces derniers mois, entre le cours d'arts plastiques du lycée et celui qu'il continuait à suivre au centre social et culturel. Mais il lui restait pas mal de boulot sur le projet qu'il était censé présenter. Il ne voulait rien nous en dire. Sinon que ça avait un rapport avec *Les Nymphéas* de Monet.

— Oui mais c'est quoi, exactement ? lui demandions-nous.

— Oh rien. Des paysages, essentiellement. Ce genre de choses. Mais à ma manière...

Il nous parlait aussi d'Emil Nolde, et d'autres peintres plus contemporains que lui avaient fait découvrir ses profs de dessin. Aucun de leurs noms ne nous disait quoi que ce soit.

Tu nous as rejoints quelques minutes plus tard. Nous t'avons regardé t'avancer vers nous. Les joues creuses. Les yeux soudain immenses au milieu de ton visage osseux. Tes vêtements flottaient un peu. Tu avais tellement maigri ces derniers mois. Tu t'étais toujours trouvé trop rond, et semblais convaincu que c'était la raison pour laquelle, à part Hanna Weber lors d'un voyage scolaire en Allemagne en troisième et une autre fille dont je ne me rappelle pas le nom, qui était avec toi au conservatoire et avec qui tu avais échangé deux baisers avant qu'elle ne te laisse tomber au profit d'un beau gosse qui jouait de la clarinette, tu ne plaisais pas beaucoup aux filles. Je tentais de te détromper. Te répétais que le problème, c'était surtout que tu jetais toujours ton dévolu sur les mauvaises, alors que celles qui te trouvaient mignon n'entraient même pas dans le champ de ton regard. Mais tu ne voulais rien entendre.

— Regarde Jean-Marc, Benoît, Adrien et les autres. Ils sont tous hyper gaulés. Moi j'ai l'air d'un loukoum.

Tu avais commencé par t'interdire le sucre. Puis tout ce qui te paraissait gras. Tu avais enchaîné avec les féculents. Après ça tu avais décidé de ne plus manger le midi. Tu nous accompagnais tout de même au réfectoire. Tu remplissais ton plateau. Puis distribuais tout autour de toi. Ça faisait la joie des morfales. En particulier les jours où on nous servait des frites. Au fil des semaines, tu fondais. Sautais la plupart des dîners. Au même moment, tu t'étais mis à aller courir en forêt, ou à la base de loisirs. Tu partais sans rien dans le ventre. De toute façon, le peu que tu mangeais, tu le vomissais aussitôt après. Je le sais parce qu'un jour ta mère m'en a parlé. Elle était venue me voir. Elle n'osait pas en discuter avec toi. Elle voulait savoir si avec nous tu mangeais. Je lui avais menti. Moi aussi j'avais remarqué que les soirs où je t'invitais à dîner à la maison, croyant te coincer et t'obliger à avaler quelque chose, me disant que devant mes parents tu n'oserais pas repousser l'assiette qu'on te tendait, tu disparaissais aux toilettes sitôt la fin du repas. Je me souviens que quand je te demandais ce que ça faisait, d'aller courir comme ça sans rien avoir avalé depuis des heures et des heures, rien à part un peu de jus d'orange et un morceau de pain (comme Glenn Gould, précisais-tu), tu me répondais toujours, C'est comme voler. Je me sens rempli de lumière. C'est de l'ordre de la grâce.

Nous nous sommes mis en route pour la gare. En chemin, Alex t'a tendu un livre. Un bouquin de poche de Patrick Modiano qu'il avait acheté pour sa couverture, dessinée par Pierre Le Tan.

— J'en avais juste besoin pour un truc en arts plastiques, a-t-il précisé. J'ai feuilleté. Je me suis dit que ça pourrait te plaire.

À l'époque, tu lisais surtout de la poésie. Éluard, Aragon. Mais t'étais mis depuis peu aux auteurs contemporains. Tu disais avoir eu une révélation quand madame Duroy, ta prof de français, alors qu'elle vous faisait étudier un texte de Philippe Jaccottet et s'était elle-même retrouvée face à une petite difficulté d'interprétation, vous avait lâché le plus naturellement du monde, Eh bien je vais l'appeler. Ça t'avait scié. Et quand la semaine suivante elle avait annoncé, Alors voilà j'ai eu monsieur Jaccottet au téléphone et il a bien voulu m'éclairer, tu avais réalisé cette chose aussi simple qu'inconcevable : il existait des poètes et des écrivains vivants. Tout à fait contemporains des chanteurs que nous écoutions, des réalisateurs dont nous aimions les films. Ils avaient le téléphone. Sans doute une voiture. Mangeaient. Baisaient. Faisaient des enfants. Se rendaient au supermarché. Regardaient la télé. Jouaient peut-être au foot ou au tennis. Partaient en vacances à la mer. Respiraient le même air que nous. À compter de ce jour, tu t'étais mis à écumer la médiathèque et à en dévaliser les rayons de littérature contemporaine. D'abord la poésie. Puis le roman, que tu venais juste d'aborder, même si à ce stade tu n'avais pas encore trouvé ce que tu cherchais sans le savoir. Alex te l'a mis dans les mains. C'était Patrick Modiano. Dans les mois qui ont suivi tu as lu tous ses livres, découvert d'autres auteurs, et je crois que c'est comme ça qu'après la poésie tu as attrapé le virus du roman. Certes, tu en lisais depuis toujours pour l'école. Je te passais aussi ceux que j'aimais. Et ça te plaisait. Mais on aurait dit que tu commençais seulement maintenant à défricher un territoire qui n'appartenait qu'à toi.

Dans le RER pour Paris, à un moment je me souviens, je me suis mise à pleurer. Vous m'avez demandé ce qui m'arrivait. J'ai répondu que je n'étais pas certaine de le savoir moi-même. C'était sans doute à cause de mes parents. Mon père avait une liaison et ma mère l'avait appris. Ce n'était visiblement pas la première. Il avait longtemps été représentant, et ma mère avait toujours eu des soupçons. Toutes ces journées sur les routes. Les clientes à qui il rendait visite. Les nuits dans les hôtels. Les dîners dans des restos où dînaient d'autres commerciaux, parmi lesquels figurait forcément un certain nombre de femmes. À chacun de ses retours elle le cuisinait. C'étaient des scènes d'engueulade qui n'en finissaient pas. Parfois mon père craquait, et lâchait, Eh bien oui, c'est vrai, tu as raison, j'ai couché avec une cliente, ça va, tu es contente ? Bien sûr elle ne l'était pas et tout s'envenimait plus encore. Quand il avait été muté au siège, pendant quelques mois, les choses s'étaient apaisées un peu. Ma mère avait cessé de s'inquiéter. Elle devait l'imaginer moins soumis aux tentations. Elle avait tort. C'était même bien pire, puisqu'à présent il entretenait une relation de longue durée avec une femme qui travaillait dans la boîte d'à côté. Mon père avait nié comme il avait pu mais ma mère détenait des preuves. Désormais à la maison, ça gueulait tous les jours, ça s'écharpait à longueur de dîner, de nuit, de week-end. D'autant que ma mère était là chaque soir, maintenant. En tant qu'infirmière cadre, elle organisait les nuits de gardes des autres, et ne les assurait plus elle-même. Tout ça, c'était trop pour moi. Surtout quand, excédé, mon père quittait subitement la maison, montait dans sa voiture et démarrait en trombe. J'étais terrorisée. Je me demandais où il allait. J'avais peur qu'il ait un accident. En général il avait descendu quelques verres au cours de la dispute. Ma mère fondait en larmes. Je l'enlaçais sur le canapé, tentais de la consoler et c'était toujours le moment qu'elle choisissait pour me confier toutes ces choses que je n'aurais jamais dû savoir. Les tromperies de mon père. Les amants qu'elle avait pris pour se venger, à l'hôpital ou dans le voisinage (je me suis souvent demandé si ton père n'avait pas fait partie du lot, un jour tu m'avais raconté qu'il l'appelait par son prénom quand il parlait d'elle et que ça t'avait surpris, mais nous nous faisions sûrement des films). Elle me livrait parfois des détails sexuels sordides, et puis finissait toujours par se reprendre en me disant, Oh mon Dieu je n'aurais jamais dû te dire tout ça. Elle s'excusait, s'effondrait de nouveau mais le mal était fait. Tout ce qu'elle avait sur le cœur pesait désormais sur le mien, jusqu'à me filer la nausée et d'atroces migraines. Une fois rentré, mon père prenait le relais et tentait de me rallier à sa cause. Lui aussi m'inondait de confidences. Lui non plus ne m'épargnait aucun aspect de la situation. Et pendant ce temps-là, je me disais : ils ne voient rien. Ni l'un ni l'autre. Rien. Mais bientôt je vais me tirer. Et c'en sera terminé de tout ça.

À Paris, nous suivions toujours plus ou moins le même programme. Gibert pour toi et moi, où nous traquions les livres et les CD en solde. Tu en volais toujours un ou deux au passage. Rougier & Plé pour Alex. Les friperies des Halles pour tous les trois. Je rêvassais en contemplant les devantures des théâtres. Je tenais toujours à passer devant la Comédie-Française ou l'Odéon. Me disais qu'un jour peut-être, ce serait à mon tour d'être à l'affiche. Je ne sais pas si c'était pareil pour toi, mais je commençais à imaginer nos vies. Nous vivrions tous les trois à Paris. À Montmartre ou Saint-Germain-des-Prés. Ou pourquoi pas à Pigalle ou Bastille, même si je n'y avais jamais mis les pieds. Je serais comédienne, au théâtre surtout, mais aussi parfois au cinéma. Tu écrirais des chansons, publierais des poèmes. Alex exposerait dans des galeries du Marais. Il serait prof aux Beaux-Arts ou ailleurs – les Beaux-Arts étaient alors la seule école de ce type dont je connaissais le nom. Ou bien nous finirions par présenter nos chansons à une maison de disques qui nous signerait dans la foulée, nous nous baptiserions « Les Inséparables », nous produirions dans des salles de concert, et ça n'empêcherait ni Alex de peindre, ni toi d'écrire et de publier de la poésie, ni moi de jouer dans des pièces de théâtre. Tout ça n'avait aucun sens. Tout ça était tout à fait hors de notre portée. Mais j'y rêvais quand même.

À l'heure du déjeuner, nous nous arrêtions souvent pour manger une pizza que nous nous partagions, Alex et moi. Toi, tu nous regardais. Refusais d'en avaler ne serait-ce qu'une bouchée. Et puis nous allions au cinéma. Dans les mois qui avaient précédé, nous avions vu le *Van Gogh* de Pialat, *Tous les matins du monde* et *Un cœur en hiver*, *The Commitments* et *Talons aiguilles*. Je ne sais plus lequel d'entre nous avait commencé à entraîner les autres à Paris pour aller voir ce genre de films. Peut-être cela nous était-il venu du club-ciné du lycée – nous y avions découvert les principaux opus de Godard, Chabrol ou Truffaut. Ou encore des programmes de deuxième partie de soirée sur la Deux ou la Trois, qui proposaient parfois des classiques ou des œuvres des grands maîtres du cinéma d'auteur. J'aimais l'idée que chacun chez soi, une fois les parents couchés, nous quittions nos chambres, redescendions au rez-de-chaussée en veillant à surtout ne pas faire de bruit, et rallumions le téléviseur en cachette pour les regarder en parallèle. Nous nous en parlions le lendemain. N'étions pas toujours d'accord. Et c'était bien.

Ce jour-là, nous avions choisi une salle en bas des Champs-Élysées. C'est souvent là que nous allions. Dans notre imaginaire, c'était ça, sortir à Paris. Nous ignorions alors que les vrais Parisiens ne fréquentaient jamais cette avenue. Que c'était un truc de banlieusards, comme le Forum des Halles, où débutaient et s'achevaient toujours nos virées. Nous avons consulté la liste des films à l'affiche. On passait *Les Nuits fauves*, de Cyril Collard. J'avais lu un article dessus dans *Studio*. Je savais que ça parlait d'une vie à deux mille à l'heure. Du sida, des amours homosexuelles, de sexe et de mort, de contamination. Ça peut paraître fou parce que j'avais dix-sept ans et que le sida avait été découvert dix ans plus tôt, on en parlait à la télévision, Freddy Mercury, Rock Hudson, Noureev et tant d'autres en étaient morts, l'épidémie faisait rage et décimait une jeunesse désarmée, Act Up multipliait les actions et les coups d'éclat, mais vu de l'allée des Sycomores tout ça demeurait lointain, abstrait. La maladie. L'homosexualité elle-même. Pourtant je ne vivais pas en dehors du monde, comme certains de nos camarades au lycée qui n'en avaient rien à foutre de rien en dehors des cours, de leurs parents, frères et sœurs, de leurs potes, et de tous les trucs qu'ils rêvaient de se payer. Je lisais les journaux. Les injustices, les inégalités sociales, le racisme me révoltaient. Je portais un badge « Touche pas à mon pote » au revers de ma veste de velours prune et avais hâte de pouvoir voter. Mais le sida, l'homosexualité, c'était comme une réalité parallèle. Une fiction. Je vous ai demandé si ça vous tentait. Tu as tout de suite dit oui. Savoir que Collard avait bossé avec Pialat te suffisait. Nous avions vu *À nos amours* à la télé quelques semaines plus tôt et, avec la grandiloquence adolescente qui nous caractérisait, avions décrété que ce film avait changé pour toujours notre rapport au cinéma. J'ai senti Alex se raidir. Je ne me rappelle pas quel autre film il nous a proposé à la place. Un truc qui n'avait rien à voir avec ce qu'il aimait d'habitude. Je l'ai interrogé du regard.

— Je sais pas. J'ai pas trop envie de voir ça.

Je me souviens que tu l'as taquiné.

— Ben quoi, tu flippes à l'idée de voir des mecs baiser entre eux. T'as un problème avec les pédés ?

Il a haussé les épaules et t'a répondu d'une voix nerveuse que ça n'avait rien à voir. Tu as insisté un peu et il a fini par lâcher que c'était peut-être parce qu'il y était question de mourir jeune et que ça le ramènerait trop à Clément. Sur le coup je l'ai pris au mot. Mais sa réponse m'a tout de même semblé étrange. Il n'évoquait presque jamais son frère. Ce n'était pas son genre de convoquer son fantôme pour un oui ou pour un non. De l'invoquer à la légère. Clément était une sorte de divinité sacrée qui flottait en permanence au-dessus de nous, nous liait depuis l'enfance, mais dont il ne fallait jamais parler. Et puis ça n'avait rien à voir. Ce film ne parlait pas d'enfants, mais de jeunes gens qui tombaient malades en faisant l'amour. Comment tout cela aurait-il pu lui faire penser à Clément et raviver en lui une blessure qui n'avait pas besoin de ça pour être béante ?

— Mais c'est bon, allez-y sans moi. Je vous retrouve à la fin de la séance.

— Tu vas faire quoi pendant ce temps-là ?

— T'inquiète. Je vais me balader. Ou me poser dans un café.

Et il nous a montré le carton à dessin qu'il trimbalait toujours avec lui.

— T'es sûr ? ai-je insisté.

— Yep.

— Et tu seras vraiment là quand on sortira, ou tu nous feras faux bond comme d'habitude ?

Il a souri et s'est éloigné sans répondre. C'était un running gag entre nous. Depuis toujours, Alex avait le chic pour nous fausser compagnie. Soudain il nous disait, J'y vais, sans qu'on sache où il allait, et il s'évaporait. Ça le prenait subitement. Il s'éclipsait d'une fête. D'un bar. Ou bien, lors d'une de nos virées à Paris, au moment de prendre le train du retour, nous lançait, Je vous laisse, j'en prendrai un plus tard, et quittait le quai sans nous fournir la moindre explication. Une fois revenus allée des Sycomores nous le guettions. Quelquefois il rentrait dans la nuit. Il avait dû attraper le dernier RER. Je pensais à sa mère. Nous n'avions pas de téléphone portable à l'époque, et le connaissant, il y avait peu de chances pour qu'il ait pris la peine de la prévenir en l'appelant d'une cabine. Avait-elle passé la soirée à s'inquiéter pour lui ? L'engueulait-elle quand il finissait par se radiner ? Je n'en étais pas certaine. Elle semblait tellement perdue. Parfois, j'avais l'impression que c'était lui qui veillait sur elle, et non l'inverse.

Cette fois-ci, il a tenu parole. À la sortie du film, il était bien là. J'étais complètement chamboulée. Toi, je crois que tu digérais ce que tu venais de voir. C'était une sorte de révélation. Comment avions-nous pu ignorer tout cela si longtemps ? Comment cela avait-il pu ne pas nous percuter bien avant ce film ? Dans quel monde biaisé, dans quelle périphérie aseptisée, avions-nous vécu jusque-là ?

— Alors, c'était comment ?

Nous n'avions pas de réponse. À part que ça ne ressemblait à rien de ce que nous connaissions. Ni dans le fond ni dans la forme.

Je me souviens du silence dans le métro, alors que nous rallions les Halles pour prendre le RER. Je m'attendais à ce qu'à peine là-bas, Alex disparaisse subitement mais non, il est resté avec nous sur le quai. Le train n'arrivait que dans vingt minutes. Nous avions vu le précédent partir sans pouvoir monter dedans.

— Il faut que je vous parle d'un truc qui me stresse, a soudain fait Alex.

Il avait l'air si sérieux tout à coup. Tendu. Nerveux. Ses yeux vibraient. Ses mains tremblaient.

— C'est grave ? ai-je demandé.

— Je sais pas encore.

Je t'ai regardé. Nous n'avions aucune idée de ce qu'il allait nous dire. Et puis il a pris une grande inspiration avant de lâcher le morceau.

— J'ai fait un test. C'est ça que je suis allé faire pendant que vous regardiez le film. Ça faisait longtemps que je repoussais mais je me suis décidé.

— Un test de quoi ? as-tu demandé.

— Un test VIH. J'aurai les résultats dans huit jours.

— Mais… pourquoi ?

— Ben à ton avis. Parce que j'ai fait la connerie de baiser sans capote. Et j'ai appris que le mec était malade. Il a attrapé cette merde. Il l'avait peut-être déjà.

Je ne comprenais rien. C'était quoi, cette histoire ? De quel type parlait-il ? C'était quoi, le rapport avec le fait qu'il ait baisé sans capote ? À cette période il sortait avec Virginie, une fille dont le rire bizarre finissait par un genre de grognement évoquant irrésistiblement la truie. Ce qui ne l'empêchait pas d'être assez sexy. Mais je la trouvais con comme un balai. Je ne voyais pas ce qu'Alex lui trouvait – de toute façon, je peux te l'avouer aujourd'hui, je n'ai jamais aimé aucune des filles avec qui vous êtes sortis au lycée. Ni aucune de celles sur lesquelles vous aviez des vues. Je sais ce que tu vas me dire. C'était de la jalousie mal placée. Et tu auras bien raison.

Alex nous regardait en se marrant. Il devait nous voir comme de pauvres enfants innocents. Nous ne nous doutions de rien. Nous menions notre petite existence de lycéens de banlieue, avec nos rêves trop grands pour nous, alors que lui menait une double vie dont nous ignorions tout.

— Je couche avec des mecs, a-t-il lâché. Bon. Avec des filles aussi. Mais j'aime les deux. Disons que je suis bisexuel. C'est comme ça. Mais chez nous, c'est juste... impossible. Je sais pas. C'est comme si ça n'existait pas. Alors quand je viens à Paris, je vais dans le Marais ou aux Tuileries...

Nous le fixions sans comprendre. Les Tuileries, le Marais, pour toi comme pour moi, c'était juste les noms d'un quartier et d'un jardin.

— C'est là qu'on se retrouve. Enfin. C'est là que traînent les garçons comme moi. Qui aiment aussi les garçons.

Puis il s'est levé. Le train approchait. Il nous a salués et nous lui avons demandé où il allait.

— À votre avis ? a-t-il répondu, un grand sourire aux lèvres. Mais cette fois, promis, je fais gaffe.

Nous l'avons regardé s'éloigner tandis que le RER entrait en gare. Nous sommes montés. Je me souviens de notre silence dans le vieux wagon gris fer, dont les banquettes en cuir marron rebondissaient au rythme du cliquetis des roues sur les rails. La banlieue s'égrenait à travers les vitres sales. Les entrepôts et les immeubles. La Seine et la casse automobile. La station d'épuration. Les pavillons et leurs jardins clos où traînaient des jouets d'enfants, séchait du linge, s'érigeaient des petites cabanes à outils et des barbecues artisanaux. Dans certains s'accumulaient des pneus, des carcasses de motos, des pièces détachées d'automobiles. À quoi tous ces trucs pouvaient-ils bien servir ?

J'imagine que chacun de notre côté, nous devions essayer d'assimiler la chose. Alex aimait les garçons. Et il craignait d'avoir attrapé le sida. C'était tout un pan de sa vie qui défilait dans nos têtes, et se mêlait au film que nous venions de voir. Comment cela se passait-il exactement ? Avec quel genre de mecs baisait-il ? Où exactement ? Dans les fourrés ? Dans les chiottes ? Contre un mur, dans le recoin d'un bar ? Ces types avaient-ils à peu près notre âge ? Étaient-ils beaucoup plus vieux ? Et surtout, comment avions-nous pu être aveugles à ce point ? Il ne nous avait jamais parlé de rien. Avait sciemment laissé Cyril Collard nous déciller. Sans doute nous pensait-il inaptes à comprendre. Trop immatures. Il devait s'imaginer notre propre sexualité balbutiante. Il n'avait probablement pas tort te concernant. Je ne crois pas qu'à l'époque tu avais déjà couché avec qui ce soit. Moi c'était une autre histoire. Une histoire compliquée. On nous appelait « les inséparables » et nous pensions l'être. Mais nous avions chacun nos secrets, j'imagine. Moi j'avais le mien en tout cas. Combien de fois avais-je voulu vous en parler ? T'en parler à toi en particulier, que je savais tellement à l'écoute des autres. C'était ta marque. Cette façon que tu avais depuis toujours de te tenir en retrait, d'écouter, d'observer. Comme si tu emmagasinais pour plus tard. Pour quand tu aurais les armes. Pour quand tu saurais viser. Pour le moment tu les fourbissais. Lentement. Patiemment. Sans brûler les étapes. Tu faisais ton apprentissage. Et toi ? Quel était ton secret ? En avais-tu seulement un ? Pourquoi cherchais-tu à ce point à disparaître ? À te creuser jusqu'aux os ? À te faire plus léger que l'air ? Et tous ces mots qui bouillonnaient à l'intérieur et que pour l'heure tu retenais. Peut-être ne l'as-tu jamais su toi-même.

Dans le train ce soir-là, entre Villeneuve-Saint-Georges et Juvisy, j'ai de nouveau fondu en larmes. Comme à l'aller. Tu m'as serrée dans tes bras. Sans un mot. J'ai fini par me calmer et j'ai levé mon visage vers le tien. Tu me regardais fixement, avec un mélange de douceur et d'intensité. Comme si ça pouvait suffire. Comme si sans parler tu espérais me faire passer un message. Mais nous étions pareils, en un sens, toi et moi. J'aurais tellement voulu que tu devines. J'aurais tant aimé que tu me perces à jour. J'aurais tellement voulu ne pas avoir à raconter. J'aurais tellement voulu que tu me délivres. À ce moment précis, si tu m'avais embrassée, je crois que je me serais laissé faire. Ça aurait peut-être tout changé. Qui peut savoir ? Mais nous étions là tous les deux dans ce train de banlieue, serrés l'un contre l'autre et incapables de nous dire vraiment ce que nous avions à nous dire. J'ai séché mes larmes. Tu m'as demandé, Ça va aller ? J'ai répondu oui. C'était juste Alex. J'avais tellement peur pour lui. Qu'il soit malade. Qu'il soit terrifié de l'être. Qu'il lui arrive quelque chose à Paris. Qu'il tombe sur de mauvaises personnes. Qu'il se fasse tabasser par ces types violents dont on disait qu'ils traquaient les homos. Il y avait aussi mes parents, les liaisons de mon père, les crises de nerfs de ma mère, leurs confidences. Et puis quelques jours plus tôt j'avais largué Cédric, à moins que ce ne soit lui qui m'avait larguée, au contraire. Je ne sais pas pourquoi je t'ai parlé de lui. Ce n'était pas vrai que je pleurais à cause de lui. De toute façon tous ces mecs que j'embrassais, ça n'avait pas la moindre importance. J'aimais qu'ils me serrent dans leurs bras. J'aimais leurs lèvres sur les miennes, mais ça s'arrêtait là. C'était juste un peu de vie arrachée à la vie. Des battements de cœur sans conséquence, légers comme des papillons, éphémères, sans profondeur. Je les cueillais quand ils se présentaient et ça me suffisait. Très vite j'en avais marre. Et je n'en voulais pas plus. Je ne voulais pas coucher avec eux. J'imagine que tu pensais que je le faisais. Que je baisais avec ces mecs. Mais ça n'arrivait jamais. Je m'enfuyais avant qu'ils ne se montrent trop pressants. Avant de ne plus avoir la force de refuser. Je ne sais pas pourquoi. Ça n'avait aucun sens. Vu ce que je vivais par ailleurs. Ou bien au contraire. C'était tout à fait relié.

Soudain, j'ai senti tes yeux dériver. Je me suis retournée : dans le wagon se tenait cette fille que tu aimais bien. Elle était dans ta classe. Tu la croisais aussi parfois au conservatoire. Elle jouait de la flûte traversière. Je sais que je n'en avais pas le droit mais ça m'a agacée, que tu la regardes. Qu'elle puisse te plaire. Je t'ai demandé pourquoi tu ne tentais pas ta chance. Tu as voulu esquiver mais j'ai insisté.

— Allez vas-y, lève-toi. Va lui parler. C'est le moment. Elle est toute seule.

Tu n'as pas bougé. Je suis devenue méchante, là, entre Vigneux et Juvisy. Je ne sais pas ce qui m'a pris, je t'ai tout balancé, tes airs de chien battu, ta timidité, ton attentisme, cette tristesse surjouée que tu trimballais partout avec toi, tes mines de poète maudit à la con, ton idée de ne plus porter que du noir, tes joues que tu aspirais à l'intérieur de ta bouche pour les creuser plus encore, ce truc débile que tu faisais d'écrire des lettres aux filles qui te plaisaient, de les glisser dans leur sac en cachette, de ne même pas les signer en espérant qu'elles devinent que c'était toi. Je me suis moquée de ton romantisme foireux qui confinait à la lâcheté, de tes façons de regarder les meufs sans jamais rien faire, comme si tu quémandais quelque chose, comment pouvais-tu croire que ça fasse envie à qui que ce soit, comment pouvait-on être aussi godiche et coincé à ton âge, aussi immature et mal dans sa peau ?

Tu n'as rien répondu. Tu m'as juste dit, Je m'en fous de cette fille, et nous sommes descendus sur le quai. À la gare routière, le bus nous attendait. Juste avant de te quitter devant chez toi, je t'ai demandé pardon pour ce que je t'avais dit. J'ai ajouté, C'est cette histoire d'Alex, ça m'a perturbée. Comment avons-nous pu ne rien voir ? Et s'il avait souffert sans que nous nous en rendions compte ?

— Pourquoi aurait-il souffert ?

— Je ne sais pas. J'imagine que c'est pas forcément facile, de réaliser qu'on est attiré par les garçons. Surtout ici. Toi, tu t'es jamais posé la question ?

— Pas trop, non. Mais ce que je pense, c'est qu'on aime d'abord quelqu'un. Ça peut être un garçon. Ça peut être une fille.

— Je ne te parle pas d'aimer, je te parle de relations sexuelles.

— Je crois que l'un sans l'autre, ça ne m'intéresse pas vraiment.

Je t'ai charrié en te disant que de toute façon tu n'avais ni l'un ni l'autre et que tu ferais sûrement moins le difficile si l'occasion se présentait. Et puis j'ai pensé que même si nous avions le même âge, tous les trois, nous n'avions pas le même âge. Tu étais encore un enfant. Alex et moi, nous étions trop vieux pour nos dix-sept ans.

Une fois rentrée chez moi, je me suis enfermée dans ma chambre et j'ai mis cet album de Daho qu'Alex écoutait en boucle depuis plusieurs mois. Nous étions même allés le voir au Zénith. Pendant tout le concert, Alex avait semblé rayonnant, exalté, libéré. Nous ne l'avions jamais vu comme ça, même en soirée chez Nico quand il dansait sur *Modern Love* de Bowie. Il réclamait toujours qu'on passe les mêmes trucs. Daho, Bowie, Queen, Elton John, Jimmy

Sommerville. Les Pet Shop Boys et les Smiths aussi, même s'il était le seul à les connaître et à planer sur la piste de danse. Vu d'aujourd'hui, tout ça paraît tellement transparent. Mais nous étions si innocents, toi et moi. Tout ça nous passait au-dessus de la tête. Nous dansions, nous écoutions tous ces types chanter, reprenions leurs refrains, mais c'est comme si ça ne nous parvenait pas au cerveau. Comme si nous étions incapables de saisir de quoi ça parlait en vérité.

J'ai remis la première chanson. *Des attractions désastre.* Tout était là. Les quilles ou les glaçons sans distinction. Et ce soir-là au Zénith, je suis sûre que toi aussi tu avais chanté ces paroles avec Daho, sans vraiment les saisir. Alex, lui, entendait tout depuis longtemps. C'était comme des messages secrets, codés, cryptés, et lui les recevait. Comment avions-nous pu être si naïfs ? Sa passion naissante pour Genet et *Le Condamné à mort. Sur mon cou*, en particulier. Hockney, Basquiat, Bacon, que sa prof de dessin au lycée lui avait fait découvrir. Les bouquins de ce type, Hervé Guibert. Il disait toujours que ça ne nous plairait pas. Lui qui, contrairement à nous deux, n'était plus trop branché littérature avait néanmoins dévoré tous ses livres. Il guettait leur parution quand nous passions chez Gibert à Paris. Qui lui avait parlé de tout ça ? De ce monde dont tout nous échappait ? Pourquoi ne nous en avait-il jamais rien dit ? Parce que nous nous moquions depuis toujours des profs efféminés, comme tous les autres ? Monsieur Charrier et ses pantalons serrés qui lui moulaient la bite au collège. Monsieur Shaeffer, le prof d'allemand au lycée, que tout le monde qualifiait de tapette. Quand nous entrions en classe il y avait toujours un de nos camarades pour gueuler, Allez les gars, c'est parti pour la cage aux folles !

Le disque tournait et tout ça aussi. Ces rires gras depuis toujours. Ces blagues lourdingues. Ce truc entre vous, les garçons. Ce temps que vous passiez à vous traiter de pédés, de tantes, de tarlouzes. Tu te souviens du fils de la prof de français au collège ? Romain ? Je ne sais même pas d'où c'était venu. Sa coiffure. Sa manière de s'habiller, de parler. Ses goûts. Sa timidité. Une forme de délicatesse. Tout le monde pensait qu'il était gay. Et ça faisait de lui un paria. Et le pire, c'est que nous aussi nous participions à ça. Même Alex. Lui et toi, je ne sais pas comment, mais vous parveniez à vous fondre dans la masse. Pourtant vous auriez très bien pu vous faire rattraper par la patrouille. Alex, avec tout ce qui crevait tellement les yeux que nous étions devenus aveugles. Toi, avec ta poésie, tes chansons tristes, tes bouquins dans les poches, ton peu d'appétence pour les sports collectifs, tes cheveux longs, ta maigreur, ta maladie de fille. Je me souviens qu'on disait ça au lycée, pendant ces années où tu ne mangeais plus et te forçais à vomir. Que tu avais une maladie de fille. Que tu faisais ça pour te faire remarquer. Pour être « belle ». Mais ça s'arrêtait là. Dans nos familles aussi, on sentait bien que la question était minée. Nos parents ricanaient dès qu'on évoquait les « pédés », les « gouines ». Ton père se foutait plus que jamais de ta gueule. Ton affectation. Ton snobisme. Les mots que tu employais. Et ton petit frère renchérissait, lui qui était devenu tellement « mec », avec ses parties de foot entre potes, son goût pour le gros son, sa mobylette au pot trafiqué.

Mon père a toqué à ma porte. Il était tard. Il avait entendu de la musique. Il a passé la tête dans l'embrasure.

— Ma chérie… Tu as cours demain. Il faut que tu dormes…

— T'inquiète. Il reste plus qu'une chanson.

Il a jeté un œil au mur au-dessus de mon lit. À présent, les photos et les cartes postales le recouvraient entièrement. Depuis quelque temps je l'améliorais en procédant à des remplacements. Je l'actualisais. Il n'y restait plus grand-chose de l'enfance. Souvent tu me refilais des images que tu avais découpées ou récoltées, et dont tu t'étais dit qu'elles pourraient me plaire. Tu me les tendais en disant, Tiens, c'est pour ton mur. Tu me faisais aussi des cassettes. Des compilations des chansons que tu aimais et que tu piochais dans les CD que tu empruntais à la médiathèque. Tu ne les choisissais pas au hasard. Certaines paroles m'étaient destinées. À travers elles, tu m'adressais des messages. Mais je ne l'ai compris que bien après. Il y a quelques années, un de ces soirs où la nostalgie nous saute à la gorge et où l'on se complaît à se lover dans le passé, j'en ai réécouté certaines et ça m'est apparu en pleine lumière. J'ai failli t'appeler ou t'envoyer un mail. Mais ça n'aurait rimé à rien. À quoi bon me réveiller si tard ?

Mon père a refermé la porte derrière lui. La dernière chanson s'est terminée. Elle portait le titre de l'album. *Paris Ailleurs*. On ne pouvait pas mieux dire. J'ai éteint ma lampe. J'ai jeté un œil par la fenêtre. Au milieu des rideaux de ta chambre filtrait un trait de lumière. Toi non plus tu ne dormais pas. J'ai fermé les yeux. J'ai mis du temps à trouver le sommeil.

Quelques jours après, nous avons tous les trois séché les cours pour accompagner Alex à Paris. Ses résultats l'y attendaient. Dans le RER, il essayait de se contenir mais ça se voyait que la peur le dévorait. Ses jambes flageolaient quand il est entré dans le laboratoire. Puis il nous a souri. Le test était négatif. Nous avons pris le chemin du retour sans nous attarder. Cette fois, il est rentré avec nous. Dans le train il nous a annoncé avec toute la solennité dont il était capable :

— De toute façon, pour moi c'est fini les garçons. C'était juste une expérience. J'arrête. En attendant.

Ça n'avait évidemment aucun sens. Je n'avais jamais réfléchi à ces questions mais il me semblait que ça ne fonctionnait pas ainsi, qu'on ne décidait pas de ne plus aimer les mecs. D'autant que je doutais à présent qu'Alex ait été tout à fait sincère quand il avait déclaré être à la fois attiré par les filles et les garçons. Je me disais que les premières étaient peut-être plus une couverture qu'autre chose. Une manière de se plier à ce qu'on attendait de lui. De donner le change, parce qu'à cette époque et là où nous vivions, sortir à découvert était proprement inenvisageable.

— En attendant quoi ? ai-je demandé.

Il a pris un air mystérieux et il est passé à autre chose.

Paul

Il y avait longtemps maintenant que nous tirions nos rideaux. Parfois, dans la journée, nous apercevions l'autre dans sa chambre et lui adressions un signe. Mais le soir venu nous fermions tout. Comme un symbole de tout ce que chacun gardait pour soi désormais.

Nous avions cessé de tout nous dire. Nous nous cachions des choses. Nous nous surnommions les « inséparables », mais tant de silence nous séparait.

Tu t'étais inscrite au théâtre dès la cinquième. Les cours se déroulaient au centre social et culturel à cette époque – la classe d'art dramatique du conservatoire municipal n'ouvrirait que bien plus tard. Tu semblais si heureuse de suivre l'atelier de monsieur Chatel. De préparer ces petits spectacles que vous jouiez en fin d'année devant un public essentiellement composé de parents et d'amis. Tu disais, Moi aussi j'ai mon truc maintenant. Alex avait le dessin. Moi le piano. Toi c'était le théâtre, même si je t'apercevais encore de temps en temps dans ta chambre, le poing serré comme si tu tenais un micro, chantant par-dessus les disques que tu écoutais.

Très vite, Chatel a cru bon d'alerter ton père : tu dégageais « quelque chose ». Un magnétisme. Une vibration très particulière. Il avait rarement vu ça.

— Bien sûr, l'a-t-il averti en paraphrasant Brassens, sans travail un don n'est rien qu'une sale manie. Sans compter que parfois, au sortir de l'adolescence, la grâce s'évanouit. Mais enfin, vous pouvez en être certain : votre fille dispose d'un vrai potentiel.

Ton père n'a pas trop su comment prendre ces compliments. Bon. Tu te débrouillais en théâtre. C'était chouette. Mais à quoi cela pouvait-il bien mener ? C'était juste une occupation, non ? Une distraction. Pas besoin d'en faire un plat. Après tout, ce n'était qu'un petit cours dans un centre social de banlieue. À quoi bon ces avertissements, cette rhétorique du travail et du don ? Ta mère opinait. Elle se moquait même un peu de toi. T'interpellait sur le mode « alors la grande actrice », avant d'imiter les manières grandiloquentes et démonstratives qu'elle associait aux tragédiennes. Ceci dit, même elle a dû admettre, le jour de ta première représentation publique (une « restitution » d'atelier, un « point d'étape », comme l'avait présentée ton prof en ramenant son écharpe sur son épaule), que Chatel n'avait pas tout fait tort. Pourtant, Dieu sait qu'elle ne l'aimait pas beaucoup, ce type, avec son phrasé affecté et pour tout dire, on en revenait toujours là, efféminé. Elle le soupçonnait de se « donner un genre ». Je garde en mémoire cette image : toi en robe blanche, éclairée par un projecteur, au milieu de tes camarades de jeu. Tu irradiais. Je ne sais pas à quoi ça tenait. Une sorte d'intensité. Une façon de capter la lumière. Ça arrive parfois, j'ai vu ça des années plus tard sur certains plateaux de cinéma ou de théâtre. Cette manière qu'ont certains acteurs, certaines actrices, de soudain se « rassembler » au mot moteur, ou au moment d'entrer en scène. De se transfigurer. Alors que deux minutes plus tôt, rien ne transparaissait. Alors que « dans la vie » ou les coulisses, ils semblaient presque banals, sans épaisseur ni vibration particulière.

Un peu avant la fin d'année, tandis que vous répétiez le spectacle qui se voulait le point d'orgue de la « saison » (là encore j'emploie le vocabulaire dont aimait user ton « metteur en scène », qui régulièrement vous distribuait des prospectus pour les spectacles dans lesquels il jouait à Paris, au Lucernaire ou au Tambour royal, et même une fois, un petit rôle au théâtre de la Porte Saint-Martin), Chatel a demandé l'autorisation à ton père de « te garder un peu plus tard ».

— Vous n'êtes pas sans savoir que votre fille tient le premier rôle. Elle a besoin d'un accompagnement spécifique. De répéter certaines scènes séparément du reste du groupe, vous comprenez. Notamment son grand monologue.

Tout cela semblait un peu démesuré pour une représentation de fin d'année d'un cours « ados » d'un centre social et culturel. Mais personne ne s'est interrogé. Ni tes parents ni les autres élèves qui apprenaient les rudiments du théâtre à tes côtés. Ton père a un peu tiqué. Avec tout ça, à quelle heure lui ou sa femme allaient-ils devoir venir te chercher ? Le prof a répondu que ça dépendrait de l'avancement du « travail ».

— Mais ne vous inquiétez pas pour ça. Je la ramènerai moi-même. C'est sur mon chemin. C'est plus simple.

As-tu flairé quelque chose alors ? Je me souviens combien tu l'admirais. Même après, tu as continué à l'admirer. Jusqu'au bout tu as continué à l'admirer. C'était sans doute un des moyens par lesquels il te tenait. La clé de son ascendant. Même s'il y en avait d'autres. Les compliments dont il te couvrait. Et dans les années qui ont suivi, l'avenir qu'il te promettait. Dès ton entrée au lycée, il a commencé à évoquer le Conservatoire, l'École de la rue Blanche, le cours Florent, le TNS. Dans ton option théâtre aussi, tu rayonnais. La prof acquiesçait, enthousiaste, quand tu osais évoquer devant elle les concours que Chatel t'encourageait à passer après le bac. Seuls tes parents tentaient de modérer tes ardeurs. Mais si la prof du lycée était elle aussi persuadée que tout cela avait un sens, alors que dire ? Et tant pis si, faute de professionnel, l'option théâtre était dirigée par une prof qui enseignait habituellement le français et n'était jamais montée sur les planches. Tant pis si ses compétences en la matière se limitaient à aller voir une ou deux fois par mois à Paris un spectacle que recommandait *Télérama* ou *Le Masque et la Plume*.

Au centre social et culturel, les répétitions privées sont devenues la norme. Leur rythme s'est même intensifié au fil des années. Tu restais toujours seule avec Chatel après les cours et il te ramenait. Il arrivait aussi qu'il te fasse « travailler » le week-end. Personne n'y trouvait rien à redire. Un prof de trente-cinq berges avec une adolescente, en tête à tête, en dehors de tout cadre. Au début, tes parents se sont juste inquiétés des frais supplémentaires que ça engendrerait. Après tout, il s'agissait de leçons particulières qui s'ajoutaient au cours collectif. Ils n'auraient pas été surpris de devoir payer pour cela. Mais Chatel n'a jamais rien demandé. Quand tout a éclaté (et encore n'est-ce pas là le bon mot, tout s'est fait en réalité dans la plus grande discrétion), j'ai surpris deux de tes camarades qui ricanaient en faisant des sous-entendus dégueulasses, comme quoi il se payait autrement. J'ai eu envie de leur sauter à la gorge. Mais sans doute la réalité crue de ce que je venais de découvrir était-elle trop déstabilisante pour que je la regarde en face. Je n'y suis jamais vraiment parvenu d'ailleurs. Et tu ne t'es jamais étendue sur le sujet. Tant de questions sont restées en suspens. À quel âge t'a-t-il embrassée pour la première fois ? Quand a-t-il commencé à promener ses mains sur ton corps ? Que te disait-il pour que tu te laisses faire ? À moins que ce ne soit toi qui aies commencé. L'aies « provoqué », comme le clamaient souvent ce genre de types pour leur défense. Quand t'a-t-il pénétrée pour la première fois ? Quand as-tu commencé à le sucer ? Pardonne-moi de poser des questions aussi frontales. Elles me révoltent moi aussi. Elles me donnent mal au bide. Mais c'est bien ça qui se passait, toutes ces années, non ? Un jour tu m'as avoué qu'il nous détestait, Alex et moi. Il ne nous connaissait pourtant pas beaucoup. Nous venions juste assister à tes spectacles. Parfois, quand tu as été plus âgée et que tes parents ont cessé de t'y amener ou de venir t'y chercher, nous t'accompagnions jusqu'au centre social et culturel. Tu étais souvent sa seule élève. Il t'attendait devant, la clé du local à la main. Il nous saluait vaguement, un petit sourire méprisant aux lèvres, et une fois à l'intérieur, te sommait d'arrêter de fréquenter des petits cons dans notre genre.

— Tu es bien trop mûre pour ces gamins. Et puis ils ont l'air si quelconques.

Il te sortait tous ces trucs sur ta maturité, l'adulte qu'abritait ton corps d'adolescente, la vieille âme que ton écorce hébergeait. Il rabaissait aussi tes parents. T'encourageait à les quitter sitôt tes dix-huit ans fêtés pour véritablement t'envoler et embrasser le destin qui te tendait les bras. Il te parlait de Paris. Évoquait l'appartement qu'il pourrait louer là-bas, juste pour vous deux. Il ferait ça pour toi. Quitterait sa femme, ses enfants, sa petite maison de Montgeron, pas loin du lycée, où tu le rejoignais parfois en plein après-midi parce qu'il te l'avait demandé, t'avait suppliée, parce qu'il t'avait menacée de te laisser tomber sinon, t'avait persuadée que sans lui tu n'y arriverais pas, les concours, tu ne serais jamais assez bien préparée, sans lui comment voulais-tu avoir la moindre chance, une gamine de banlieue comme toi, une fille des lotissements avec une mère infirmière et un père commercial dans une boîte d'extincteurs, rien à voir avec l'art, la culture, lui seul pouvait t'aider à les passer avec succès. Et tant pis si lui-même n'en avait jamais réussi aucun. Tant pis si lui-même n'était qu'un comédien de seconde zone qui donnait des cours dans un centre social et culturel de la grande périphérie et ne jouait que des rôles secondaires dans des spectacles sans envergure – me revient en mémoire cette fois où, pas très longtemps avant que tout ne soit découvert, nous étions allés le voir sur scène. Je t'avais observée pendant toute la représentation. Et j'avais remarqué combien tu étais déçue. Mais après le spectacle tu avais nié. À peine avais-tu consenti à marmonner du bout des lèvres que la mise en scène n'était pas terrible, et ses partenaires assez grotesques.

— Mais lui jouait très bien.

Tu étais presque en colère.

— De toute façon vous n'y connaissez rien, avais-tu fini par nous asséner.

Ça a duré plus de cinq ans. Plus de cinq ans sans que personne se doute de rien. Parfois je m'énerve tout seul en y repensant. Je me blâme de n'avoir rien vu. Je blâme tes parents, trop occupés à se déchirer, à se tromper, à s'écharper et à se rabibocher, à se disputer ton écoute et ton appui pour s'inquiéter de savoir comment tu allais, toi. Pour te protéger. Pourtant au fil des années, combien de fois avaient-ils dû te voir te retenir de pleurer ? Combien de crises de larmes et de migraines ? Combien de pétages de plombs dans ta chambre ? Et tous ces « petits copains » qui défilaient pour quelques jours, dont tu tenais le compte en traçant des petites croix dans un coin du mur que recouvraient les photos découpées et les cartes postales. Et ces carnets que tu laissais bien évidence au pied de ton lit, ou sur ton bureau. Tes parents ont toujours affirmé ne jamais les avoir ouverts. À les entendre, ce respect de ta vie privée les honorait, relevait de la plus pure délicatesse. Aujourd'hui, je me dis qu'il s'agissait surtout d'une indifférence coupable. Quel parent résiste à un journal intime livré sur un plateau ? Quel parent ne cherche pas à savoir comment va vraiment son enfant ? À moins de s'en foutre. À moins de ne s'intéresser qu'à lui-même.

Tout a cessé en fin d'année de terminale. La représentation « de clôture » se profilait. Vous prépariez un Marivaux dont tu jouais le rôle principal. Les répétitions se tenaient le jeudi soir. Comme il en était d'usage, ce jour-là tu es restée après la séance pour « peaufiner » ton personnage. Chatel te raccompagnerait chez toi. Tu lui rappelais parfois que ce n'était plus la peine. Tu avais dix-sept ans et pouvais très bien rentrer toute seule. Mais il ne voulait rien entendre, et tu savais qu'il y aurait encore dans la voiture des baisers et des mains glissées sous ta robe, dans ta culotte, ses doigts fouillant ton sexe encore poisseux de ce qui avait précédé, comme s'il n'en avait jamais assez. Comme s'il lui fallait te posséder jusqu'à la dernière seconde, jusqu'à la moindre parcelle de ton corps (en la matière rien ne l'arrêtait, je me souviens qu'un jour, il n'y a pas si longtemps, tu m'as raconté que dès tes quatorze ans il avait voulu que vous le fassiez « par-derrière » les semaines où tu avais tes règles). Il prétextait que la nuit était tombée, que les rues n'étaient pas sûres, qu'il y traînait trop de voyous, de drogués, de trafiquants. Après tout, pour aller chez toi il fallait emprunter cette route qui passait aux abords des Bergeries, et on connaissait le genre de jeunes qui y vivaient. Aucun d'entre eux n'allait au lycée. Personne ne savait ce qu'ils foutaient exactement dans ces filières technologiques dont ils séchaient la plupart des cours. À quoi occupaient-ils leurs journées, leurs soirées ? À part voler, dealer et foutre le bordel partout où ils allaient. Que répondais-tu quand il débitait ces saloperies ? Te bouchais-tu les oreilles ? Refusais-tu d'entendre ? De voir ? Mais je m'arrête là. Ces questions sont dépourvues de sens. On sait ce qu'il en est de l'emprise. Maintenant on sait. Et j'ai bien conscience que tu t'en voudras toujours. De t'être laissé dévorer, manipuler par un être aussi veule, aussi médiocre. C'est pour toi une douleur supplémentaire. Une sorte de double peine. Et tu as eu beau, ces dernières années, te répéter que tu n'étais coupable de rien, que c'était lui l'ordure et toi la victime, ça n'a jamais cessé de te ronger. Ça te ronge encore. Je le sais.

Tout commençait toujours par une véritable séance de travail, qui durait généralement jusqu'à ce que tes camarades de jeu quittent les lieux pour de bon. Ils s'attardaient souvent devant le centre, bavardaient un peu, fumaient quelques cigarettes, avant d'enfourcher leurs mobylettes ou leurs vélos, et de rentrer sagement chez eux, où les attendaient leurs parents, leurs frères et sœurs, une télé allumée et un repas réchauffé au micro-ondes. Est-ce que tu les enviais ? Sans doute pas à l'époque. Bien sûr, tu n'ignorais pas que ce que tu vivais avec ce type n'était pas très net. Mais c'était toujours mieux qu'un repas en famille devant *L'Instit*, Patrick Sébastien ou *L'Heure de vérité* avec Édouard Balladur ou Pierre Bérégovoy (même si lui tu l'aimais bien, je me souviens combien son suicide t'a marquée). Et puis il te répétait sans cesse que vous viviez une grande histoire d'amour. Que la passion ne connaissait pas de barrières. Surtout pas celle de l'âge. Et dans une certaine mesure, tu y croyais toi aussi.

Très vite, il se mettait à te malmener. À te rabaisser.

— C'est nul. Recommence. Tu ne dégages rien. Tu es moins expressive qu'une vache.

Pourtant, devant les autres, les compliments pleuvaient, et il te citait toujours en exemple. Au bout d'un moment, tu finissais par craquer. Des larmes coulaient. Alors il t'enfonçait un peu plus encore, Tu n'y arriveras jamais si tu ne supportes pas la moindre critique. Oublie les concours. Le conservatoire, la rue Blanche, le court Florent. Oublie le TNS (mais ça, tu n'y pensais même pas, il ne fallait pas y compter, jamais tes parents ne t'autoriseraient à aller vivre à Strasbourg, et avec quel argent d'ailleurs ? Ce à quoi Chatel répondait que vous verriez en temps voulu, qu'il pourrait t'aider, qu'il connaissait là-bas des gens qui seraient heureux de t'héberger, qu'il te rejoindrait certains week-ends ou pendant les vacances, il trouverait des prétextes, de toute façon il allait quitter sa femme et laisser ses enfants, pour toi, juste pour toi…). Il attendait que tu sois au plus bas pour changer de ton. Aux insultes et aux menaces succédait la douceur. Il séchait tes larmes avec un kleenex qu'il tirait de son sac (celui-là même avec lequel Alex le frapperait un jour et qui lui fendrait l'arcade). Te demandais de reprendre une dernière fois. Et tu reprenais, les yeux mouillés et la voix tremblante, le visage décomposé, dégoulinant de maquillage. Il t'encourageait en souriant, et peu à peu ta voix s'affermissait, ton corps se rassemblait, et voilà, tu y étais.

— C'est ça, s'exclamait-il, extatique. C'est ça ! Tu le tiens !

Il te serrait dans ses bras. Cherchait ta bouche.

La prof de céramique ne donnait pas cours ce jeudi-là. Elle avait juste oublié un truc dans sa salle. Elle a d'abord été surprise de pouvoir entrer dans le centre sans avoir à utiliser son propre jeu de clés, alors que le planning ne prévoyait aucune occupation des lieux à cet horaire. Puis de voir filtrer de la lumière sous la porte de la salle réservée au théâtre, au fond de laquelle avait été dressée une scène rudimentaire. Nul ne sait ce qu'elle pensait trouver en y entrant.

A-t-elle immédiatement identifié Chatel, le prof de théâtre ? A-t-elle compris que tu étais une élève ? Que tu n'avais que dix-sept ans ? Elle a refermé la porte précipitamment après s'être excusée pour le dérangement. Vous n'avez plus rien entendu. Chatel s'est rhabillé et t'a fait signe de te taire. Puis il est prudemment sorti de la pièce. Tu as patienté pendant qu'il inspectait le centre. Il est revenu et a annoncé qu'elle était partie. Il semblait nerveux. Tendu. T'a dit qu'il fallait y aller. La nuit était tombée et il pleuvait. Tu es montée dans sa voiture. Sur le trajet, il n'a pas décroché un mot. Il fixait la route et ses mains étaient crispées sur le volant. De temps en temps, il te jetait un regard et secouait la tête. Comme si tout était ta faute. Juste avant de te déposer devant chez toi, il a eu ces mots :

— Toi, tu m'as foutu dans une sacrée merde... Comment ai-je bien pu me laisser avoir par une petite pute dans ton genre ?

Quelques jours plus tard, le téléphone a sonné chez toi et tu as décroché. Ton père était au bureau. Ta mère à l'hôpital. C'était la directrice du centre social et culturel. La prof de céramique lui avait raconté quelque chose d'un peu embarrassant. Ça concernait monsieur Chatel, le prof de théâtre. Tu as tout de suite compris de quoi il s'agissait. Elle n'a pas eu besoin de poser beaucoup de questions. La prof de céramique lui avait rapporté qu'elle était passée au centre le jeudi précédent vers vingt heures trente parce qu'elle avait oublié un truc dans sa salle. Et qu'elle avait surpris le prof de théâtre dans une fâcheuse position. C'était amusant, n'est-ce pas ? Une anecdote salace dont on rirait longtemps. La directrice, elle, n'avait pas trouvé ça très drôle. Sitôt après avoir raccroché elle avait consulté le planning. Un cours d'art dramatique s'était terminé une heure plus tôt ce soir-là. Une chose dans tout ça la tracassait. Sa collègue avait parlé d'une « jeune femme ». Elle avait fini par appeler Camille, une de tes camarades, qui était aussi la fille d'une de ses amies, pour en avoir le cœur net. Celle-ci lui avait expliqué que depuis au moins cinq ans, il arrivait très régulièrement que tu bénéficies de répétitions supplémentaires après le cours. Alors voilà, elle te téléphonait pour te demander si jeudi dernier ça avait été le cas. Si tu étais restée après le cours pour travailler en tête à tête avec ton professeur, et à quelle heure tout cela s'était terminé.

Il n'a jamais été question que tes parents portent plainte. Ta mère était juste effarée. Et furieuse contre toi. Elle ne te reconnaissait pas.

— Mais qu'est-ce que j'ai pu faire au bon Dieu pour avoir une fille pareille ?

Un soir elle t'a traitée de petite salope. Qui allumait les hommes mariés avec son joli cul et ses seins haut perchés. Puis elle t'a giflée. Ton père a mollement pris ta défense.

Ce type était quand même un drôle de zèbre. Il s'était fait virer illico et ne l'avait pas volé. En attendant son remplacement, les cours étaient suspendus. Il n'y aurait sans doute pas de représentation de fin d'année. Tant pis pour le Marivaux. De toute façon, pour lui tout était clair. C'en était fini pour toi du théâtre. Terminées toutes ces conneries. Tes rêves de devenir comédienne. De te produire sur scène. De jouer au cinéma. Ce n'étaient que chimères, rêveries puériles. Mieux valait ne jamais mettre les pieds dans ces milieux. C'étaient des repaires de pervers, de drogués, de pédés et de filles qui couchaient pour réussir. Hors de question que tu continues dans cette voie. Finalement, ça n'était pas plus mal. Tu allais pouvoir te concentrer sur ton bac.

En fait, tu n'as pas arrêté le théâtre. L'année qui a suivi, une classe s'est ouverte au conservatoire. La Compagnie de la Forêt venait de s'établir dans notre ville. Elle y bénéficiait d'une résidence. En contrepartie, son directeur s'était engagé à assurer des cours au conservatoire. Tes parents ont accepté que tu t'y inscrives, à condition que nous nous joignions à toi. Les miens ont été un peu surpris que je veuille monter sur scène, et puis c'étaient encore des frais. Mais je suis parvenu à les convaincre. Je venais de finir de leur rembourser mon Clavinova. Je n'aurais qu'à travailler de nouveau l'été suivant pour participer à la dépense. Et puis j'étais si introverti, je flippais à la moindre prise de parole en public, au moindre exposé au lycée, ça ne pourrait pas me faire de mal.

Dès les premiers cours, j'ai bien vu que Marc, notre prof, souriait quand il te regardait jouer. Mais ça n'avait rien à voir avec Chatel. Il était juste heureux de diriger une élève aussi douée. Alex aussi lui plaisait bien. Me concernant, il semblait plus circonspect. Il me cantonnait souvent derrière le piano. Je me rappelle un cabaret Boris Vian, et un autre consacré à Prévert. J'ai quand même joué quelques rôles. Un Goldoni dans lequel j'arborais un collant moulant sous une large chemise blanche. Un Tennessee Williams, où j'incarnais Peau de Serpent, que Marlon Brando avait interprété au cinéma. Tu faisais Blanche et je flottais dans le blouson de cuir que m'avait prêté mon oncle. Il y a aussi eu ce Tchekhov où je te demandais en mariage à « ton père ». Je sais que tu as des photos de tout ça. Ça me ferait plaisir de les voir un de ces jours.

Un soir, au milieu de la première année que nous avons passée dans ce cours, tu es allée trouver Marc pour lui parler du Conservatoire, du cours Florent, de la rue Blanche. Il t'a écoutée attentivement. Puis t'as assuré qu'il t'aiderait comme il le pourrait à te préparer. Mais dans le cadre des heures de cours. Avait-il eu vent de ce qui s'était passé au centre social et culturel ? Peut-être. Peut-être pas. Toujours est-il qu'il a tenu parole, sans jamais te cacher que le niveau demandé était très élevé. Il avait vu de nombreux candidats dans ton genre s'y casser les dents. Lui-même avait certes réussi à entrer au TNS quand il avait ton âge, mais s'y était repris à plusieurs fois, et n'avait dû son admission qu'à la défection inattendue d'un élève qu'un accident de moto avait fauché l'année de ses vingt ans. Je me souviens que ce soir-là, en rentrant du cours, tu n'y croyais plus. Tu confondais tout. Répétais que tu étais nulle et l'avais toujours été. T'accusais d'avoir été naïve. De t'être laissé berner par Chatel, qui t'avait fait miroiter tous ces trucs alors qu'il n'en avait qu'après ton cul. Tu y avais tellement cru. Aux mots qu'il te disait. Et à votre grande histoire d'amour interdite. Nous avons tenté de te réconforter. Tu avais beau répéter que tu l'aimais toujours, que personne ne pouvait rien comprendre à ce que vous aviez vécu, Chatel n'était qu'un lâche et un tocard, et ton talent et tes capacités n'avaient rien à voir avec tout ça. Évidemment que tu étais douée. Tu étais la meilleure. Tu entrerais au Conservatoire et intégrerais un jour la Comédie-Française, nous en étions persuadés.

C'est à cette période qu'Alex est allé voir Chatel en secret. Il avait trouvé son adresse à Montgeron. Cet enfoiré n'avait pas déménagé. Il vivait toujours avec sa femme et ses enfants. Qu'avait-il bien pu leur raconter pour justifier l'arrêt de ses cours au centre social et culturel ? Quelque chose avait-il filtré en place publique ? Des rumeurs avaient-elles seulement commencé à circuler ? Et si oui, y avait-il eu quelqu'un pour véritablement s'en émouvoir, s'en scandaliser ? Sans doute que non. Tout nous semblait avoir été enterré sous des tonnes de silence et d'indifférence. Chatel s'était sûrement contenté d'évoquer un « désaccord » avec la direction. Ou bien la lassitude. De toute façon il avait vite rebondi. Je ne sais plus comment nous l'avions appris, mais il donnait désormais des cours à la MJC de Corbeil-Essonnes. Combien de fois as-tu essayé de le joindre ? Combien de fois t'a-t-il raccroché au nez ? Ou prié de ne plus jamais l'appeler. De le rayer de ta mémoire.

Alex s'est posté devant chez lui. Il a patienté jusqu'à ce que sa voiture apparaisse. A attendu qu'il se gare et sorte pour lui arracher son sac et le lui balancer dans la gueule. Chatel a porté sa main à son front. Il saignait comme un bœuf. Puis il est tombé à terre et Alex en a profité pour lui marteler le ventre à coups de pied. Il ne s'est arrêté que quand Chatel s'est mis à chialer comme un gosse.

J'imagine qu'il ne t'en a jamais parlé. Il m'a raconté tout ça bien plus tard et m'a fait jurer de tout garder pour moi. Je me souviens d'avoir été sidéré. Qu'est-ce qui lui avait pris ? Même si je crois qu'en fait j'aurais aimé avoir autant de cran. J'aurais rêvé de lui éclater la gueule, moi aussi, à Chatel. Probablement pour d'autres motifs. J'étais si jaloux. J'avais du mal à me l'avouer, c'était sans doute déplacé, mais j'étais jaloux. J'en crevais. Et au fond de moi je t'en voulais. De m'avoir caché ça. Plus de cinq ans, me disais-je. Ça a duré plus de cinq ans et elle ne m'a jamais rien dit. Mais j'ai tenu ma promesse. Jusqu'à aujourd'hui, j'ai tenu ma promesse.

Nous avions dix-sept ans. C'était en 1992. Cette année est gravée à jamais dans ma mémoire. Tant de choses s'étaient produites. Tant avait été dévoilé. Alex, puis toi. Et moi dans tout ça ? C'était quoi, ma blessure ? Mon drame fondateur ? Moi qui m'habillais tout en noir, portais le deuil, sans savoir de qui ou de quoi. Moi qui n'écoutais que des chansons tristes, et en écrivais de plus tristes encore. Moi qui n'avalais plus rien et dont les dents se nécrosaient en silence. Moi qui me prenais pour Glenn Gould sur mon Clavinova, massacrant les préludes et fugues de Bach, le ventre vide et les joues creuses. Moi qui trimballais partout mes grands airs sinistres. Cachais-je un secret dont j'ignorais moi-même la teneur ? Ou bien tout ceci n'était-il qu'une posture ? Une façon de « faire mon intéressant », comme le suggéraient mes parents sur le ton de la moquerie. De revêtir un costume en espérant qu'il finisse par devenir ma propre peau. Avec le recul, il me semble qu'à cette époque je ne savais pas vraiment qui j'étais. Je me sentais comme une écorce vide, une enveloppe dénuée de substance. Il m'a bien fallu inventer quelque chose. C'est tout.

1995

Paul

Les grandes grèves sévissaient depuis plusieurs semaines mais ça n'avait pas l'air de perturber grand monde. Alain Juppé restait droit dans ses bottes, Édouard Balladur, alors Premier ministre, le soutenait, et la quasi-totalité des étudiants de la fac où j'étudiais aussi. La plupart votaient à droite, comme leurs parents avant eux. Et le bordel dans le métro ne leur faisait ni chaud ni froid. Sans parler du RER. Je faisais partie des très rares à le prendre. Eux venaient en cours comme si de rien n'était. L'immense majorité de mes coreligionnaires vivait à quelques encablures. Dans le seizième. Le huitième. Le dix-septième. À Neuilly ou Levallois-Perret. Les autres, issus de villes plus lointaines, Chatou, Le Vesinet ou Versailles, disposaient de scooters ou s'entassaient dans des voitures qu'ils empruntaient à leurs mères, quand ce n'était pas les leurs. J'en ai même vu venir en taxi. Comment avais-je atterri dans un endroit pareil ? Tout, une fois encore, s'était joué sans moi ou presque. J'avais décroché mon bac avec mention, mon dossier était solide, mais personne au lycée n'avait les idées claires en ce qui concernait les études supérieures. Chacun se débrouillait comme il pouvait, avec le peu d'informations dont il disposait. Jamais nous n'avions entendu parler de prépas ou de grandes écoles, qu'elles fussent de commerce ou d'ingénieurs ou d'autre chose. Sciences Po, Normale Sup et compagnie : inconnues au bataillon. L'alternative qu'on nous proposait : études courtes ou études longues. BTS ou DUT d'un côté. Deug puis licence et maîtrise de l'autre. Lycée quelque part en Essonne ou fac à Évry. Voire à Paris pour les mieux informés. J'avais mollement tenté de plaider auprès de mes parents pour un cursus de musicologie, mais ils avaient balayé cette idée d'un revers de main. La musicologie, pour quoi faire ? Sur quel métier cela pouvait-il bien déboucher ? Toi, tu étais plutôt partie pour un Deug Administration économique et sociale à Évry, suite logique du bac B que tu avais obtenu de justesse. Je n'avais aucune idée de ce que ça pouvait bien recouvrir et des métiers auxquels on pouvait accéder après une licence ou une maîtrise dans cette filière, mais je projetais de t'y suivre. Et puis ma mère en avait parlé avec une de ses supérieures aux Bétons de Paris où elle était toujours assistante de direction, et cette femme avait considéré qu'il s'agissait là d'un vrai gâchis. Son propre fils étudiait l'économie et la gestion dans une université parisienne dont elle lui avait dit le plus grand bien.

— Économie et gestion c'est parfait, avait approuvé mon père. Ça mène à tout.

C'est lui qui était allé déposer le dossier, je ne me souviens plus pourquoi. Quand il était rentré, il m'avait dit, Ça a l'air pas mal. C'était grand mais pas trop, et situé en lisière des quartiers chics. Il a vaguement blagué sur le bois de Boulogne, dont un simple pont enjambant le périphérique me séparerait. Au pire, je pourrais m'y faire un peu d'argent pour me payer mes livres de cours !

— Maigre comme il est, personne n'en voudra, avait objecté ma mère.

Mais j'avais bien senti son inquiétude en prononçant ces mots. Je mangeais toujours moins qu'un moineau. Une de ses connaissances, après m'avoir un jour aperçu dans la rue, s'était affolée :

— Il est malade ? Tu es sûre qu'il ne se drogue pas ?

Mais elle continuait à éviter le sujet autant que possible. Tout juste me lançait-elle parfois, alors qu'elle sortait des toilettes où j'étais passée avant elle, Mais tu as vomi ou quoi ? Je me contentais de nier et ça s'arrêtait là. Il faut dire qu'elle avait déjà fort à faire avec Antoine qui était tombé dans la fumette, traînait autant avec les petits bourges de Paris-Jardin qu'avec les mecs de la cité, et commençait à décrocher, scolairement parlant. Elle se demandait si en plus de fumer, il ne dealait pas aussi un peu – la réponse était oui, mais nous ne l'apprendrions que bien plus tard quand mon frère, hilare, nous livrerait en fin de repas familial quelques pans secrets de sa jeunesse.

Trois mois plus tard, après avoir passé l'été au guichet de l'agence du Crédit lyonnais rue de l'Ancienne-Comédie à Paris (avec Alex, il vous arrivait de me rejoindre à ma pause déjeuner ou à la sortie du boulot, et nous écumions Saint-Germain-des-Prés, où je rêvais de croiser Marguerite Duras), j'avais échoué porte Dauphine et découvert ce dans quoi je m'étais fourré. Trois heures de RER et de bus par jour. Des camarades qui me regardaient de travers quand je leur disais que j'allais rater mon train pour Juvisy. Des étudiants qui semblaient ne jamais se soucier des questions d'argent, déjeunaient dans des brasseries, discutaient de leurs maisons de vacances, de voyages à l'étranger, de ski à Courchevel ou Chamonix, de soirées dingues auxquelles je n'étais jamais convié et où de toute façon il aurait fallu me payer pour que j'y mette le pied. Quand je vous en parlais, Alex s'agaçait.

— Qu'est-ce que tu en as à foutre de ces connards. Ils ont du pognon et alors ? Tu les envies, c'est ça ? De toute manière tu as toujours été comme ça, je ne sais pas pourquoi. Toujours à critiquer les bourges, mais tu sais ce que ça cache, hein ? L'envie d'en être. C'est tout. Tu es jaloux.

Je n'étais pas sûr que ce soit vrai. Simplement, je me sentais décalé dans cet environnement. Il m'arrivait de me rendre chez certains de mes camarades pour travailler sur un exposé, et tous vivaient dans de grands appartements tapissés de livres, de tableaux, où brillaient des meubles anciens ou ostensiblement « design » au contraire. Parfois je croisais leur « femme de ménage ». Des clubs de golf étaient entreposés dans l'entrée, et la télé n'occupait pas la place centrale du salon.

Je te vois sourire. Bien sûr que j'exagère. Bien sûr qu'il n'y avait pas seulement des fils et des filles de grands bourgeois, là-bas. Mais je ne voyais qu'eux. Et j'avais cette sensation étrange qu'eux aussi ne voyaient que moi. Comme si je constituais une anomalie dans le décor. J'avais toujours la sensation que nous ne parlions pas la même langue. Que nous n'émettions pas sur la même fréquence. Le fait est que nous n'avions rien à nous dire. Aucun d'entre eux ne s'intéressait à la musique, à la poésie, au théâtre ou au cinéma. Quand, à l'occasion des élections présidentielles, le prof d'anglais avait eu l'idée saugrenue de nous demander pour qui nous comptions voter, j'avais été le seul à répondre Lionel Jospin. Et, contrairement à moi, ils semblaient tous parfaitement satisfaits de la manière dont on nous enseignait l'économie. Il n'était jamais question de chômage, de réduction des inégalités, de politique sociale ou de quoi que ce soit d'approchant. Les maîtres mots étaient rentabilité, productivité, profitabilité, marges, optimisation, maximisation. Et le marché, un genre de dieu doté d'une main invisible que chacun priait avec dévotion. Je n'avais aucune idée de ce que je fichais là. Et vous retrouver certains soirs ou le week-end était une bouffée d'air inespérée. Auprès de vous, je rentrais enfin chez moi. Je pouvais de nouveau parler ma propre langue, être moi-même.

De ton côté, tu suivais le chemin prévu. Deug AES à Évry. Tu séchais une bonne partie des cours. Tes parents s'en apercevaient parfois. Mais ils ne t'emmerdaient pas trop avec ça.

— Tu es une adulte maintenant, répétaient-ils. Tu prends tes responsabilités. On verra bien où tout ça te mène au moment des examens. Mais une chose est sûre : il ne faudra pas compter sur nous pour continuer à t'entretenir si tu foires.

En fin de compte, tu n'as rien foiré du tout. Tu as toujours décroché les diplômes que tu visais. Tu étudiais sans passion excessive. Parce qu'il le fallait. Et puis que faire d'autre maintenant que le théâtre était derrière toi ? C'est ce que tu disais, C'est derrière moi. Je me suis fait des illusions. Je n'ai jamais été douée pour ça. Tu avais même quitté le cours de Marc au conservatoire. Il avait bien essayé de te retenir, de te convaincre de retenter ta chance, mais tu étais restée sur tes positions. Tu prétendais avoir perdu la flamme. Ne l'avoir peut-être jamais eue. Tout cela n'était qu'un malentendu. Le parcours classique d'une adolescente amoureuse de son prof d'art dramatique, qui brille un peu dans son périmètre, mais devient banale dès lors qu'elle se confronte à ce qui l'entoure. Tu disais l'avoir réalisé quelques minutes avant de passer devant le jury du Conservatoire, de l'École de la rue Blanche ou du cours Florent.

— Je crois que j'ai visualisé le mur que j'allais me prendre avant même de foncer dedans, m'as-tu raconté un jour. Nous étions des dizaines à patienter. Tant d'appelés pour si peu d'élus, comme me l'avait si souvent répété Marc. J'observais les autres candidats. Tous avaient l'air tellement plus habités, tellement plus vibrants que moi. Ils avaient étudié dans des conservatoires réputés, pour certains déjà décroché de vrais rôles dans des pièces à Paris, parlaient des dernières représentations auxquelles ils avaient assisté, des auteurs et des metteurs en scène qu'ils admiraient. Citaient Koltès et Chéreau, Jean-Luc Lagarce, Les Amandiers, La Colline, Peter Brook et Ariane Mnouchkine, le Fassbinder monté par Martinelli avec Charles Berling à Avignon. Moi je ne connaissais rien de tout ça. Je me sentais conne avec mes petits spectacles de centre social, les cabarets Vian ou Prévert, les Tennessee Williams poussifs, les Tchekhov approximatifs que nous avions présentés sur la scène du théâtre Donald Cardwell. Oui, Donald Cardwell, leur disais-je alors qu'ils me regardaient stupéfaits. Celui-là même d'*Au théâtre ce soir* à la télévision quand nous étions gamins. « Les costumes sont de Roger Harth et les décors de Donald Cardwell. »

Puis était venu le moment de présenter ton monologue. Tu avais opté pour Nina dans *La Mouette*. Un choix audacieux, t'avait-il semblé.

— Mais là encore, j'ai réalisé que j'étais à côté de la plaque. Que c'était un classique rebattu pour ce genre de concours. Personne ne me l'avait dit. Je ne vois pas qui aurait pu le faire, du reste…

Chaque fois, nous t'avions accompagnée. Je me souviens que lorsque nous te quittions et te laissions pénétrer dans les locaux où se déroulaient les auditions, tu tremblais.

Nous allions t'attendre dans un café. Tu réapparaissais dévastée.

— J'ai été nulle. Je le sais. J'ai été nulle. Je l'ai vu dans leurs regards.

Nous tentions de te rassurer. Te demandions des détails. Pourquoi disais-tu que tu avais été « nulle ». T'étais-tu plantée quelque part ? Avais-tu eu un trou ? Avais-tu savonné ?

Tu haussais les épaules, et les dents serrées nous répondais :

— Non. J'ai fait comme d'habitude. Mais j'ai été nulle. Parce que je suis nulle, c'est tout. Je ne suis pas au niveau. Je ne l'ai jamais été.

Des années plus tard, tu nous as avoué qu'au Conservatoire, au moment d'entrer dans la salle, tu avais cru reconnaître Chatel parmi les examinateurs. Tu avais eu un genre d'hallucination. Mais il ne fallait pas que nous nous méprenions. Ça ne t'avait pas déstabilisée, au contraire. C'est grâce à lui, parce que tu avais senti sa présence, que tu avais réussi à retrouver ton calme.

— Vous savez, nous avais-tu confié alors. Le monologue de Nina, je ne l'ai jamais aussi bien joué que ce jour-là. Je n'ai jamais été aussi intense, je crois. Mais ça n'était pas encore assez. C'est la triste réalité. Même à mon meilleur, ce n'était pas encore assez. Trop maladroit, trop immature. Trop amateur comparé aux autres.

Je me souviens qu'Alex avait acquiescé, l'air compatissant. Il comprenait parfaitement. Lui aussi s'était pris le mur en pleine poire. Et ça lui avait fait bien mal, même s'il tentait de ne rien en montrer.

Lui aussi, nous l'avions accompagné à ses entretiens d'admission. Il avait passé l'étape des dossiers de présélection. S'était présenté plutôt confiant aux oraux. Et en était sorti à chaque fois plus mortifié. Les jurys aux Arts-Déco et à Estienne s'étaient montrés sans pitié. Avaient pointé son manque de rigueur et de maîtrise, ses lacunes techniques, sa « maladresse ». Lui non plus n'était pas au niveau de ses concurrents. D'autant que ces derniers avaient deux ans de plus que lui en moyenne, et suivi des formations préparatoires dont il n'aurait jamais soupçonné l'existence. Nous avions écarquillé les yeux quand il nous avait raconté ça. Au lycée, dans sa section arts plastiques, il était tellement au-dessus du lot. Tout le monde le considérait comme un surdoué. L'air abattu, il nous avait rétorqué que tout ça c'était bien joli mais qu'il fallait se rendre à l'évidence.

— Les membres du jury connaissent leur affaire, vous savez. Et c'est vrai que, techniquement parlant, je n'ai jamais pris la peine d'acquérir certains fondamentaux.

Mais c'est le verdit des Beaux-Arts qui l'avait le plus profondément blessé, je crois. Là, il n'avait pas été question de technique, mais d'art. Les examinateurs avaient feuilleté son book d'un air blasé, avant de passer au fameux « projet » que chaque candidat était tenu de soumettre. Il s'agissait d'un travail figuratif mêlant dessins à l'encre, aquarelles et photos de tableaux achevés durant l'année. Tous représentaient des paysages qu'on aurait dits recouverts de cendres. Des arbres nus, des parcs gelés, des forêts pétrifiées. Il y avait toujours quelque part un plan d'eau. Des étangs, des lacs. La référence aux *Nymphéas* de Monet semblait explicite. Alex avait toute une théorie à leur sujet. Ces toiles étaient des tombeaux. Monet y cachait un cadavre. Et les siennes ? nous disions-nous. Avait-il conscience de ce qu'elles cachaient dans leurs profondeurs ? De ce qui résidait sous la surface ? Tout son projet tournait autour de Clément. Ça crevait les yeux. Mais s'en apercevait-il lui-même ? Tu m'as raconté lui avoir posé la question un jour, longtemps après. Il avait éludé.

— Ah, tu crois ? Je n'y avais jamais vraiment réfléchi.

Évidemment c'était difficile à croire. Mais Dieu sait qu'on pouvait être aveugles, dès lors qu'il s'agissait de soi. La clairvoyance, le nez au milieu de la figure, c'était toujours pour les autres. À nos propres yeux, nous n'étions jamais que ces personnages de Francis Bacon qu'Alex aimait tant. Tordus, flous, défigurés.

Alex disait qu'il avait vu un membre du jury pouffer de rire. Les autres n'avaient pas l'air beaucoup plus convaincus. L'un d'eux avait pris la parole et lui avait demandé d'une voix grinçante s'il avait bien réalisé que nous étions en 1995.

Alex, ne voyant pas où il voulait en venir, lui avait demandé de répéter sa question. Et l'examinateur s'était exécuté, avant de préciser sa pensée.

— Avez-vous bien conscience que nous sommes en 1995, cher monsieur ? Avez-vous idée de la naïveté des travaux que vous soumettez à notre jugement, que ce soit dans la forme ou dans le fond ? Car enfin, il ne vous aura pas échappé qu'il y a bien longtemps que c'en est fini de la peinture, de la figuration, de la représentation, des textures, du sentiment, de l'émotion et de toutes ces mièvreries. Nous sommes à l'heure du postmodernisme, cher monsieur, nous sommes à l'ère de la réflexion de l'art sur l'art, et il y a déjà des lustres que nous sommes passés aux installations, aux concepts. Quant à l'avenir, sinon le présent, que vous le croyiez ou non, c'est désormais du côté de la vidéo, du numérique qu'il faut regarder. Quoi qu'il en soit, je vous invite à réfléchir à ceci : nous sommes à un moment de l'histoire de l'art où l'œuvre en elle-même importe moins que la réflexion qui la fonde et qu'elle suscite. Avez-vous seulement pensé à tout cela avant de nous présenter ces jolies petites choses qui trouveraient peut-être preneurs place du Tertre à Montmartre, ou reproduites en poster dans les rayons décoration d'Ikea mais pas en ces murs… Vous partez de loin, jeune homme. Si jamais vous entrez ici un jour, il faudra songer à vous mettre sérieusement au travail.

Une fois toutes les réponses négatives reçues, Alex avait jeté son projet, brûlé ses toiles. Sa mère n'avait pas su quoi lui dire. Elle était si loin depuis si longtemps. Certes, elle avait toujours trouvé du talent à son fils mais qu'y connaissait-elle ? Quant à son père, il y avait des années qu'il ne s'intéressait plus vraiment à lui (sa nouvelle compagne avait deux enfants d'un premier mariage et on aurait dit qu'ils étaient devenus les siens), mais il avait surtout paru soulagé. Peut-être en était-ce enfin fini de ces lubies. Alex s'était tout de même renseigné sur la fac. On y proposait des licences d'arts plastiques mais elles paraissaient privilégier la théorie et former plus de critiques ou de curateurs que d'artistes, alors à quoi bon. Finalement, c'est en prenant le métro et en promenant son regard sur les affiches publicitaires qu'il avait découvert l'existence de cette école dont les portes venaient d'ouvrir en proche banlieue. On y enseignait les arts appliqués. Design, mode, communication, graphisme. Aucune préparation n'était exigée, pas d'entretien. Déposer un dossier, un book, et verser le cas échéant des frais d'inscription suffisait. Les frais en question étaient élevés. Mais ce n'était plus un problème depuis longtemps pour son père et sa nouvelle compagne (au contraire, il semblait que signer des chèques était leur façon de s'acquitter de leur devoir envers lui, sans avoir à s'inquiéter du reste). Dès lors que tout ça débouchait sur un « vrai » métier. Alex avait fait les démarches. Il avait été accepté. Et c'est là qu'il étudiait désormais. À l'entendre, il s'y sentait comme un poisson dans l'eau. Finies les postures, les ambitions artistiques déplacées. Il dessinait des objets. Ou bien apprenait à les embellir. Concevait des logos, s'initiait au lettrage, à la mise en page et à la signalétique. On le préparait à répondre à des besoins concrets. Il ne s'agissait pas de « s'exprimer », ni tout à fait de « créer ». Et c'était très bien ainsi.

Voilà où nous en étions. Voilà quel était le décor au moment des grandes grèves de 1995, que nous soutenions en esprit, par principe, parce que nous nous sentions de gauche et que tout ce que proposait la droite était par définition néfaste à nos yeux, même si je dois bien avouer que nous n'avions pas vraiment creusé la question. Tu avais abandonné le théâtre. Glandais plus ou moins à la fac. Vivais des histoires jamais très longues ni satisfaisantes avec des étudiants de ta promo (il m'arrivait de te consoler après une rupture, il y avait longtemps maintenant que ce rôle m'était dévolu, et je m'en bouffais les dents). Alex allait et venait entre Ivry-sur-Seine et l'allée des Sycomores, où sa mère tentait de se maintenir à flot (elle avait pris un travail à mi-temps au secrétariat de la maison médicale, et Alex la soupçonnait d'avoir une liaison avec le beau docteur Delorme. Ce dernier était marié, ça promettait pas mal de désillusions et de scènes scabreuses, mais au moins sa mère semblait-elle revivre un peu). Quant à moi je donnais le change comme je pouvais au milieu de congénères biberonnés aux *Échos* et aux pages saumon du *Figaro*, que chaque mot prononcé par monsieur Bréhel et madame Échirolles (respectivement prof de sociologie et inspectrice du travail en charge du TD de gestion des ressources humaines, et spécimens rares d'enseignants estampillés « de gauche » dans cette université) ulcéraient. Je n'épilogue pas. Tu sais ce que je dois à Bréhel. Bourdieu, évidemment. Mais pas seulement. Il se moquait gentiment de certaines de mes lectures. Yves Simon en particulier (ce qui était parfaitement injuste, mais passons). C'est lui qui m'a mis entre les mains *Martin Eden* de Jack London. Puis les nouvelles de Raymond Carver. Et tu sais combien ces lectures ont compté. Combien le premier m'a éclairé sur moi-même et ce que je ressentais confusément. Combien le second m'a « autorisé » à me lancer plus tard dans l'écriture de nouvelles. Parce qu'en le lisant il m'était apparu, comme je te l'ai souvent répété, que « la permission » m'était donnée d'écrire sur la vie et les gens que je connaissais. Qu'on avait le « droit » de parler de « ça ». Nous tous. Chacun. La majorité dont la littérature française d'alors me semblait faire si peu de cas, quand elle ne se contentait pas de la mépriser en la caricaturant.

Nous continuions néanmoins à nous voir. À nous confier ce que nous voulions bien nous confier. Alex disait avoir entamé une relation avec une fille de son école mais nous ne savions rien d'elle, sinon qu'elle se prénommait Caroline, vivait à Montrouge et voulait devenir graphiste. De mon côté, j'étais brièvement sorti avec une de mes camarades mais elle m'avait largué après m'avoir lancé qu'elle me trouvait « trop compliqué ». Au moins avais-je eu l'illusion, au début de notre relation, d'être tombé amoureux. Et recommencé à manger un peu. J'ignore si c'était lié. Je n'ai jamais su analyser ce qui s'est joué dans cette histoire d'anorexie. Comment et pourquoi ça a débuté. Comment et pourquoi ça a fini. Je sais juste que dans les années qui ont suivi, j'y ai laissé quelques molaires, une cheville, une partie de mon système digestif et pas mal d'argent à nombre de médecins et de dentistes. J'avais cessé d'écrire des poèmes pour me mettre à la fiction. Et puis il y avait les chansons dont je signais tous les textes. Alex avait bien progressé à la guitare, il composait désormais une grande partie des musiques. Je tenais malgré tout ma place au clavier. J'avais arrêté le conservatoire, définitivement délaissé Bach et Schubert, découvert Dominique A, Nick Cave et The Divine Comedy. Toi, tu chantais, bien sûr. Nous nous retrouvions toujours chez moi le samedi après-midi pour répéter. Nous n'avions jamais cessé de le faire. Quoi qu'il se produise, quels que soient les chemins que nous empruntions, les déconvenues que subissaient les uns et les autres, nous ne dérogions jamais au rendez-vous, à la joie de jouer de la musique ensemble et de nous rêver « inséparables », sans pour autant y croire tout à fait. Ce qui ne m'avait pas empêché de dénicher un petit studio associatif où enfin enregistrer ce que nous nommions alors « notre album ».

Si je me souviens bien, c'est grâce à Hélène, la belle-mère d'Alex, que notre cassette a atterri entre les mains de ce type. Elle prétendait adorer notre musique (ce qui ne manquait pas de nous inquiéter, tant elle avait mauvais goût par ailleurs). J'ignore si elle était sincère. Ou si c'était une façon de se rapprocher de son beau-fils, qui ne restait jamais très longtemps quand il venait voir son père. Jamais non plus il ne dormait dans la chambre qu'elle lui avait aménagée. À peine adressait-il la parole à ses enfants, qu'elle s'acharnait à lui présenter comme son demi-frère et sa demi-sœur. Ce qui n'avait pas grand sens. Puisqu'ils n'avaient ni mère ni père en commun. Et surtout même à demi, Alex refusait d'octroyer à quiconque le titre de frère. Il n'en avait qu'un. Il s'appelait Clément et il était mort dix ans plus tôt.

Quoi qu'il en soit, la belle-mère d'Alex écoutait régulièrement nos chansons pour son propre plaisir et avait entrepris de les faire découvrir à certaines de ses amies et connaissances. L'une d'entre elles en avait demandé une copie. Son fils était dans le milieu.

— Tu vois, je fais votre publicité, avait lancé Hélène à Alex. Ce n'est pas en gardant tout ça dans des tiroirs que vous allez vous faire connaître.

Sur le principe, elle n'avait pas tort. Nous envisagions vaguement de soumettre notre chef-d'œuvre à un label. Parlions de candidater aux scènes « Découvertes » du Printemps de Bourges et des Francofolies de La Rochelle. Mais nous y pensions sans y penser vraiment. Nous ne nous étions jamais produits devant quiconque. Pas même une poignée de parents ou d'amis. Avant de monter sur scène devant un vrai public dans une vraie salle, il nous restait pas mal d'étapes à franchir. Nous avions quelques kilos de plâtre à essuyer avant de rêver à quoi que ce soit. Peut-être nous lancerions-nous à l'occasion de la prochaine Fête de la musique. Une scène ouverte était installée chaque année sur la place du centre-ville, laquelle accueillait depuis peu une poissonnerie, une boucherie, un nouveau fleuriste et, comble du luxe, un restaurant japonais tenu par des Chinois et proposant comme le voulait la coutume divers plateaux de sushis et l'assortiment habituel de brochettes, dont les fameuses « de bœuf au fromage » qu'on ne trouve nulle part au pays du Soleil-Levant et dont nul ne sait de quelle improbable gastronomie locale en ce monde elles peuvent bien être les représentantes.

C'est ainsi que notre cassette était parvenue à Comar, et qu'il a fini par téléphoner chez moi un soir. Je venais tout juste de rentrer de la fac, après quatre heures de galère dans les transports. Ce jour-là, j'avais passé plus de temps dans le RER ou sur des quais de gare qu'en cours. C'est mon frère qui a décroché. Il me l'a passé. La conversation a duré vingt minutes. Je revois très bien la scène. Le téléphone que je raccroche, hébété. Avant de gravir l'escalier pour me précipiter à la fenêtre de ma chambre et tenter de voir si vous étiez chez vous, si j'apercevais un peu de lumière derrière vos rideaux tirés.

Je suis allé sonner chez Alex. C'est sa mère qui m'a ouvert. Elle arborait depuis quelque temps un air illuminé dont nous nous demandions s'il fallait le mettre au crédit des bons soins du beau docteur Delorme ou de la révélation qu'elle racontait avoir eue quelques mois plus tôt en entrant dans une église. Elle parlait de se faire baptiser. Se rendait désormais à la messe chaque dimanche matin. Alex était aussi effaré que moi. Nous avions tous les trois été élevés dans le rejet de la religion. Ta mère avait été scolarisée chez les sœurs. Mon père avait grandi dans une famille de communistes. Celui d'Alex parmi les adeptes d'une secte évangéliste dont ses frères et sœurs aînés clamaient qu'elle leur avait volé leur enfance. Tous étaient vaccinés et avaient bien veillé à nous tenir éloignés des dangers de la foi, des croyances farfelues et des superstitions en tout genre. Nos professeurs au lycée avaient enfoncé le clou. Aucun de nous ne savait quoi faire de cette nouveauté. La mère d'Alex lisant et relisant les Évangiles, cultivant une relation étroite avec le prêtre de la paroisse. Prêtre. Paroisse. Ces mots eux-mêmes nous semblaient sortir du Moyen Âge. Et les saloperies que débitait le pape sur le sida, les homosexuels, l'avortement, le rôle de la femme dans la société, l'appétit de censure réactionnaire qui agitait les fidèles et leurs accointances avec l'extrême droite n'arrangeaient rien. La seule chose qui nous rassurait, c'était qu'elle se tape un homme marié. Enfin, c'est ce que nous soupçonnions. Nous n'en avions pas la moindre preuve. C'était peut-être un délire que nous cultivions pour faire contrepoids.

— Est-ce qu'Alex est là ? ai-je demandé.

— Oui. Il est dans sa chambre. Je te l'appelle.

Elle a disparu dans l'escalier. Quelques minutes plus tard, Alex est apparu. Il m'a interrogé du regard. Je lui ai fait signe de me suivre et nous sommes allés sonner chez toi. Tu nous as ouvert. Tes parents t'ont demandé qui c'était à cette heure. Vous alliez bientôt passer à table.

Je vous ai annoncé la grande nouvelle, là sur le perron de ta maison, tandis que nous parvenait le son de la télévision. Un certain Comar venait de m'appeler. Il bossait pour plusieurs maisons de disques. Se présentait comme un dénicheur de talents. Il avait écouté notre cassette. L'avait transmise au directeur artistique de Virgin. Et ils étaient intéressés. Ils adoraient tout. Les textes, les musiques, ta voix. Et même notre pochette, avec le dessin d'Alex d'un côté, et notre photo de l'autre.

— Ils vont nous faire enregistrer quelques titres en studio. Histoire qu'on ait quelque chose de plus pro au niveau du son. C'est Virgin qui paie. Ils veulent faire circuler la maquette pour nous trouver des premières parties et des dates dans des festivals. Tester un peu les radios, les journaux. Genre Lenoir sur Inter, *Libé*, *Les Inrocks*. Faire monter un peu la sauce. Et si ça prend un minimum, l'étape d'après, ce sera de nous signer pour un album.

Durant les deux semaines qui ont suivi, nous ne nous sommes quittés que le temps qu'exigeaient les cours. Nous nous retrouvions dans ma chambre pour répéter. Antoine ouvrait régulièrement la porte pour se foutre de nos « chansons à texte à la con » et de notre « charisme d'huître. »

— Vous êtes nuls. Y a que Sarah qui sait chanter et qui a un minimum de présence. Le reste, c'est pourri.

Mais nous nous en foutions. De toute façon, il n'écoutait aucun chanteur français. Oscillait entre grunge, métal et hip-hop, fidèle à la double vie qu'il menait, un pied à Paris-Jardin l'autre à la cité. Nous n'avions aucun goût en commun.

Ce fut une période d'ébullition sans pareille. Nous réfléchissions sans fin aux titres qu'il conviendrait d'enregistrer, à ceux qu'il valait mieux mettre de côté. Je peaufinais les textes, changeais un mot pour un autre, révisais un couplet. Alex affinait les arrangements, ajoutait ici un pont, doublait un refrain ailleurs. Et tu chantais mieux que jamais. La validation de Comar, un professionnel du milieu, l'enthousiasme du DA de Virgin, qui avait bossé avec Bashung, Noir Désir, Les Innocents et tant d'autres, avaient libéré quelque chose en toi. Je te voyais te déverrouiller. Gagner en assurance. Y croire de nouveau. Te projeter. Alex aussi avait retrouvé une certaine forme d'intensité, dont il me semblait qu'elle s'était éteinte depuis qu'il avait jeté ses dessins et brûlé ses tableaux, et passait ses journées à dessiner des objets du quotidien et des bagnoles. On s'y voyait déjà. Tu te souviens comme on s'y voyait ? Comme on y croyait ? J'en parlais partout autour de moi. Nous allions enregistrer des titres en studio pour Virgin. Le DA nous avait à la bonne, voulait nous faire tourner. J'avais eu de nouveau Comar au téléphone et tout roulait, il avait parlé d'une première partie sur une péniche à Bastille. La date de l'enregistrement studio était calée.

— Vu le bordel avec les grèves, il vaudrait mieux vous débrouiller pour pioncer à Paris la veille, m'avait-il conseillé. Je viendrai vous chercher en bagnole à neuf heures pétantes.

Avec le recul, j'imagine que je me vantais. C'était sans doute une manière de clamer à tous ceux qui m'entouraient à la fac que j'allais bientôt me tirer de là, qu'ils avaient eu bien raison de me regarder de travers ou de m'ignorer tout ce temps : je n'étais pas des leurs. J'étais une erreur de casting. D'autres horizons m'attendaient. J'allais m'exfiltrer de leur monde. Alex aussi a annoncé la nouvelle à ses camarades d'école. On lui demandait une cassette et il s'exécutait. Certains trouvaient ça pas mal. D'autres paraissaient plus circonspects.

— La fille chante bien mais les textes sont quand même un peu… Comment dire ? Et bon, les musicos… Mais ça doit être la qualité de l'enregistrement. Avec une vraie maquette, un vrai son de studio, on se rendra mieux compte.

En général ils s'arrêtaient là. Alex ne leur en tenait pas rigueur.

— C'est tous des ploucs. Ils n'y comprennent rien. De toute façon, ils n'écoutent que de la merde.

La veille du jour J, nous sommes allés dormir chez ta cousine. Elle avait arrêté les études, bossait dans un resto aux Abbesses et vivait depuis peu dans un petit appartement rue de Clignancourt. Sophie avait écouté la cassette elle aussi, et elle était surexcitée.

— Franchement, je suis fan. C'est trop cool que tout commence ici. Quand vous serez des stars, je pourrai raconter ça à tout le monde. Je les connais. C'est ma cousine et ses potes. Et la veille de leur premier enregistrement studio pour Virgin, vous savez quoi ? Eh ben ils ont dormi chez moi. Je pourrai dire que j'étais aux premières loges.

Elle nous a servi des pâtes à la bolognaise et un gâteau au chocolat qu'elle avait acheté à la boulangerie du coin. Nous avons bu une bière ou deux. Deux ou trois verres de vin. Alex a sorti un joint. Je lui ai fait signe d'y aller mollo, il fallait qu'on soit frais le lendemain matin, et il s'est foutu de ma gueule.

— Avec toi au moins, on est sûrs d'entrer dans les annales comme le groupe le moins rock'n'roll de l'histoire. *No sex, no drugs.*

— Et *no rock'n'roll*, d'ailleurs, as-tu complété.

Tu as dormi avec ta cousine. Moi avec Alex dans le canapé-lit. J'ai eu du mal à trouver le sommeil. Je t'entendais chuchoter dans la chambre de Sophie. Parfois, vous éclatiez de rire. J'ai senti un peu de jalousie poindre. J'avais toujours du mal à encaisser que tu puisses entretenir des relations étroites avec qui que ce soit d'autre que nous. Idem pour Alex. Bien sûr, je savais pertinemment que vous aviez l'un comme l'autre des amis en dehors de notre trio. Des potes, au minimum. Sans parler des mecs qui passaient dans ta vie. Je voyais bien qu'inséparables, nous l'étions de moins en moins. Parfois je me disais que nous finirions immanquablement par nous éloigner. Nous perdre de vue. Alors j'imagine que si je voulais tant croire à notre groupe, à cet enregistrement, c'était aussi pour ça. Ce serait comme un nouveau pacte entre nous. Un serment. Et contrairement au précédent, qu'avait scellé la mort de Clément dix ans plus tôt, celui-là se signerait du côté de la vie, de l'art et de la lumière.

Le lendemain matin, à neuf heures moins dix, nous étions postés en bas de l'immeuble et guettions l'arrivée de Comar. Il m'avait parlé d'une Audi grise. Tu t'étais réveillée avec un petit mal de gorge dont Alex t'avait assuré qu'il était psychosomatique. Lui-même tentait de faire illusion mais n'en menait pas large. Il se bouffait nerveusement les ongles en scrutant la rue.

Évidemment, Comar n'est jamais venu.

Sarah

C'est drôle comme on se souvient des choses. Comme cette histoire vous a marqués, Alex et toi. Le « coup du faux producteur ». Pour moi c'est beaucoup plus flou, moins saillant, fondu dans la masse de tout ce qui s'est joué à cette époque. J'ai parfois la sensation que je n'étais pas vraiment là. Je suivais des études sans savoir où elles me mèneraient. J'avais fait une croix sur le théâtre, me sentais ridicule d'y avoir même rêvé un jour. J'essayais de me figurer une vie plus réelle. Accessible. Je me disais que c'était pour ça que j'étais faite finalement. Quel mal pouvait-il y avoir à ça ? J'avais hâte de quitter l'allée des Sycomores. De m'éloigner de l'enfance, du centre social et culturel, de mes parents surtout, qui n'en finissaient pas de jouer devant moi la pièce effarante de leur propre histoire. Je n'en pouvais plus de leurs confidences déplacées, de leur façon de tenter de m'attirer chacun dans leur camp, de me prendre à témoin de toutes ces choses qui ne me regardaient pas. Je n'en pouvais plus des migraines et des larmes après leurs engueulades. Peut-être même voulais-je m'éloigner de vous. Je n'y parvenais pas pour autant. Vous me manquiez sitôt que je vous quittais. Je me disais que vous étiez à la fois ma chance et ma malédiction. J'en venais parfois à vous détester. À détester Alex parce qu'il avait renoncé, comme moi. À te détester parce que tu continuais à y croire. Je vous en voulais de n'avoir rien vu. Je vous en voulais d'avoir tout vu. Je vous en voulais de ne pas savoir entendre ce que je ne vous disais pas. De me croire quand je vous assurais que tout allait bien, que je m'étais remise de mon histoire avec Chatel et que tout était rentré dans l'ordre. J'allais à la fac. J'envisageais vaguement de travailler dans le social. J'avais des histoires avec des mecs qui ne duraient jamais très longtemps, mais c'était toujours de leur fait. Ils ne souhaitaient pas s'engager. Se lassaient de moi. Me trompaient avec une autre fille. Et vous gobiez tout ça. Sans comprendre que je n'étais pas vraiment là. Qu'avec ces mecs j'essayais juste de me sentir normale. Mais que je ne ressentais rien pour eux. Quand l'un d'eux me baisait j'étais comme morte à l'intérieur. Je m'y pliais parce que c'était ce que faisaient les autres filles. Elles couchaient avec des mecs, y trouvaient du plaisir, ressentaient des choses. Elles en avaient envie. C'était important pour elles. Et parfois même elles tombaient amoureuses. Pas moi. Et j'ignorais pourquoi.

Tu sais, c'est de ça que je te chargeais de me consoler après chaque rupture.

De ça et de rien d'autre.

Mais comment aurais-tu pu le savoir ?

Y ai-je vraiment cru à un moment ou à un autre ? La maquette dans un studio parisien ? Les premières parties ? Le contrat pour un album chez Virgin ? « Les Inséparables » en tournée. Nos chansons à la radio. Notre première télé. Les concerts. En avais-je seulement envie ? Avais-je seulement envie de quoi que ce soit ? Tout ça me semblait si loin, allée des Sycomores. Si inaccessible. La vie me paraissait à la fois si grande et si petite. L'horizon si vaste et si réduit. Mais je suppose que nous étions nombreux à vivre les choses ainsi à cet âge-là et dans ces endroits. Tu en as souvent parlé plus tard. Ce sentiment que nous avions d'être toujours à la périphérie. De l'être parfois de nous-mêmes. Quand j'y repense, je réalise que pour l'essentiel, nous nous laissions ballotter au gré des circonstances, empruntions le plus souvent des chemins que nous n'avions pas forcément choisis, naviguions à vue, sans conscience de ce qui était possible ou de ce qui ne l'était pas.

Nous avons poireauté longtemps ce matin-là, au pied de cet immeuble de la rue de Clignancourt. Ma cousine n'a pas masqué sa surprise quand elle est descendue pour prendre son bus et a constaté que nous étions encore là.

— Il a un peu de retard. Mais il va arriver, l'as-tu rassurée, l'air confiant.

Elle a regardé sa montre. Une heure quinze, ce n'était plus « un peu de retard ». Mais elle nous a tout de même souhaité un bon enregistrement en partant. À plusieurs reprises, tu as tenté de joindre Comar depuis une cabine. Il ne répondait pas. Selon toi c'était bon signe. Ça signifiait qu'il était bel et bien parti de chez lui.

— Il doit être coincé dans les embouteillages. Avec les grèves, c'est forcément le bordel. Comment voulez-vous qu'il nous prévienne ?

Nous avons fini par nous installer dans un café d'où l'on pouvait apercevoir notre point de rendez-vous. Je te voyais te décomposer à mesure que passaient les minutes. Alex, lui, commençait à bouillir. Il s'en est pris à toi.

— Comment as-tu pu être assez débile pour croire à ces conneries ? Et c'est qui ce type au juste ?

Tu ne t'es pas laissé faire. Après tout, ce « type », comme il disait, était une connaissance de sa foutue belle-mère. Toute cette histoire était partie de là. D'une putain de cassette qu'elle avait cru bon de faire circuler. Alex s'est levé sans un mot et il a quitté le café. Nous l'avons regardé marcher jusqu'à la cabine téléphonique. Il est revenu vingt minutes plus tard. Il avait eu Hélène. Qui l'avait rappelé et lui avait filé les coordonnées de la mère de Comar. Alex l'avait appelée. En réalité il ne s'agissait pas de sa mère, mais là encore de sa belle-mère. La deuxième femme de son père. Ils s'étaient mis ensemble alors que Comar avait vingt-cinq ans. Elle ne le voyait pas si souvent. C'était un garçon un peu instable. Elle ne savait pas exactement comment il gagnait sa vie. Il avait un peu grenouillé dans l'immobilier. Et depuis quelques mois disait s'être lancé dans la musique en tant que producteur. Il prétendait avoir des contacts dans plusieurs maisons de disques, pensait avoir du flair. C'est pour ça qu'elle lui avait fait écouter la cassette. Mais elle n'en savait pas plus. Elle ignorait à quel point tout ça était sérieux ou non. Avec son beau-fils on ne pouvait jamais savoir. À la fin de la conversation elle avait confié à Alex qu'elle soupçonnait Comar d'être bipolaire.

À onze heures, nous avons convenu que c'était foutu. D'autant que tu n'avais ni le nom ni l'adresse du studio où nous étions censés enregistrer. Nous doutions sérieusement à présent qu'une séance de ce genre y ait été réservée pour nous, qu'un ingénieur du son puisse nous y attendre en vain.

Nous ne sommes pas rentrés tout de suite allée des Sycomores. Nous avons d'abord flâné une heure ou deux dans les rues de Montmartre. Puis sommes allés voir un film au Pathé Wepler. Nous hésitions entre *Smoke*, de Paul Auster, dont tu venais de découvrir les livres grâce à ton prof de socio, et *Les Apprentis*, de Pierre Salvadori. Nous avons finalement opté pour le deuxième (sans réaliser combien le titre du film collait à la situation). Ensuite nous sommes rentrés en RER, après avoir attendu plus d'une heure sur le quai. Les wagons étaient bondés. Nous avons passé le trajet collés les uns aux autres. Alex ne desserrait pas les dents. Il secouait la tête dans le vide. Il devait se demander ce qu'il allait bien pouvoir raconter à ses camarades d'école. À moins que personne n'en ait rien à battre, ce qui était le plus probable. Toi tu n'avais pas encore l'air de vraiment comprendre ce qui venait de nous arriver. Tu avais besoin d'en avoir le cœur net.

Le soir même, une fois rentré chez toi, sous le regard moqueur de tes parents et de ton frère, tu as tenté sans succès de rappeler Comar, puis composé le 12 et demandé le numéro de Virgin, pas le magasin des Champs-Élysées mais la maison de disques. Tu as appelé là-bas le lendemain matin. Nous étions à tes côtés. Tu tenais le combiné tandis qu'Alex et moi nous disputions l'écouteur. Quelqu'un, sans doute une standardiste, t'a répondu. Tu as demandé à parler au directeur artistique. On t'a passé une de ses assistantes. Tu lui as exposé la situation. Elle avait l'air de ne rien comprendre à ce que tu lui racontais. N'avait jamais entendu parler d'un groupe baptisé « Les Inséparables », de la moindre cassette, d'une quelconque séance d'enregistrement en studio, de Comar lui-même.

— Je crois bien que vous vous êtes fait avoir, a-t-elle conclu.

Mais elle a fini par te prendre en pitié. T'a promis d'en parler au DA dès qu'il serait sorti de son rendez-vous. Et de te rappeler après pour te dire ce qu'il en était.

C'est le DA lui-même qui t'a rappelé. Il n'y est pas allé par quatre chemins. Il avait eu en effet affaire à ce fameux Comar, un parasite qui se faisait des idées, comme il en existait des paquets dans ce milieu. Le type était un vrai crampon. Impossible de s'en débarrasser. Quand on le mettait à la porte, il revenait par la fenêtre. Comar l'avait eu à l'usure et il lui avait promis d'écouter la cassette de ce petit groupe de jeunes dont il lui rebattait les oreilles. Ce qu'il avait fait. Et bon. C'était touchant dans le genre amateur, mais très loin du niveau requis. Voilà. Ça s'arrêtait là.

— Qu'est-ce que vous voulez que je vous dise ? Je ne sais pas ce qu'il vous a raconté, ce qu'il s'est imaginé, mais vous vous êtes fait empapaouter. Il y a trois jours il m'a demandé si j'étais disposé à payer une session d'enregistrement pour mieux me rendre compte du potentiel du truc, mais je lui ai répondu que je n'avais pas d'argent à foutre en l'air pour ça. Ce que j'avais écouté m'avait amplement suffi. Je ne veux pas être méchant mais c'est loin d'être mûr, votre histoire. Je sais pas où vous avez enregistré ça mais le son est dégueu. Et puis franchement, les chansons elles-mêmes ne sont pas terribles. On sent trop les influences. Un titre, on dirait du sous-Bashung, un autre du sous-Murat. Des fois ça tend vers Miossec ou Manset. Et puis je sais pas qui joue de quoi, mais le pianiste là, il swingue comme un camion. Quant au guitariste, c'est un débutant, ça se sent. Le seul truc bien, c'est la fille. Elle a un beau grain. Des petits problèmes de justesse ici et là, mais ça se travaille. Et puis j'ai vu la photo. Elle a quelque chose, cette gamine. Alors voilà mon conseil. Dites-lui de se trouver un bon compositeur, de bons textes, des vrais musiciens et on verra ce qu'on peut faire. Ou alors elle peut m'appeler. Si ça l'intéresse et qu'elle est prête à bosser, je suis disposé à la rencontrer et à réfléchir à ce qu'on peut envisager. Moi je la vois bien dans un autre registre. Un truc plus pop. Plus sexy. Genre Axelle Red, vous voyez.

Vous vous êtes regardés avec Alex. Vous sembliez offusqués qu'il puisse penser à un truc pareil. Me recevoir sans vous. Sans vos chansons. Je vous ai fait signe qu'il en était hors de question. Je ne sais même pas si je le pensais vraiment. Je n'avais pas eu le temps d'analyser la situation. S'agissait-il d'une véritable ouverture, d'une opportunité à saisir ? Ou d'un traquenard ? Le producteur qui fait miroiter des trucs à la jeune fille crédule pour se la taper. Tu m'as regardée et j'ai de nouveau secoué la tête en signe de refus. La conversation s'est arrêtée là. Tu as raccroché. J'ai bien vu que vous étiez sous le choc. Alex a fait semblant de le prendre de haut. Ce mec avait des goûts de merde. Il ne pouvait pas comprendre ce que nous faisions.

— Axelle Red… Non mais… Sérieusement ?

Et puis il nous a dit au revoir. Il avait cours et il allait être en retard, si tant est qu'il trouve un moyen de se rendre à Ivry.

Nous sommes restés un moment dans ta chambre, tous les deux. Et je suis partie à mon tour. J'avais cours moi aussi. Ce jour-là tu n'es pas allé à la fac Tu as écouté la cassette en boucle. Tu me l'as raconté quelques semaines plus tard dans le RER qui nous menait à Dauphine pour la grande soirée du BDE, à laquelle tu m'avais proposé de t'accompagner.

— C'était comme si j'écoutais nos chansons pour la première fois. Comme si pour la première fois je les entendais d'une oreille extérieure, tu comprends. Objective. Comme s'il s'agissait de la cassette de quelqu'un d'autre. Et tout m'est apparu sous son jour le plus cruel. Le type de Virgin a vu juste. À part toi, rien ne sonne. Le piano est faux. Mon jeu est lourd, mécanique. Alex plaque ses accords comme un gros bourrin. Et tous les deux on n'est jamais en rythme. Et puis les chansons elles-mêmes sont nulles. Certaines confinent au plagiat, voire au pastiche. Les textes dégoulinent de sentiments, de mièvrerie. Ou au contraire singent la profondeur et la retenue hautaine. La grandiloquence le dispute au ridicule et à la prétention. Quant aux mélodies, elles tiennent sur quatre accords et ne décollent jamais vraiment. Tout est pauvre et répétitif. C'est à chier.

Tu n'as plus jamais écrit de chansons après ça. Nous n'avons plus jamais répété ensemble. C'en était fini des inséparables. En tout cas du groupe ainsi nommé. Après la peinture, après le théâtre, c'était une nouvelle désillusion. Un rude retour à la réalité. Il fallait se rendre à l'évidence, t'ai-je dit ce jour-là dans le RER qui se rapprochait de la porte Dauphine. Nous n'avions pas les épaules pour tout ça. Nous ne les avions jamais eues. Nous nous étions toujours crus « spéciaux » tous les trois, mais nous ne l'avions jamais été. Ou alors pas de cette façon-là. Nos parents nous l'avaient suffisamment répété. Il allait nous falloir grandir et consentir enfin à entrer dans la « vie réelle ». Ce n'était sans doute pas si grave.

Toute la soirée qui a suivi, j'ai eu l'impression que mes mots t'avaient ébranlé. Je m'en suis voulu de t'avoir balancé tout ça. Tu avais l'air perturbé. Et je me souviens que le lendemain matin, à l'aube, dans ce café à Saint-Michel qui ne fermait jamais, et dans lequel nous avions échoué en attendant le premier RER, pour la première fois de ma vie, dans la lueur des néons rouges, je t'ai vu pleurer.

Paul

Je ne me souvenais pas que tu m'avais dit ça dans le RER, ce jour-là. Nos vies étaient à la fois si entremêlées et parallèles. Chacun en avait sa propre version, il faut croire. Bien sûr, je n'avais pas encore tout à fait digéré cette histoire. Mais ce n'était plus vraiment pour mon propre cas que tout ça me préoccupait. Non. Si je m'inquiétais, c'était surtout pour Alex. J'avais le sentiment qu'il avait pris cet échec comme la confirmation de quelque chose de beaucoup plus large et définitif. Qu'il n'en finissait pas de se raboter les ailes. Tentait à toute force d'entrer dans un costume trop étroit pour lui, parce qu'il avait cru comprendre qu'on ne lui en fournirait jamais un autre, que c'était celui-là qui lui était assigné, une fois pour toutes. Il disait ne plus peindre (mais qui sait s'il mentait), prétendait s'être entiché de cette fille rencontrée dans une soirée, une étudiante en droit à la Sorbonne qui ne semblait absolument pas faite pour lui (mais quelle fille l'était ?), ne voulait plus entendre parler de guitare ni de musique, et clamait vouloir dorénavant se consacrer pleinement au graphisme. Et puis il y avait toi. Je m'en voulais d'avoir été si catégorique quand nous avions eu le DA de Virgin au téléphone. J'avais le sentiment que nous t'avions forcé la main. Que nous avions décidé à ta place. Que nous t'avions barré la route et comment savoir où elle aurait pu te mener. Je crois que sur le moment, c'est la mention de ton physique, de la photo, ce « elle dégage quelque chose » qui m'avait heurté. À la lumière de ce que tu avais vécu avec Chatel, je m'étais fait un film un peu poisseux. Mais tu sais, j'ai un peu suivi le parcours de ce type par la suite. Et vu de loin, rien de glauque ni de louche ne m'a jamais sauté aux yeux. (J'entends déjà ce que tu vas me dire : avec les hommes comment savoir ? On tombe tellement des nues chaque semaine. Chaque jour ou presque nous dévoile ses nouveaux porcs. Au point qu'on en arrive à douter qu'ils puissent constituer des exceptions. Et tu n'auras pas tort.)

De mon côté, je commençais à me faire une raison. J'aimais la musique mais elle ne me le rendait pas. Et le DA avait touché juste. Je n'étais pas spécialement doué. N'étais qu'un imitateur. N'avais pas trouvé ma propre voie et ne la trouverais sans doute jamais dans ce registre.

Mais je ne pensais à rien de tout cela, ce jour-là dans le RER. Non. J'avais tout autre chose en tête. Toi, en l'occurrence. J'avais décidé de me lancer. Espérais en avoir enfin le courage (jamais je ne l'avais eu depuis ce jour terrible où, alors que nous jouions au jeu de la bouteille dans la cave de Nico, tu avais ri au moment de m'embrasser). Cette soirée n'était qu'un prétexte pour passer du temps avec toi sans Alex. Je ne lui avais même pas proposé de nous accompagner. Il aurait de toute façon refusé. N'aurait mis les pieds à aucun prix dans un truc pareil. Une fête d'étudiants en économie et gestion... Dans le seizième arrondissement, qui plus est. Le cauchemar à l'état pur. Et avec le recul, je conviens que c'était une drôle d'idée. Je détestais ces gens. Je détestais ce genre de soirée. Mais je m'étais imaginé que nous ne resterions qu'une heure ou deux, que nous en aurions vite assez et, je ne sais pas, que nous passerions la nuit à errer dans les rues de Paris, à observer les gens, à parler sans fin et à nous confier l'un à l'autre. Dans mes rêves, je finissais par t'embrasser sur les quais de la Seine, sous le Pont-Neuf. Dans mes rêves, c'était le début d'autre chose.

Rien ne s'est déroulé comme je l'avais espéré, bien sûr. Tu es bien placée pour le savoir. Et je suppose qu'on ne saura jamais ce qui se serait produit si effectivement nous n'étions restés qu'une heure ou deux à cette soirée. Si nous avions passé la nuit à marcher dans Paris. Si à un moment ou à un autre je t'avais dit ce que j'avais à te dire. On ne saura jamais mais je le devine. Tu aurais refusé. M'aurais répondu, Je préfère qu'on reste amis, et en un sens, c'est sans doute ce qui pouvait nous arriver de mieux. Depuis tout ce temps nous sommes restés amis. C'est ce que nous avons toujours été l'un pour l'autre, et nous le sommes encore. Et même s'il y a eu des hauts et des bas, pas un instant je ne regrette les chemins qu'ont empruntés nos vies. On ne saura jamais mais quoi qu'il en soit ce n'est pas la tournure qu'ont prise les choses ce soir-là. D'abord par ma faute, parce que dans ce grand hall et ce réfectoire immense transformés en dance floor, je n'ai rien osé tenter ni te dire. Comme à mon habitude, je me suis contenté de boire et de te regarder danser. Des mecs de mon TD, complètement bourrés, m'ont alpagué, puis ça a été cette fille avec qui j'avais fait un exposé sur le pouvoir des intellectuels en France, en cours de sciences politiques, et qui n'avait pas plus que moi l'air de savoir ce qu'elle foutait dans cette fac. Elle avait paru intriguée quand je lui avais confié que je m'intéressais surtout à la musique, à la poésie, au cinéma et au roman. Quelques jours plus tôt, je lui avais conseillé un bouquin de Jean-Paul Dubois. Et elle tenait absolument à me dire ce qu'elle en avait pensé. La musique était forte et son visage très proche du mien, sa main posée sur mon bras. Elle était complètement bourrée elle aussi, et riait pour un rien. Je ne sais pas si c'est de m'avoir vu avec elle, mais quand elle m'a lâché pour retrouver ses copines tu n'étais plus là. Je t'ai cherchée pendant des heures. Il y avait tant de monde. J'imagine que tu dansais quelque part. J'imagine que ce grand type s'est posté face à toi. J'imagine qu'il t'a plu. Et que c'était réciproque. Quand je t'ai enfin retrouvée, vous vous embrassiez. J'ai passé le reste de la soirée à picoler et à me lamenter sur mon sort. Régulièrement, je venais te voir et te proposais d'y aller. Tu n'y as consenti que vers quatre heures du matin. Ton flirt avait mis les voiles mais vous aviez échangé vos numéros. Nous avons traversé Paris comme je me l'étais imaginé. De la porte Dauphine à la station Saint-Michel. Tu semblais sur un nuage. Ce mec te plaisait vraiment. Il était plutôt beau gosse. Et vachement intelligent. Il était venu là par hasard, lui aussi. Accompagnait un vieux copain. Lui non plus n'avait pas prévu de rester longtemps. Mais il était tombé sur toi. Pendant tout le trajet de l'avenue Foch à l'Étoile, de l'Étoile à la Concorde puis au Louvre, du Louvre à Saint-Michel en passant par le Pont-Neuf, je t'ai écoutée me parler de ce mec que tu venais de rencontrer et de ceux qui l'avaient précédé. Nous avons fini par échouer dans ce bar qui ne fermait jamais. Nous avons pris un chocolat chaud sur les banquettes orange. Les phares des voitures balayaient les grands miroirs. Ensommeillée, à deux doigts de sombrer tu m'as dit, Et toi alors ? Tu es amoureux de quelqu'un en ce moment ? Et j'ai fondu en larmes. Tu t'es inquiétée, m'as demandé ce qui se passait. Et comme je l'ai fait tant de fois depuis dans ce genre de circonstances, comme je l'ai fait il y a quelques semaines encore devant mes enfants qui s'inquiétaient de me voir pleurer, j'ai répondu, C'est rien. Je suis fatigué, c'est tout.

2000

Sarah

Ni toi ni moi ni Alex ne vivions plus allée des Sycomores. Mes parents avaient fini par se séparer. Après avoir été si longtemps malheureux ensemble, ils l'étaient désormais chacun de leur côté. Ma mère avait pris un F3 à Juvisy. L'hôpital n'était pas loin et elle pouvait s'y rendre à pied. Mais elle souffrait de la solitude. Mon père, lui, vivait toujours dans la maison de mon enfance, mais parlait de déménager. Il passait son temps à visiter des appartements qui ne lui convenaient jamais. Je le taquinais en lui disant que ce qui lui manquait au fond, dans tous ces endroits, c'était ma mère. À son sourire embarrassé, je voyais bien que je visais juste. D'autant qu'à l'entendre, il y avait longtemps maintenant qu'il n'avait plus eu de « liaison ». Du reste, avec ma mère, ils continuaient à se voir. Il lui arrivait même de sortir de chez elle « habillé comme hier ». Il m'adressait toujours un petit clin d'œil en disant ça, histoire de s'assurer que j'avais bien saisi le sous-texte.

— En fait, me disait-il, on ne s'est jamais aussi bien entendu que depuis qu'on s'est séparés.

— Depuis que tu as cessé d'aller voir ailleurs, aussi, non ? lui répliquais-je.

Il se contentait de toussoter. Il n'aimait pas que je parle de ce genre de chose en présence d'Éric.

Éric et moi ne restions jamais très longtemps allée des Sycomores. Mon père nous préparait un repas durant lequel il nous donnait principalement de ses nouvelles – en avoir des nôtres ne semblait pas beaucoup le passionner. Son boulot chez Sicli l'ennuyait. Il avait le sentiment d'avoir été mis au placard. Après avoir passé quelques années à la direction commerciale, on l'avait transféré à la formation. Il animait désormais des stages à l'intention des équipes de vente. C'était loin d'être inintéressant, mais enfin il encaissait mal de s'être cogné la tête au plafond de verre que tous les types dans son genre, sans diplôme, ayant commencé à bosser à dix-huit ans, finissaient par atteindre. Arrivés à un certain niveau, et en dépit de leur expérience, on leur signifiait qu'ils n'avaient pas les compétences requises pour un poste à plus haute responsabilité, et ils devaient s'incliner devant des petits cons à peine sortis de leurs écoles de commerce. Depuis peu, il commençait même à craindre le licenciement.

— J'espère qu'ils me garderont jusqu'à la préretraite. Ce serait la moindre des choses. Depuis le temps que je bosse pour cette boîte.

Après le café, nous prenions la voiture pour rejoindre la forêt. Nous marchions sous les grands arbres en nous tenant la main. Parfois mon père nous accompagnait. Il aimait bien Éric. Celui-là même que tu t'es longtemps amusé à surnommer « le grand type ».

— Alors, ça se passe bien avec ton grand type ? me demandais-tu dans les semaines qui avaient suivi notre rencontre à Dauphine.

— Il a un prénom, te répondais-je.

C'est longtemps resté une blague entre nous. D'autant qu'Alex, lui aussi, s'y était mis.

Après la forêt, nous passions voir ma mère à Juvisy. Puis nous rentrions à Clamart. La famille d'Éric vivait à Meudon. C'était juste à côté. Et nous n'étions qu'à un quart d'heure de Montrouge et de l'Insee, où il avait été embauché à l'issue de ses études en statistiques. Ce n'était pas non plus très loin des lycées dans lesquels je travaillais.

Vous reveniez plus souvent que moi allée des Sycomores. Alex rendait régulièrement visite à sa mère. Il l'écoutait se lamenter que cette maison était trop grande et trop chère pour quelqu'un comme elle, qui vivait seule et sur un maigre salaire de secrétaire médicale. Maintenant que son fils n'était plus à sa charge, son ex-mari avait cessé de lui verser une pension. Alex lui suggérait de prendre un appartement dans le centre-ville. Des petits immeubles y avaient poussé. Tout y était accessible à pied. Le marché, une poignée de commerces, la médiathèque (où elle n'allait jamais), l'église (où elle allait souvent). Et son lieu de travail lui-même. Il lui faisait visiter des logements à louer mais il le savait : jamais elle ne quitterait l'allée des Sycomores. Jamais elle ne partirait de la maison où était né, avait grandi puis était mort son tout-petit, son chéri, son ange. Lui-même n'était pas parti bien loin. L'entreprise de graphisme qui l'avait embauché, et pour laquelle il dessinait des personnages de dessins animés sous licence qu'on gravait ensuite sur des cartes postales, des mugs, des assiettes, des agendas ou des trousses d'écolier, était située à Maisons-Alfort. Il vivait non loin, en colocation, dans une maison avec jardin, et nous disait entretenir une relation en pointillé avec une des filles qui logeait là.

Toi, plus encore que pour voir tes parents, je crois que c'est pour ton frère que tu revenais régulièrement. Tu t'en faisais pour lui. Après le bac, qu'il avait obtenu au rattrapage et de justesse, il s'était inscrit en fac de géo mais n'y avait jamais foutu les pieds. Tes parents avaient mis plusieurs mois à s'en rendre compte. Il faut dire qu'Antoine cachait bien son jeu. Il quittait la maison chaque matin et ne rentrait que le soir, respectant scrupuleusement les horaires de l'emploi du temps que ta mère avait collé sur le frigo. Au cas où elle ou ton père rentre à l'improviste, j'imagine. Ou pour donner le change à la voisine d'en face – une vraie commère. Personne n'a jamais su ce que ton frangin faisait alors de son temps. Où passait-il ses journées ? Des mois plus tard, tu lui avais posé la question et il t'avait répondu, Rien de spécial, je traînais. Depuis, il ne quittait plus trop la maison. Fumait joint sur joint. Rejoignait ses potes quand ils n'avaient pas cours. Deux ou trois d'entre eux avaient décroché aussi dès le premier semestre, comme un bon tiers des étudiants de première année. Tes parents s'inquiétaient mais ne voyaient pas comment remédier à la situation.

— Il n'est pas comme toi, tu sais, te répétait ta mère. Et puis quand tu es parti de la maison, il s'est senti abandonné. C'est pas drôle pour lui, de se retrouver seul avec ses vieux parents.

Tu la reprenais. D'abord ils n'étaient pas vieux, loin de là. Ils n'avaient que cinquante-cinq berges. Et puis tu n'avais abandonné personne. OK, en maîtrise tu avais pris une chambre de bonne dans le quartier des Ternes (tu bossais tout l'été pour gagner de quoi assurer le loyer), histoire de ne plus te taper trois heures de transports en commun par jour. Et maintenant, tu travaillais et vivais à Paris. Mais c'était juste la vie comme elle allait. Tu avais fait les choses dans les temps. Sans rien précipiter. Ce à quoi ta mère répliquait que quand on avait commencé à travailler à seize ans comme elle, cinquante-cinq ans c'était plus vieux que pour d'autres. Et qu'on ne pouvait rien y faire si ton frère avait mal supporté ton départ. À l'entendre, on aurait dit qu'elle te tenait responsable de la plupart des problèmes d'Antoine.

— De toute façon, même à l'époque où tu étais là, tu n'étais pas là. Tu étais toujours fourré avec Alex et Sarah. Et puis à l'école, au collège, tu sais, ça n'a pas été de la tarte, pour lui, de passer après toi. Avec les facilités que tu avais.

Elle répétait toujours ça à ton sujet. Que tu avais toujours eu des « facilités ». Mais dans sa voix, ça sonnait comme un reproche. Une manière de minorer tes mérites ou le travail que tu avais dû accomplir pour arriver là où tu étais aujourd'hui. On aurait dit que dans son esprit, tu avais reçu à la naissance un don qui n'aurait jamais dû te revenir. Et en usais de façon pour le moins discutable. Que tout ça t'ait conduit à bosser dans la culture accréditait la thèse. Tu faisais ce qui te plaisait, participais à tous ces trucs qui n'intéressaient qu'une poignée de gens – et encore ne s'y intéressaient-ils que pour se donner de grands airs, semblait-elle parfois soupçonner. Ça n'était pas *vraiment* du travail.

Alex et toi ne veniez pas souvent à Clamart. Vous aviez l'impression qu'Éric ne vous appréciait pas et je ne pouvais pas vous contredire. Il se sentait un peu exclu quand nous nous retrouvions tous les trois. Nous évoquions des souvenirs, des gens, des lieux dont il ne savait rien. Avions nos propres codes, nos gimmicks, nos références. Éclations de rire pour un rien, et toujours il se demandait ce qu'il y avait de drôle dans ce que nous venions de dire. Il te trouvait prétentieux. T'accusais de te la péter quand tu évoquais les gens que tu rencontrais dans le cadre de ton travail. Des écrivains, des chanteurs, des comédiens plus ou moins célèbres, qui participaient aux festivals qu'organisait l'agence qui t'avait embauché. Bien sûr, je suppose que pour toi il s'agissait juste de la réalité de ton quotidien professionnel, nous aussi nous avions le nôtre, il n'y avait pas de quoi en faire tout un foin, mais qu'est-ce que tu veux ? C'est ainsi qu'Éric prenait les choses. Il s'imaginait que vous trouviez ses propres occupations ennuyeuses. Le recueil et l'analyse de données relatives à la démographie, les outils et la méthode statistiques qu'il appliquait, les enseignements qu'on pouvait tirer des études auxquelles il collaborait lui semblaient bien ternes, bien arides à côté. Il préférait ne pas vous barber avec ça. Il n'aimait pas non plus beaucoup Alex. Le trouvait cinglant, sombre, cynique. Mais je crois surtout qu'il était jaloux de lui et avait du mal à supporter de nous voir si proches. Il me cuisinait parfois à son sujet. Pouvais-je lui jurer qu'il ne s'était jamais rien passé entre lui et moi ? Qu'il ne nous était jamais arrivé de coucher ensemble ? Que je n'avais pas été amoureuse de lui à un moment ou à un autre ?

Nous ne sommes jamais allés à Maisons-Alfort. Nous n'avons jamais vu la maison où vivait Alex. Jamais rencontré un seul de ses colocataires. Mais il en avait toujours été ainsi. Il était du genre à cloisonner les choses. Il y avait nous, d'un côté. Et le reste de sa vie, de l'autre. Les gens avec qui il avait sympathisé dans son école, ceux qu'il côtoyait dans son boulot, les petites amies dont il nous disait qu'elles entraient et sortaient de sa vie, nous ne les avons jamais croisés. D'après lui, ça n'en valait pas la peine. Tous ces gens ne comptaient pas. Et puis il n'avait pas envie de nous « partager ». Il aimait notre trio. Il aimait que tout fonctionne en vase clos. Dès qu'il y avait quelqu'un d'autre, ce n'était plus pareil. Il avait l'impression de nous « perdre de vue ».

C'est à Paris que nous nous retrouvions le plus souvent. Chez toi en général. Tu vivais alors dans le neuvième, métro Notre-Dame-de-Lorette, dans un appartement sur cour où tout penchait un peu. Tu y avais emménagé avec Lise, une fille que tu avais rencontrée en DESS. Tu avais fini par raccrocher les wagons, comme on dit. Il s'agissait d'une année de spécialisation dans le secteur culturel. Un des profs dirigeait une boîte qui organisait, entre autres, des événements musicaux ou littéraires. Il t'avait pris en stage puis t'avait embauché pour de bon. Lise, de son côté, était plutôt branchée cinéma. Une fois diplômée elle était entrée à la Cinémathèque française. Nous ne la croisions pas si souvent. La plupart du temps, elle profitait de notre venue pour sortir avec ses propres amis ou ses collègues. Je ne crois pas qu'elle nous fuyait. Disons plutôt qu'elle avait une conscience aiguë du lien qui nous unissait et entendait respecter le besoin que nous avions de nous retrouver sans témoins. Les choses étaient sans doute plus compliquées pour elle qu'elle ne voulait bien l'avouer. Il nous arrivait malgré tout de passer du temps avec elle, le plus souvent à l'occasion des soirées que tu organisais pour fêter un anniversaire, ou sans raison particulière, juste pour le plaisir. Et je me souviens qu'au cours de l'une d'elles, alors que nous étions tous passablement bourrés, elle m'avait prise à part et m'avait confié qu'elle était jalouse d'Alex et de moi. Parce qu'elle avait l'impression que nous partagions avec toi des choses essentielles auxquelles elle n'aurait jamais accès. Elle aussi se sentait exclue. Et puis elle avait ajouté que vis-à-vis de moi c'était plus compliqué encore.

Certes, elle savait que tu l'aimais. Mais devinait que tu m'aimais plus encore. D'un amour beaucoup plus profond. J'avais tenté de minorer. Oui c'était vrai, toi et moi nous nous aimions. Mais plutôt comme un frère et une sœur.

— Ça, c'est que tu crois, m'avait-elle lancé. Ou peut-être que c'est ainsi que toi, tu l'aimes. Mais lui, crois-moi, il t'aime tout court. Tu es la femme de sa vie.

— N'importe quoi, avais-je répondu.

C'est tout ce que j'avais trouvé à dire. Un peu plus tard j'avais repensé à cette conversation. Et à Éric. Lui aussi sentait confusément qu'une part de moi lui échappait, et je savais que l'inimitié qu'il vous portait y était pour quelque chose. Je ne lui avais jamais parlé de Chatel. Ma période « théâtre » et l'épisode de la cassette étaient plutôt des sujets de plaisanterie. Ah les drôles d'idées qu'on se faisait à ces âges-là... Et jamais non plus je ne lui avais raconté pour Clément. Il savait juste qu'Alex avait perdu son petit frère en 1985. Je ne cherchais pas à lui cacher quoi que ce soit. Mais je savais qu'Alex n'aurait pas supporté d'apprendre que j'avais tout dit à Éric, derrière son dos. C'était entre nous un accord tacite. Jusqu'à notre mort, nous resterions les seuls à savoir ce qui s'était passé.

Alex n'était jamais très à l'aise dans ces soirées. La plupart des invités faisaient le même genre de boulot que toi. Ils travaillaient presque tous dans la sphère artistique. Un type bossait pour un label indépendant, un autre pour un tourneur. Une fille faisait ses armes dans une société de production cinématographique. Une autre avait intégré la direction administrative d'une compagnie de danse réputée. Une dernière était dans l'équipe qui préparait l'ouverture du Palais de Tokyo. Les conversations tournaient principalement autour du dernier roman d'Untel, du nouvel album de Machin, des expositions à voir sans délai et de la pièce qu'il ne fallait surtout pas manquer à la Colline ou au Théâtre de la Ville. À part ce qui concernait la musique (la playlist oscillait entre indie rock et chanson française alternative. Nick Cave et PJ Harvey. Pulp. Blur. Radiohead. Björk. Mendelson et Diabologum), il se sentait largué. Il n'aimait pas qu'on lui demande ce qu'il faisait dans la vie. Ce qu'il avait pensé de ce putain de film sur lequel tout le monde s'écharpait et qu'il n'avait pas vu. Il détestait par-dessus tout que tu essaies de le brancher avec ta copine qui bossait dans l'art contemporain.

— Non mais moi je ne fais pas de l'art, disait-il pour clore la conversation. Je dessine juste des Bart Simpson à la chaîne pour les coller sur des agendas ou des pots de moutarde. Ce genre de choses.

Il passait le gros de la soirée légèrement en retrait, à descendre verre sur verre. Et puis venait toujours le moment où quelqu'un montait le son et initiait le mouvement. L'appartement se transformait alors en piste de danse. Enfin, il pouvait se sentir à sa place. Il dansait au milieu des autres, sa clope aux lèvres et son verre de vin à la main, cheveux noirs savamment décoiffés, petit anneau à l'oreille, vêtu de son uniforme, jean noir serré et tee-shirt marinière. Les heures s'écoulaient et certains tanguaient pas mal. La voisine se mettait à gueuler.

— Non mais vous avez vu l'heure ? Arrêtez-moi cette musique de sauvages !

Mais tu l'envoyais chier. Vers deux ou trois heures du matin, l'assemblée commençait à s'éclaircir. À la fin nous n'étions plus que quatre. Lise allait se coucher et nous restions tous les trois au salon à bavarder jusqu'à l'aube, saouls au dernier degré. Alex finissait toujours par se lâcher un peu. Il se foutait de la gueule de tes potes. Cherchait à t'atteindre. Raillait cette espèce d'entre-soi qui lui donnait envie de gerber. Moquait tous ces fils et ces filles de bourges qui étalaient leurs références comme si ça faisait d'eux des gens supérieurs. Tu les défendais comme tu pouvais.

— D'abord, contrairement à ce que tu crois, ce ne sont pas tous des fils de bourges, loin de là. Et puis ils parlent juste de ce qui les passionne. Où est le mal ?

Alex me prenait à témoin. Et il semblait toujours déçu que je n'entre pas dans son jeu. Bien sûr, je voyais plus ou moins ce qu'il voulait dire, mais je ne ressentais pas les choses de la même façon. Je trouvais tous ces gens plutôt intéressants. Je ne bossais pas dans la culture mais ça ne m'empêchait pas de lire, d'aller au ciné, de voir des expos, d'écouter des disques. C'était même ce que je préférais faire dès que j'en avais le temps. Tant mieux pour eux s'ils pouvaient se consacrer pleinement à tout ça tout en gagnant leur vie. Et puis je dois bien avouer que contrairement à Alex je ne ressentais aucune gêne à parler de ma propre activité professionnelle. D'autant que la plupart du temps, mes interlocuteurs paraissaient sincèrement intéressés, et même, pour certains, assez admiratifs. J'étais en contact avec « la vraie vie » et ça avait l'air de les fasciner. Alex ricanait.

— Évidemment, pour eux, « la vraie vie, les vrais gens » ça se résume au « social ». Tu es assistante sociale en établissement scolaire. À leurs yeux, ça signifie forcément parents endettés ou violents, pauvreté, maltraitance, pathologies mentales en tous genres. Tout le reste, les gens qui bossent et font tourner la machine pour pas un rond, élèvent gentiment leurs enfants dans leurs petits pavillons ou leurs appartements, consomment, vont en bagnole faire les courses au supermarché le week-end, regardent la télé le soir parce qu'ils sont trop crevés pour envisager autre chose, ils trouvent ça vulgaire. C'est ça qu'ils appellent être de gauche. L'art et la misère. Rien n'existe entre les deux. Ça leur renvoie une belle image d'eux-mêmes. Ils se sentent nobles, généreux, concernés. Mais écoute-les bien. Ce sont les mêmes que Paul prétendait détester à la fac. Ils ont juste choisi de se présenter autrement mais ils sont du même côté du manche. T'as qu'à les écouter parler de la maison de vacances des parents, de leur putain de week-end à Lisbonne ou à Barcelone. Dès qu'ils auront gravi un échelon ou deux, ce sera l'île Maurice ou les Maldives.

— Tu racontes n'importe quoi, ne pouvais-tu t'empêcher de répliquer. Si tu parles de Gilles, la maison en question, je te signale que c'est juste le pavillon que ses parents ont hérité de sa grand-mère dans la banlieue de Montélimar. Et son père est réparateur chez Darty... Et puis Lise et moi on y est aussi allés à Lisbonne. C'est beau, Lisbonne. Qu'est-ce que ça prouve ?

Mais ça ne servait à rien de répondre. Dans ces cas-là, Alex partait en roue libre. La mauvaise foi coulait dans ses veines. C'était autre chose qui se jouait entre vous, mais je ne savais pas quoi. Alors je faisais en sorte que nous passions à un autre sujet. Et nous finissions par nous endormir les uns sur les autres, sur le canapé que recouvrait un grand tissu orange.

C'est en pareils circonstances, au lendemain d'une de ces soirées, que tu as reçu l'appel que tu attendais plus qu'aucun autre. Nous dormions, quand la sonnerie a commencé à retentir. Ton foutu téléphone me vrillait le crâne. J'avais la sensation qu'on y enfonçait le foret d'une perceuse. J'ai ouvert les yeux et tout penchait autour de moi.

Les murs de ton appartement étaient moins droits que jamais. Alex a grogné.

— Mais bordel, quelqu'un compte répondre un jour ?

Tu t'es levé et à la façon que tu as eue de manquer de tomber et de te rétablir de justesse en t'accrochant au rideau de la fenêtre donnant sur la cour (lequel s'est décroché sous ton poids), j'ai compris que tu étais dans le même état que moi. Tu as réussi enfin à atteindre le téléphone, non sans avoir renversé au passage le fond d'une bouteille de bordeaux qui traînait sur les tomettes. J'ai refermé les yeux et t'ai entendu dire allô d'une voix pâteuse, puis plus rien pendant un bon moment. Je me suis à moitié rendormie. Alex grognait dès que tu prononçais le moindre mot. Des balbutiements de remerciements. Des oui, bien sûr, je suis libre. OK. À mardi, alors. Puis tu as raccroché et t'es mis à répéter le mot « putain » en boucle. Aucun de nous n'a réagi. Tu as entrepris de nous secouer. Alex t'a prié d'aller de te faire foutre.

— Mais réveillez-vous, merde ! C'est juste dingue !

J'ai consenti enfin à rouvrir les yeux. Me suis redressée. L'appartement était dans un bordel apocalyptique. Des canettes et des bouteilles vides gisaient un peu partout. Les clopes avaient débordé des cendriers. Sur la table marocaine s'amoncelaient des assiettes sales, des verres où stagnaient des restes d'alcool. Le rideau orange auquel tu t'étais agrippé pendait lamentablement. Tu as attrapé une bouteille de champagne à moitié entamée et trois verres que tu n'as pas pris la peine de nettoyer. Tu les as remplis avant de nous les tendre.

— Non c'est bon, a fait Alex. Je crois pas à ces conneries de tuer le mal par le mal.

Sa voix était grave, son haleine chargée de pinard et de tabac. Ses yeux réduits à deux fentes où se devinaient des pupilles rougies. Je n'étais sans doute pas beaucoup plus belle à voir.

— Allez, as-tu insisté. On trinque !

— On trinque à quoi ? t'ai-je demandé.

— À mon premier roman.

Nous t'avons regardé sans comprendre. Était-ce dû à nos cerveaux embrumés ? À la gueule de bois ? Ou bien était-ce impossible à assimiler. Depuis trois ans tu adressais des manuscrits aux maisons d'édition qui publiaient les écrivains que tu aimais, et collectionnais lettres de refus et courriers types. Sans nous le formuler, Alex et moi y voyions la confirmation de quelque chose. Ces phrases que nous avions tant entendues, « Ce n'est pas pour nous. Qu'est-ce que vous croyez ? Pour qui vous vous prenez ? », celles qu'avaient prononcées les examinateurs qui avaient auditionné Alex aux Beaux-Arts, mes propres déconvenues aux concours du Conservatoire, du cours Florent ou de la rue Blanche avaient depuis longtemps scellé la tombe de nos illusions. À nos yeux tu t'acharnais et c'était presque pathétique. D'autant que le monde de l'édition nous paraissait tout à fait impénétrable (rappelle-toi comme tout semblait si secret, ça l'est sans doute encore aujourd'hui mais à l'époque, les écrivains étaient beaucoup moins accessibles, ils ne se produisaient pas si souvent en public, passaient rarement à la télévision, et ni Internet dans sa forme actuelle ni les réseaux sociaux n'existaient encore. Quant aux éditeurs eux-mêmes, ils demeuraient totalement invisibles, leurs noms et les moyens de les contacter étaient introuvables, à moins de faire partie des initiés). En outre nous n'avions aucune idée de ce que tu écrivais. Tu disais toujours, Vous lirez quand je serai publié. Nous n'avions pas le cœur à te décourager. Tes parents si. Ton père avait accepté de photocopier ton manuscrit en une dizaine d'exemplaires reliés. Il avait fait ça au bureau (il avait lâché le volant de son bus depuis quelques années et travaillait désormais à la régie), pendant ses pauses déjeuner, ou le soir une fois que ses collègues s'étaient éclipsés. Bien sûr il n'avait pas pu résister à la curiosité. Ta mère non plus. Elle te l'avait avoué à la fin d'un déjeuner alors que tu étais de passage allée des Sycomores.

— C'est bien écrit. Enfin, je n'y connais rien. Mais je ne sais pas qui ça va bien pouvoir intéresser, ces histoires.

Ton père avait renchéri :

— Ton personnage, là, on a envie de lui filer des claques. Et puis je ne sais pas ce qu'ils ont tous à pleurer tout le temps et à se torturer les méninges comme ça, tous ces gens. Toutes ces phrases. Tous ces sentiments… Je ne sais pas où ils trouvent le temps. Ça doit être parce qu'ils n'ont pas de vrais problèmes à régler. Enfin, ça ne m'étonne pas de toi. Tu as toujours plané, de toute façon.

Tu avais encaissé sans broncher. Mais je sais que la phrase, « on a envie de lui filer des claques à ton héros » avait sonné cruellement à tes oreilles. Parce que bien sûr, ce héros te ressemblait comme deux gouttes d'eau.

Tu as bu une grande gorgée avant de nous expliquer : c'était un éditeur, le patron d'une maison qui comptait à son catalogue pas mal d'auteurs dont tu admirais le travail, qui venait de te contacter.

— Il a lu mon manuscrit et voilà, il a trouvé ça super. Il veut le publier en janvier prochain. J'ai rendez-vous avec lui dans deux jours.

— Et il t'appelle un dimanche matin ? a lâché Alex, comme s'il n'y croyait pas tout à fait, comme s'il avait des doutes, comme s'il se demandait s'il ne s'agissait pas de nouveau d'un canular.

— Il l'a commencé hier, l'a fini cette nuit et voulait être sûr de dégainer avant d'éventuels concurrents. Il m'a même dit qu'il avait eu peur qu'il ne soit déjà trop tard.

Je t'ai pris dans mes bras. Alex s'est joint à nous avec un peu de retard. Puis nous avons trinqué et descendu nos verres d'un trait. Tu t'es levé pour mettre de la musique. Et nous avons improvisé une sorte de danse de la joie.

— Et il parle de quoi, ce roman ?

— De nous, as-tu répondu avec un petit sourire. Enfin, pas de nous « nous ». Mais quand même...

Je n'ai pas réussi à décrypter le regard que t'a alors lancé Alex. Avait-il du mal à sincèrement se réjouir pour toi ? Était-il, même à son corps défendant, un peu jaloux ? Ou tiquait-il sur ces mots : de nous. Qu'est-ce que ça signifiait exactement ?

Je n'ai pas eu le temps de creuser la question. Lise venait d'arriver dans le salon. Elle nous observait. On l'aurait dite au bord des larmes. Tu as blêmi et arrêté la musique. Je ne me souviens pas si j'ai vraiment mesuré la complexité de la situation. Nous dansions à moitié enlacés, buvions du champagne alors qu'il était à peine onze heures du matin. Tu avais reçu ce coup de téléphone. Nous fêtions la publication de ton premier roman. Et pas un instant tu n'avais songé à aller la voir pour lui annoncer la nouvelle.

Paul

Nous nous sommes séparés quelques semaines plus tard, Lise et moi. Elle avait rencontré un type à la cinémathèque. Ils sont toujours ensemble, je crois. Ont eu deux enfants. Je sais que tu penses que c'est l'annonce de la publication de mon roman qui a précipité les choses. Ce jour-là j'avais tenté de me rattraper comme j'avais pu. Je lui avais même proposé de le lire. Ce qu'elle avait fait sans attendre. Mais ça n'avait sans doute rien arrangé. J'avais eu beau brouiller les pistes, tout mélanger, réinventer, déplacer, pour elle tout devait être transparent. Ce truc à la *Jules et Jim* ou à la *César et Rosalie.* Ces deux personnages masculins qui n'étaient pas amis mais frères, et avaient perdu une petite sœur quand ils étaient enfants. Leur mère qui devenait à moitié folle à force de guetter partout des signes de son enfant disparu. Et puis cette fille entre eux dont ils étaient tous les deux amoureux. Une fille incroyablement vivante et brisée. Tout se passait en banlieue parisienne, entre cités, lotissements et quartiers pavillonnaires. Lise m'avait dit l'avoir aimé sans réserve et je n'étais pas certain de devoir la croire. De toute façon, entre nous, les choses avaient commencé à se dégrader bien avant tout ça. De son côté en tout cas. Elle était de moins en moins sûre d'être amoureuse de moi. Me reprochait de n'être jamais vraiment là, vraiment présent, même quand nous étions ensemble. Il y avait mes manuscrits et la vie parallèle que j'y menais. Et qui m'absorbait tant qu'on l'aurait dite plus réelle et essentielle à mes yeux que la vraie. Il y avait aussi ce passé qui lui échappait et paraissait m'obséder. Et les fictions dans lesquelles je me plongeais le reste du temps. Les films, les romans. Même la musique semblait m'engloutir et requérir toute mon attention quand je l'écoutais.

— Pour moi ce n'est qu'une bande-son accompagnant la vie elle-même, mais on dirait que pour toi c'est le contraire. On dirait que la vie n'est qu'un accompagnement.

Jamais elle ne m'a reproché le contenu de mon livre, ni ce qu'il était en filigrane, mais devait lui crever les yeux : une déclaration d'amour. Toi non plus tu ne me l'as jamais reproché. Tu n'as même jamais paru le relever. N'y as jamais fait allusion. Comme si tu n'avais rien vu. Peut-être était-ce le cas. Peu importe. Quoi qu'il en soit, tu ne l'as lu qu'à sa sortie, ainsi que nous nous l'étions promis. Et tant de choses s'étaient passées entre-temps.

Tu t'étais mariée avec Éric. Alex et moi étions tes témoins, sans doute à son grand désarroi. En contrepartie il avait obtenu qu'aucun de nous ne lise de discours, ni personne d'autre d'ailleurs, c'était la règle, un mariage sans discours ni chansons réécrites à votre gloire pour l'occasion. Autant dire que nous nous étions ennuyés ferme à la table de tes parents. Heureusement il y avait ta cousine. Et je peux te l'avouer maintenant, j'avais baisé avec elle dans une des pièces à l'étage de la demeure bourgeoise, dominant un grand parc avec plan d'eau, dont vous aviez loué le rez-de-chaussée à Meudon. Il était entendu avant même que nous commencions à nous déshabiller que ce ne serait qu'une petite fantaisie d'un soir. Et juste après, tandis que nous rejoignions la fête et que tu dansais dans les bras d'Éric, elle m'avait glissé :

— J'espère que j'aurais été un joli lot de consolation, ce soir.

Tu étais tombée enceinte peu après. Tu me l'avais annoncé allée des Sycomores, le lendemain de l'enterrement de ton père, mort brutalement d'un arrêt cardiaque. Ta mère répétait que son employeur lui avait brisé le cœur. Au sens littéral. Sicli l'avait viré alors qu'il n'était plus qu'à deux ans d'une possible préretraite. Restructuration. Plan social. La musique habituelle. Et selon elle, c'est ça qui l'avait tué. J'étais au bureau quand tu m'avais appris la nouvelle. Tu étais sous le choc et j'aurais tellement voulu pouvoir te serrer dans mes bras. Il n'y avait rien d'autre à faire, aucun mot ne pouvait avoir le moindre sens dans ces circonstances. J'ai prévenu mon patron que je devais partir. Il m'a rappelé que nous avions une réunion avec la directrice des affaires culturelles de la ville de Nîmes, et ne voyait pas en quoi la mort du père d'une amie justifiait que je lâche cette affaire. C'était un gros dossier pour l'agence et je ne pouvais pas faire faux bond comme ça au moindre prétexte. Je me suis mordu l'intérieur de la bouche pour ne pas l'agonir d'injures. J'ai finalement assisté à la réunion. Et dû attendre qu'elle se termine pour attraper mes affaires et sauter dans le premier RER. Entretemps tu étais passée à l'hôpital, puis avais rejoint l'allée des sycomores. Quand je suis arrivé chez toi, enfin chez ton père, Alex et ta mère étaient déjà là. Ta cousine est arrivée un peu plus tard. Nous étions vendredi et nous ne nous sommes pas quittés du week-end. Le lundi je me suis fait porter pâle. L'enterrement a eu lieu le mardi. Voilà.

C'est la dernière fois que nous avons été réunis dans la maison où tu avais grandi. Ta mère n'a pas voulu s'y réinstaller. Pas après ce qui s'était passé. Pas après que ton père s'était écroulé dans la cuisine, trois semaines seulement après avoir été mis à la porte. Passé le choc, il avait pourtant semblé ne pas si mal le prendre. Certes à son âge il n'avait aucune chance de retrouver du travail mais il avait réussi, au fil des années, à mettre un peu d'argent de côté. S'il n'était pas trop imprudent, ça lui suffirait jusqu'à ce que la pension pour laquelle il avait si longtemps cotisé lui soit enfin versée. Au fond c'était ainsi qu'il fallait voir les choses. Il y était déjà, à la retraite. Il y était enfin. Ça faisait si longtemps qu'il y pensait, qu'il l'attendait, qu'il en rêvait. Il te parlait souvent de ce qu'il ferait alors. Il serait enfin peinard. Pourrait se balader, s'adonner à la lecture pourquoi pas, faire ses tours de vélo sans patienter jusqu'au week-end. Jouer à la pétanque sur le terrain derrière l'hôtel de ville. Il avait un pote qui y allait tous les jours depuis qu'il ne travaillait plus. Et puis il aurait du temps pour profiter de son petit-fils ou de sa petite-fille quand il ou elle naîtrait, te disait-il avec un petit clin d'œil.

— Mais je ne te mets pas la pression, hein, tempérait-il pour masquer son impatience de te voir un jour lui confier : Papa j'ai une grande nouvelle, tu vas être grand-père.

Cette phrase, finalement, tu n'avais pas eu le loisir de la prononcer devant lui. Ça s'était joué à si peu. Mais ça n'aurait sans doute rien changé. Ta mère pensait pourtant le contraire.

— Si seulement il avait vécu encore quelques jours, juste assez pour t'entendre lui dire qu'il allait être grand-père, alors il aurait tenu, t'avait-elle confié quelques semaines après l'enterrement.

C'était absurde évidemment. Mais tout était absurde. Son arrêt du cœur à cinquante-six ans. Ce fœtus que tu portais sans encore le savoir. Cette façon qu'avaient la vie et la mort de se mélanger. Je me souviens de jours hébétés. J'allais et venais entre la maison de ton père et celle de mes parents. Alex faisait de même et quand nous te retrouvions, tu étais soit tout à fait exsangue, soit submergée par les larmes, les cris, la douleur. Il y avait aussi des accalmies. Des moments où tu semblais ne plus réaliser ce que tout cela signifiait. Régulièrement, tu tombais dans les bras de ta mère, qui répétait combien elle l'avait aimé son homme, même si tout n'avait pas toujours été facile, puis elle s'accusait d'avoir précipité leur séparation. Ça n'en avait jamais été vraiment une, même si elle avait déménagé. Après les premiers mois ils avaient fini par repasser le plus gros de leur temps ensemble.

— C'était rigolo. Un peu comme si nous avions deux maisons. Nous nous sentions rajeunir. Nous jouions aux amoureux clandestins. Après tant d'années, ce n'est pas donné à tout le monde.

Parfois aussi, tu nous faisais signe et nous nous tombions dans les bras. Tu pleurais et tes larmes mouillaient nos chemises. Puis tu te détachais de nous et nous souriais.

— Heureusement que je vous ai, disais-tu.

Éric se tenait en retrait et nous observait. Il n'était pas sur son territoire et ça se sentait. Mais il faisait ce qu'il avait à faire. Te soutenir. Assurer l'intendance. T'aider à régler les questions administratives. Organiser l'enterrement. Choisir le cercueil. Les textes qui seraient lus. Les chansons qui seraient diffusées. Tu avais choisi *Mistral gagnant*. Je crois qu'à tes yeux le standard de Renaud correspondait moins à un souvenir qu'à un regret. Il soulignait tout ce qui ne s'était jamais noué entre ton père et toi.

Jamais il ne s'était assis sur un banc avec toi. Jamais vous n'aviez eu ce genre de relation. Il avait toujours été trop préoccupé par lui-même et par le couple qu'il formait avec ta mère pour ça. Aujourd'hui, je ne peux plus entendre cette chanson sans te revoir dans la salle de cérémonie du funérarium de Juvisy. Puis penchée sur la tombe de ton père, jetant une rose dans la fosse, dans le cimetière qui jouxtait la forêt et où reposait déjà ma grand-mère – mon grand-père ne la rejoindrait que quatre ans plus tard. Quant à Clément il avait été inhumé rue du Repos, à deux pas de l'école où nous allions quand nous nous étions rencontrés.

— Je crois que j'ai du retard.

Tu m'as lancé ça alors que nous étions rentrés allée des Sycomores et qu'une partie de ceux qui avaient assisté à la cérémonie et à la mise en terre buvaient un verre à la mémoire de ton père. Pourquoi est-ce à moi que tu as confié tes doutes ? Je t'ai demandé si Éric était au courant et tu m'as répondu non. Tu n'avais pas des cycles très réguliers et ne voulais pas l'emmerder de nouveau avec ça. Ce n'était pas la première fois que tu partais dans ce genre de délire. Tu ne prenais plus la pilule depuis plusieurs mois mais pour toutes sortes de raisons, tu étais maintenant persuadée que rien ne se produirait avant longtemps.

— Il y a des choses qui restent bloquées de ce côté-là. Ça se joue beaucoup dans la tête...

J'ai opiné du chef même si je n'étais pas certain de comprendre ce que tu entendais par là. Faisais-tu référence à Chatel ? À une incertitude quant à ton désir d'avoir un jour un enfant ? Ou d'en avoir un avec Éric en particulier ? Je n'ai pas cherché à creuser. Tu étais épuisée. Ravagée par le chagrin. Je t'ai proposé de passer à la pharmacie pour aller t'acheter un test.

— Mieux vaut que tu en aies le cœur net, non ?

Je n'ai pas attendu ta réponse. J'ai emprunté la voiture de mon père et roulé jusqu'au centre-ville. Quand je suis revenu, il n'y avait plus grand monde chez toi et tu étais montée te reposer. Éric était au salon, il aidait ta mère à tout ranger. Alex leur donnait un coup de main, silencieux, un peu absent. Je suis entré dans ta chambre. Le peu de bruit que j'ai fait en poussant la porte a suffi à te réveiller. Tu m'as fait signe de ranger le test dans la table de chevet et de te rejoindre sur le lit. Tu t'es blottie contre moi. Et ensemble nous avons détaillé chacune des photos et des cartes postales qui recouvraient le mur. Ton père l'avait laissé intact. Tu as fini par te rendormir. Je me suis relevé et j'ai refermé la porte en essayant de ne pas te réveiller, cette fois. Éric se tenait dans le couloir. Il m'a regardé d'un œil soupçonneux.

— Elle dort, lui ai-je lancé avant de regagner le rez-de-chaussée.

Puis je suis rentré chez mes parents.

Je suis repassé chez toi le lendemain matin, avant de prendre mon RER pour Paris. Je voulais te dire au revoir. Alex est arrivé quelques minutes après moi. Tu étais dans la cuisine. Éric te tenait la main. J'avais complètement oublié cette histoire de test. Pâle et les yeux cernés, tu nous as souri. T'es éclairci la voix. Puis nous as annoncé que tu étais enceinte. Éric a paru surpris.

— Je croyais qu'on ne l'annonçait pas avant d'être sûrs que tout allait bien. Tu m'as dit de ne pas en parler à mes parents. Tu n'as rien dit à ta mère.

— Oui, mais eux, c'est pas pareil…

Paul

Je ne sais plus comment il a réagi à ta réponse. Je ne faisais plus attention à lui. Je m'en foutais. Je te regardais toi. Je regardais Alex. Je pensais à nous trois. Confusément, j'avais la sensation qu'une page se tournait. Qu'en un sens, mon roman sortirait trop tard. Que tout était joué désormais. Nos vies allaient devenir définitivement parallèles. Et puis je m'en suis voulu de penser à ça. Alors que tout était si emmêlé. Tu venais de perdre ton père. Et un enfant commençait à se former au creux de ton ventre. Un instant je me suis demandé qui d'Alex ou de moi en serait le parrain.

2001-2009

Sarah

Tu as sans doute raison. Une page s'était tournée. C'est ce que font les enfants quand ils nous arrivent. Ils referment une page et en ouvrent une autre. Tout change. Ils nous accaparent. Nous engloutissent. Je ne dirais pas que dans ces années-là nous nous sommes éloignés. Mais notre amitié a pris une autre forme. Nous avions chacun notre propre vie mais finissions toujours par nous retrouver à un moment ou à un autre. Les photos sont là pour en témoigner. Alex en prenait de plus en plus. Il aimait ça. Mais tu le connais : il réfutait l'idée que ça puisse avoir quoi que ce soit à voir avec de l'art. Il disait qu'il voulait juste garder des traces. Parce que le temps passait à toute vitesse et que déjà il oubliait des choses qu'il aurait préféré conserver intactes. J'imagine qu'il parlait de Clément. Un jour il m'avait confié qu'il craignait de ne plus se souvenir de sa voix. Et aussi qu'il avait parfois du mal à se rappeler avec netteté les traits de son visage.

Je t'en ai apporté quelques-unes.

Tiens, regarde celle-ci. À la maternité pour la naissance de Gabriel. C'est moi qui ai pris la photo. Alex était mal à l'aise, nerveux.

— Je déteste les hôpitaux, répétait-il.

Comme s'il y avait des gens pour aimer ça. De mon côté, j'avais beau être là pour un « heureux événement », j'étais surtout pressée de rentrer chez moi, même si ça me terrorisait. J'avais des accès de panique. Est-ce que je saurais m'occuper d'un bébé ? Éduquer un enfant. L'aimer, le protéger comme il le fallait. Tout le monde faisait comme si ça allait de soi. Comme si c'était naturel. Inné. Au nom de quoi ? On détenait tant de preuves du contraire. Tant d'exemples. Il suffisait de se tourner vers nos propres parents. Certes ils avaient fait ce qu'ils avaient pu, mais s'étaient souvent bien plantés tout de même. En quoi était-ce censé me rassurer ? Je vous avais laissés prendre tour à tour le petit dans vos bras. J'avais décrété que vous en seriez tous les deux les parrains. C'était purement symbolique. Jamais Gabriel ne se ferait baptiser. Ou alors plus tard quand il serait grand, s'il insistait. Ça a quand même agacé Éric. Deux parrains ça n'avait aucun sens. Et lui n'aurait pas été contre une cérémonie religieuse.

Celle-là, tu te souviens ? La manif contre Le Pen entre les deux tours. Éric n'était pas là. Selon lui, ça ne servait à rien, à part à se donner bonne conscience.

— C'est plié de toute façon. Chirac sera président avec au moins 80 % des voix. Il suffit de laisser parler les urnes.

Éric a toujours été un indécrottable légitimiste. La rue, les manifs, les grèves, il ne comprenait pas. Pour lui, les choses étaient simples. On votait. Le parti ayant recueilli la majorité des voix gouvernait et mettait en place son programme. Et même quand on avait glissé un bulletin dans l'urne en faveur de l'autre camp, on n'avait rien à y redire. Il fallait juste patienter. Faire valoir ses propres idées, tenter de convaincre les autres et espérer que la prochaine fois son camp l'emporterait. Nous y étions allés tous les trois, et nous étions relayés pour porter Gabriel. Éric m'avait fait une crise quand je lui avais dit que je l'emmenais avec nous. Il trouvait ça irresponsable. Alex et toi, vous avez passé votre temps à vous écharper. Tu avais voté Jospin. Pas lui. On aurait dit que tu le tenais pour personnellement responsable de ce qui s'était produit. Lui se justifiait. En votant pour le PC il avait voulu envoyer un message. Plaider pour un rééquilibrage de la « gauche plurielle », qu'il trouvait trop peu de gauche, justement. Bizarrement, tu ne me reprochais pas d'avoir voté écolo. J'ai essayé de vous mettre d'accord. Ce n'étaient ni les gens qui avaient voté PC ni ceux qui avaient voté écolo les responsables, mais bien ceux dont les voix s'étaient portées sur Taubira ou Chevènement. Mais Alex s'entêtait. Le problème, c'était cette gauche bourgeoise qui préférait le sociétal au social. Qui faisait peu de cas des classes populaires et des travailleurs. Mais ça ne l'étonnait pas que tu sois parfaitement raccord avec cette social-démocratie pépère. C'était typique des mecs dans ton genre. De ce que tu étais devenu selon lui. Avec ton petit appartement à Pigalle, ton boulot dans la culture et tes « amis » du milieu littéraire. Tu t'étais mollement défendu. D'abord tu n'avais pas à proprement parler « d'amis » dans le milieu littéraire. Au mieux des confrères et consœurs avec qui tu entretenais des relations cordiales. Il y en avait certes un ou deux que tu aimais retrouver pour boire un verre, ou le temps d'une soirée, mais tes seuls amis c'était nous. Et ça le serait toujours. Pour le reste, tu ne bataillais jamais très longtemps avec Alex. Tu le laissais toujours emporter la mise. Admettais bien volontiers être sans doute plus « mou » que lui sur le plan politique. Et déjà laissais poindre cette mauvaise conscience qui ne te quitterait plus jamais. Celle d'avoir la chance de commencer à goûter à la vie dont nous avions tous trois rêvé, toutes ces années allée des Sycomores. Paris. Un boulot dans le secteur culturel. Et un premier roman dans les rayons des librairies. Tu avais même obtenu quelques articles dans les journaux. On t'avait entendu dans deux ou trois émissions de radio. Et le livre avait été chroniqué sur Paris Première.

Tiens, cette autre, dans une librairie justement, à l'occasion d'une signature pour la sortie de ton deuxième roman. Il n'y avait pas grand monde. Tu l'avais anticipé et nous avais demandé de venir faire la claque. La soirée s'était poursuivie dans un bar. Nous étions une dizaine. Les deux libraires et deux ou trois de leurs amis, un écrivain dont tu t'étais récemment rapproché, quelques collègues de travail. Alex avait trop bu comme toujours. Il était vite devenu agressif. S'était embrouillé avec ton pote écrivain, l'avait taclé sur son roman qu'il n'avait pourtant pas lu. Il n'était pas en forme à cette période. Venait de se faire virer de son agence de graphisme. La boîte perdait des marchés les uns après les autres. Les dessins de personnages de dessins animés ou de BD sous licence pour décorer des verres à moutarde, des trousses ou des agendas, tout ça se faisait maintenant dans d'autres pays qui facturaient deux ou trois fois moins cher. Il pointait au chômage. Ne trouvait pas de boulot. Partout où il se présentait, on l'emmerdait avec son putain de diplôme qu'il n'avait jamais validé. Il répliquait que ça revenait au même. Il avait suivi tous les cours, avait certes lâché l'affaire deux mois avant l'examen final, mais il était au niveau. Et puis maintenant, de toute façon, il pouvait faire valoir sept années d'expérience. Mais ça ne convainquait personne. Il n'était jamais assez qualifié pour prétendre aux offres les plus intéressantes. Et pour le genre de job qu'il avait exercé jusque-là, on privilégiait des jeunes tout frais sortis de l'école. Ils revenaient moins cher et étaient plus malléables. Je me souviens bien de cette soirée. C'est là que tu as rencontré Marion. Elle était de passage à Paris, avait lu tes deux romans et voulait te parler d'un projet qui lui tenait à cœur. Prof de français en lycée technologique à Saint-Brieuc, elle envisageait de monter un atelier d'écriture avec ses élèves. Elle avait obtenu l'accord de sa direction, la collaboration du théâtre local pour organiser une lecture qui ferait office de « restitution ». Ne lui manquait plus que l'écrivain. Voilà. C'est comme ça que ça a commencé. Un an plus tard, tu vivais avec elle en Bretagne, à Pléneuf, près du cap d'Erquy.

Ah, justement. La maison de Pléneuf. Une petite néo-bretonne des années 1970. Avec son jardin clos. Ses volets bleus. Ses hortensias. Nous étions venus pour quelques jours. Gabriel avait un peu plus de deux ans. Marion était enceinte d'Emma. Nous nous entendions bien, elle et moi. Alex aussi l'avait à la bonne. Il disait qu'elle te remettait les pieds sur terre, que sans elle, tu aurais fini par céder tout à fait aux sirènes du milieu littéraire, de l'entre-soi et du parisianisme – quoi que tout ça ait jamais pu vouloir dire. Regarde, il est là, sur la terrasse, avec mon fils. Fidèle à lui-même. Cheveux en pétard, pantalon noir serré et tee-shirt rayé sous le perfecto. Gabriel l'adorait. Il ne le quittait jamais d'une semelle quand il venait à Clamart, ou quand nous passions quelques jours tous ensemble, chez toi en Bretagne. Éric, lui, restait à Paris. Il ne m'a accompagnée qu'une fois ou deux. Et je dois dire que ce n'était pas plus mal. Il n'aimait pas la Bretagne. Râlait du matin au soir qu'on se les caillait, ne comprenait pas pourquoi la mer se barrait comme ça à perpette deux fois par jour, trouvait l'eau glacée, et se contentait de hocher la tête quand tu le priais de s'extasier sur la beauté des plages sauvages et de leurs eaux émeraude, des falaises et des landes couvertes de bruyères du cap d'Erquy ou de Fréhel, le charme du port de Dahouët ou du front de mer constellé de grandes villas du Val André. De toute façon, il avait toujours préféré la montagne, et s'il fallait à tout prix se résigner à la mer, optait pour la Méditerranée. Sans compter qu'il lui fallait prendre sur lui pour nous supporter plus d'une journée quand nous étions tous les trois. Déjà qu'il devait régulièrement se fader Alex à la maison, qui débarquait sans prévenir, squattait le canapé du salon sans jamais nous dire pour combien de temps, au prétexte qu'il avait dû prêter son studio à Juvisy à un pote. Quand ce n'était pas à cause d'un dégât des eaux ou d'une panne de chaudière. Ça faisait déjà longtemps qu'il avait libéré sa chambre à Maisons-Alfort et choisi de s'établir non loin de sa mère et de la maison de son enfance, où il avait transformé sa chambre en atelier. Il s'était remis à peindre depuis peu, mais prétendait que c'était juste pour lui, qu'il n'avait plus aucune ambition en la matière. Plus ça allait, moins il donnait d'explications. Il débarquait et c'était tout.

— J'avais envie de te voir, et de voir mon filleul.

En définitive, il a toujours pris très au sérieux cette histoire de parrain. Couvrait Gabriel de cadeaux, jouait avec lui avec une patience infinie et insoupçonnable, lui faisait faire des crêpes, non sans laisser la cuisine dans un état lamentable, lui apprenait à dessiner. Parfois aussi, il débarquait de la gare ou de l'aéroport, un gros sac à l'épaule. Il était parti quelques jours à Lyon, Bordeaux, Marseille, Bruxelles ou Bilbao. J'ignore ce qu'il faisait là-bas. Et où il trouvait l'argent pour ses billets d'avion ou de train. Je sais qu'il se pointait aussi chez toi plus ou moins à l'improviste, restait quelques jours à Pléneuf et disparaissait sans prévenir. Un matin vous vous leviez et il n'était plus là. Pfuit. Envolé. Pendant un an et demi il avait touché le chômage. Puis il s'était mis à concevoir des logos et des flyers ici et là pour des associations, des boîtes locales qui le payaient au lance-pierre. Je me souviens que deux ans de suite, tu as réussi à lui confier la création de l'affiche d'un festival pour lequel tu continuais de bosser, même si en Bretagne, et grâce à l'argent que t'avait rapporté l'adaptation au cinéma d'un de tes livres, tu avais claqué la porte de l'agence qui t'employait jusqu'alors. De mon côté, je le mettais sur des plans dès que j'en avais la possibilité. Je travaillais désormais pour le service d'action sociale de la mairie de Massy, mais étais en contact avec les pôles culture, jeunesse ou loisirs des villes alentour. Il y avait toujours des affiches, des tracts, des publications municipales à illustrer ou concevoir. Je l'avais aussi branché avec le théâtre de Palaiseau, dont je connaissais le directeur. Mais même mises bout à bout, les sommes récoltées ne devaient pas peser bien lourd. Il complétait avec des missions d'intérim. Je me rappelle qu'une fois, alors qu'avec Marion vous étiez de passage allée des Sycomores pour rendre visite à tes parents, vous étiez tombés sur lui au supermarché qui venait d'ouvrir au centre-ville. Il était manutentionnaire. Ton frère aussi y avait été embauché à cette époque, comme chef de rayon aux produits frais. Il vivait avec sa copine à Savigny-sur-Orge, s'était calmé côté fumette, et ne manquait jamais de te tacler sur la vie que tu menais, la chance que tu avais et ce qu'il définissait comme ton absence totale de contact avec la réalité et la vraie vie des vrais gens.

Tiens, une autre photo encore. Gabriel a presque quatre ans et il tient ta fille dans ses bras. Nous sommes tous les deux à côté d'eux. J'ai coupé ma frange – tu m'as toujours préférée sans, pas vrai ? On voit ma fossette sur la joue droite. Je porte une robe à fleurs d'inspiration japonaise, mon éternelle veste de velours prune, des bottines lacées. De ton côté, tu arbores les cheveux mi-longs brûlés par le sel et la barbe que tu n'as plus jamais quittés depuis. Ton look de « breton », te disais-je pour plaisanter. Je ne sais pas où est Marion. Je me souviens qu'Alex, qui a pris la photo, avait lancé, On dirait une parfaite petite famille, tous les quatre. Je venais de me séparer d'Éric. Et sur le cliché tu me regardes avec cet air que je surprenais parfois. Tu sais bien. Je te disais, Arrête de me regarder comme ça avec tes yeux de merlan frit. Je faisais semblant de ne rien saisir, mais je crois qu'au fond je savais parfaitement ce qui se cachait derrière. Je savais qu'en dépit de Marion, de la naissance de ta fille, en dépit de votre vie à Pléneuf, de votre bonheur, tu n'étais toujours pas passé à « autre chose ». Et de mon côté qu'en était-il ? Je pense que je refusais de voir les choses sous cet angle. De toute façon, à ce moment précis, j'étais en miettes. La séparation m'avait épuisée. Même si j'avais aussi l'impression de retrouver ma liberté. D'entrevoir les prémices d'une renaissance. Je n'ai jamais rien eu à reprocher à Éric. Et il n'y a rien à regretter. Gabriel était né et cela suffisait à tout justifier. Mais un beau matin j'ai réalisé que j'avais fait fausse route. C'est arrivé d'un coup. Un jour j'ai ouvert les yeux et me suis demandé ce que je faisais là. Dans ce pavillon à Clamart. Avec ce type gentil mais un peu terne et profondément conventionnel. Ma belle-famille aussi parfaite qu'ennuyeuse. Notre quotidien sans éclats, sans joie, sans fantaisie. Nos conversations banales. Je ne te l'ai jamais dit à l'époque mais quand je venais chez Marion et toi, tout me sautait au visage. Votre gaieté (tu avais beaucoup changé de ce point de vue, et je crois que c'est grâce à elle). Votre fantaisie (tu en faisais même un peu trop, et il n'était pas difficile de deviner ce qui se cachait derrière le masque rieur et léger que tu arborais en toutes circonstances, dorénavant). Votre maison remplie de musique et de couleurs. Les bouteilles que vous débouchiez au moindre prétexte. Les voisins et les copains de Marion qui débarquaient sans prévenir. La mer, les falaises, le vent qui vous fouettait. Les concerts à Rennes, Saint-Brieuc ou Saint-Malo. Les Transmusicales et la Route du Rock. La façon que vous aviez de vous parler tous les deux. Les rires, la complicité, votre langage commun. Les livres, les disques, les films que vous partagiez. Vos escapades à Rome, à Prague et bientôt au Japon (tu venais d'apprendre que ton dossier pour une résidence à Kyoto avait été accepté). À côté, en dehors de Gabriel, tout me semblait si terne. Mou. Incolore.

Et là, tu te souviens ? La fête pour tes trente ans. Nous avions bu le champagne sur la plage et il s'était soudain mis à pleuvoir. Et sur celle-ci, Marion est enceinte de ton fils. Tiens, regarde cette série. Alex et toi. Vous vous tenez par les épaules, faites mine de boire au goulot les bouteilles de vin qui traînent sur la table, vous regardez dans les yeux comme deux amoureux, vous marrez comme des baleines, ivres morts. J'aimais tant vous voir comme ça tous les deux. Rieurs. Tendres. Complices. Farceurs. Parfois quand vous étiez ensemble, on aurait dit deux gamins. Vous pouviez vous lancer dans des batailles d'eau à trois heures du matin, parler jusqu'à l'aube en passant sans prévenir des considérations les plus sérieuses au concours de jeux de mots les plus débiles. Et là, à Porto. Nous étions partis tous les trois, pour nos trente-trois ans. Trois était notre chiffre fétiche. Il fallait bien fêter ça. Je suis derrière l'objectif. Vous êtes l'un contre l'autre. Vos têtes se touchent. Le blond costaud en chemise de bûcheron. Le dandy brun filiforme. C'est la photo de vous que je préfère. On y lit l'amour que vous vous êtes toujours porté, en dépit de tout.

Allez, une dernière. La dernière, de toute façon, en ce qui concerne cette période de nos vies. Après, je te laisse. Je vois bien que tu fatigues. C'est normal. Et je suis bavarde comme une pie. Je ne l'étais pas tant que ça quand nous étions jeunes. Mais voilà, les choses changent. On change. Maintenant, j'ai du mal avec le silence. J'ai besoin de paroles. Tiens. Regarde. Tu te souviens de cette soirée, j'imagine…

Paul

Oui je me souviens, bien sûr. Novembre 2008. Sarkozy était président. Nous n'en revenions toujours pas. Mon quatrième roman était sorti trois mois plus tôt. Tu l'avais reçu quelques semaines avant sa parution et m'avais juré l'avoir aimé.

— C'est même mon préféré, je crois, m'avais-tu dit alors que nous marchions sur la plage. Même si tu sais bien. Ce n'est jamais de tout repos pour moi, de te lire...

Nous ne nous étions pas étendus. La réception des romans par les proches était toujours une question épineuse. C'était ainsi. Tous les auteurs l'expérimentent un jour ou l'autre. Alex, lui, n'avait pas réagi. Mais j'avais l'habitude. Il me faudrait attendre qu'au détour d'une conversation une remarque fuse, qu'une référence précise à tel ou tel passage, tel dialogue, lui échappe, pour être tout à fait certain qu'il s'y était plongé. Et même alors, il continuerait à l'évoquer sans jamais dire s'il l'avait aimé ou non. Je le savais néanmoins attentif à l'accueil que recevaient mes livres. Il ne ratait aucun article dans la presse écrite, ni la moindre chronique à la radio. M'écoutait quand je « passais dans le poste ». Et venait chez toi me regarder à la télévision, les rares fois où je m'y produisais.

Il ne manquait jamais alors de se moquer de mes phrases empruntées, de ma gueule de con, de mon air stressé et de mon manque d'assurance.

— Tu passes mieux à la radio, me taquinait-il. T'as plus le physique pour ça, il faut dire…

Mes parents, eux, l'avaient lu, j'en étais sûr. Ils étaient venus plusieurs fois à Pléneuf durant l'été (ils étaient désormais à la retraite et ne manquaient jamais une occasion de rendre visite à leurs petits-enfants), et j'avais pris soin d'omettre de leur en offrir un exemplaire à l'avance. Je savais que certaines choses auraient du mal à passer. C'était un peu lâche de ma part mais nous fonctionnions ainsi depuis toujours, eux et moi. Jamais nous ne nous disions directement les choses. Et nous évitions les affrontements autant que possible. Mais quand à la fin août le livre avait paru, j'avais bien dû me résoudre à le leur envoyer. Il n'était pas prévu qu'ils reviennent avant longtemps. Mon programme s'annonçait chargé. Je les avais prévenus d'emblée que je n'aurais sans doute pas le loisir de passer allée des Sycomores avant plusieurs semaines. Suffisamment d'eau alors, selon moi, aurait coulé sous les ponts. Nous ferions comme d'habitude. D'abord du silence. Puis nous passerions à autre chose. Et tout serait oublié. Sans que nous ayons même pris la peine d'en parler. Mais cette fois-ci ça ne s'était pas passé comme je l'avais escompté. À ma grande surprise, ma mère m'avait envoyé une lettre dans laquelle elle m'écrivait combien mon roman l'avait heurtée. Elle me confiait que mon père, lui, en était littéralement tombé malade. Il n'avait rien avalé pendant plusieurs jours. Je lui avais répondu en arguant que tout ça n'était que de la fiction, qu'ils n'avaient aucune raison de s'identifier aux personnages, quand bien même une somme de détails pouvait les y inviter. C'était ainsi que j'écrivais la plupart de mes livres, en mêlant le vrai et le faux, en tordant les choses afin de passer du « je » au « nous », du particulier au collectif, je puisais dans le réel et en faisais de la fiction. Bref... Ce genre de conneries. S'étaient ensuivis quelques échanges qui n'avaient mené à rien. Et depuis c'était silence radio.

Pourtant ils étaient là ce fameux jour. Je les avais aperçus depuis la fenêtre du café dont mon éditeur, son équipe et moi occupions l'étage dans l'attente du verdict. Nous n'étions plus que quatre auteurs à pouvoir prétendre à ce prix. C'était inespéré. Figurer sur la première liste nous avait pris au dépourvu et tout le monde m'avait conseillé de ne pas me « monter la tête ». Ça tombait bien, je n'en avais pas l'intention. Le livre recevait un bon accueil de la part des libraires, d'une partie de la presse et de certains lecteurs. Jamais dans mes rêves les plus fous, à l'époque où j'envoyais mes manuscrits, je n'aurais osé rêver de tout ça. J'avais déjà été sidéré que quelqu'un accepte de me publier et que mes premiers romans rencontrent un certain succès. Mes droits d'auteur m'avaient même permis de lâcher mon boulot à l'agence – les ateliers d'écriture et un peu de programmation sur le festival littéraire pour lequel je continuais à travailler en free lance suffisaient à compléter. Il y avait déjà de quoi se réjouir.

Ma mère, elle, avait désapprouvé mon choix de démissionner. À ses yeux je prenais des risques inconsidérés.

— D'autant que tu as un enfant maintenant. Et bientôt deux. Et puis tu n'es même pas propriétaire. Et si tout cela n'était qu'un feu de paille ? Ou s'il t'arrive quelque chose. Un accident. Une maladie. Comment tu paieras ton loyer ? Comment tu subviendras aux besoins de tes gosses ?

J'avais tenté de la rassurer. Tout ça ne durerait que le temps que ça durerait. Mais si ça devait finir, eh bien je reprendrais un boulot et c'était tout.

Ma désinvolture la sidérait.

— Mais qu'est-ce que j'ai bien pu faire au bon Dieu pour avoir des enfants pareils ? Ton frère vient de quitter son job au supermarché et n'a aucune idée de la suite. Il dit qu'il va venir s'installer chez toi pendant que vous serez au Japon... Qu'il essaiera de trouver un travail dans le coin. Lequel, je te le demande ? Et toi, tu mènes une vie de saltimbanque sans aucun filet de sécurité, sans le moindre statut. Monsieur se prend pour un vrai « écrivain », maintenant. Et dire qu'avec ton père on s'est sacrifié pour que ça finisse comme ça...

En définitive, ce n'était pas moi qui m'étais « monté la tête » avec cette histoire de prix, mais mon éditeur. Le livre avait survécu aux sélections successives, nous en étions désormais à la finale et certains observateurs me plaçaient en favori. Lui-même y croyait vraiment depuis quelques jours. Il avait sondé certains jurés et en avait conclu que j'avais mes chances. Tout était prêt au cas où. Le bandeau. La réimpression. La fête qui serait donnée le soir même dans les salons de la maison mère. Il ne restait plus qu'à attendre. Ce que nous faisions dans ce café – mes trois concurrents, dont deux semblaient néanmoins d'ores et déjà « hors jeu », étaient postés dans les trois autres bistros d'où l'on pouvait apercevoir le restaurant où se tenaient les délibérations. Sur le trottoir se massaient quelques journalistes et autres curieux. Les premiers fourbissaient leurs micros, et même, pour deux d'entre eux, leurs caméras. Parmi les seconds figuraient mes parents. Nous ne nous étions pas parlé depuis plusieurs semaines. Ils m'en voulaient. Mais ils étaient là tout de même, « au cas où ». Et je dois dire que tout au long de mon parcours ils ont toujours été là. Malgré les blessures que leur a parfois infligé ce que j'ai pu écrire, ils ont toujours été là pour se réjouir quand tout se passait bien ou pour me soutenir face à mes détracteurs quand il y en a eu. Je leur disais de ne pas s'en faire, on ne pouvait pas plaire à tout le monde, mais ils n'en démordaient pas et vouaient aux gémonies les critiques qui me descendaient, tout en me soupçonnant d'avoir fait quelque chose pour le mériter.

Ça m'a ému de les voir là tous les deux. Ils s'étaient mis sur leur trente et un. Je suis sorti du café pour les embrasser.

— On voulait voir comment ça se passait en vrai, m'a fait mon père. C'est pas tous les jours qu'on a un fils en finale du prix. Y a du monde, dis donc.

Je les ai prévenus que je ne pouvais pas rester. Je devais retourner dans le café avec mon éditeur et attendre le verdict. Je n'étais pas censé apparaître avant la proclamation.

— Oui bien sûr, a dit ma mère. On comprend. Allez... Merde !

Je les ai de nouveau croisés après l'annonce, tandis qu'une cohue entourait le lauréat. Nous quittions les lieux pour retourner dans les locaux de la maison d'édition. Ils ne paraissaient pas trop déçus. Plutôt inquiets pour moi. J'ai tâché de les rassurer. C'était surtout mon éditeur qu'il aurait fallu consoler. Celui-ci leur a serré la main et s'est déclaré ravi de faire enfin leur connaissance. J'ai reconnu chez ma mère cet air qu'elle prenait face aux gens d'un certain rang. Les médecins. Les professeurs. Moi-même, je n'en avais jamais mené très large face à lui. Rien n'avait tellement changé depuis notre premier rendez-vous. J'avais toujours l'impression qu'il finirait un jour par me démasquer. Comprendrait enfin que je n'étais pas au niveau. Que je ne possédais pas le bagage adéquat. Ni le bon pedigree.

Nous nous sommes mis en route pour la maison d'édition. J'ai regardé mes parents s'éloigner. Ils avaient prévu de saisir l'occasion pour faire du lèche-vitrine dans le quartier de l'Opéra. Maintenant qu'ils ne travaillaient plus, ils allaient enfin pouvoir un peu profiter de Paris – qui n'était pourtant qu'à vingt-cinq kilomètres de chez eux. L'attachée de presse, l'assistante d'édition, le responsable des relations libraires, mon éditeur lui-même, tout le monde tirait une tête d'enterrement. Mon téléphone a vibré. C'était toi. Tu avais entendu la nouvelle à la radio.

— Ça va, pas trop déçu ?

— Non, ça va. Par contre, pour mon éditeur, c'est la douche froide. Ça s'est joué à une voix. Il y a eu je ne sais pas combien de tours à égalité. Il a bien fallu que quelqu'un change son fusil d'épaule, qu'est-ce que tu veux. Bon. C'est un de mes soutiens qui s'y est collé. On n'y peut rien. La maison d'édition veut maintenir un genre de fête pour ce soir. Je ne sais pas trop à quoi ça rime. En vrai, j'ai l'impression d'avoir déçu tout le monde. Mais à part ça, ça va. On ne m'a rien enlevé. On ne peut pas regretter ce qu'on n'a pas eu.

— Je ne sais pas si cette phrase veut vraiment dire quelque chose. Mais bon. Tant mieux si tu le prends comme ça. Je me disais… Tu veux qu'on vienne ?

J'ai réfléchi un instant. La soirée promettait d'être un peu triste. Après quoi je me retrouverais tout seul à l'hôtel. J'ai répondu pourquoi pas, comme tu veux. Puis j'ai raccroché et j'ai appelé Marion. Elle m'avait laissé plusieurs messages. Elle m'a passé ma fille, qui du haut de ses quatre ans a entrepris de me consoler d'une déception que je ne ressentais pas véritablement. J'ai d'abord essayé de lui répéter avec des mots simples ce que je m'étais formulé à moi-même : je n'avais rien perdu. Je n'avais juste rien gagné. Mais comme j'avais de la chance, que ma bonne étoile me protégeait, tout allait pour le mieux dans le meilleur des rongeait son frein. Je me suis excusé de ne pas avoir pu vous consacrer plus de temps.

— Mais enfin, vous savez comment c'est…

— Non, on ne sait pas, justement, a sombrement répondu Alex.

Il était assez saoul. Et comme souvent dans ces cas-là d'une humeur de hyène. Je vous ai entraînés dans un bistro. Une pancarte prétendait que Hemingway l'avait fréquenté mais c'était le cas d'à peu près tous les bars dans ce secteur de la ville. Nous avons échangé quelques nouvelles. Tu m'en as donné de ton fils, qui venait de fêter ses sept ans et avait encore un peu de mal à s'adapter à sa condition d'enfant de parents divorcés et à la garde partagée, et de ton nouveau travail. Tu avais quitté la mairie de Massy pour le service de l'aide sociale à l'enfance. Tu te sentais revivre. Vraiment utile. C'était parfois dur, vous manquiez de moyens, faisiez face à des situations difficiles, parfois inextricables, toujours douloureuses, mais au moins tu savais pourquoi tu bossais. Et c'est vrai que tu rayonnais. Tu avais recommencé à sortir les semaines où tu n'avais pas Gabriel. Tu allais voir des pièces de théâtre.

— Tu sais qu'en s'y prenant bien et en n'ayant pas peur d'être mal placé, on peut trouver des places à des tarifs vraiment abordables…

Il y avait aussi un bar à Paris dans le onzième où tu allais parfois. On y donnait des concerts tous les soirs. Des groupes indés qui essayaient de percer, et parfois y parvenaient. En retour, je t'ai parlé de mes enfants et de Marion. Pour la première fois, elle avait fait sa rentrée dans un établissement d'enseignement général. Culpabilisait un peu. Avait l'impression de lâcher des gamins qui n'avaient pas la belle vie pour enseigner les lettres à des gosses de bourgeois qui soit s'en foutaient, soit visaient les prépas à

Rennes ou Paris. Alex nous écoutait sans prononcer le moindre mot. Je voyais bien qu'il ruminait. Je ne sais plus exactement ce qui a allumé la mèche. Des mots que j'avais dû prononcer au sujet de mon dernier livre et de sa réception, j'imagine. Mais une fois lancé, il n'a plus servi à rien de tenter de le freiner. Tout y est passé. La façon dont j'étais passé de « l'autre côté », dont je « pérorais » à la radio ou à la télévision, faisais « le coq » dans les soirées littéraires, m'étais laissé engloutir et façonner par la bourgeoisie intellectuelle, la gauche caviar, comme je « suçais » maintenant les dominants. Et puis il y avait mon « petit succès » que je vous « jetais à la gueule », la façon que j'avais de me vanter des papiers que je récoltais, sans parler des gens que je fréquentais, ces écrivains plus ou moins célèbres, ces journalistes et ces grands éditeurs, ces putains d'acteurs et d'actrices qui jouaient dans les films adaptés de mes romans ou dont j'avais coécrit le scénario, la fois où vous m'aviez regardé à la télé habillé comme un pingouin pour la cérémonie des Césars, et puis même, quand vous veniez chez moi, comment je vous en mettais plein la vue et croyais vous faire envie avec ma vie au bord de la mer, ma maison joliment décorée et mon jardin coquet, mes enfants parfaits et ma compagne que putain je ne méritais pas, qui était tellement trop bien pour moi, ma foutue façon de m'arroger le monopole du bon goût et des idées justes, de débiter mes opinions si conventionnelles et typiques du parfait bobo parisien (et tant pis si je vivais en Bretagne, à ses yeux ça n'était qu'une « couverture »), ma mollesse de social-démocrate à la noix, mes idées bien peignées et inattaquables, ma passion pour la « nuance » qui n'était rien d'autre que de la compromission, une manière de transiger avec l'essentiel, de servir les puissants parce que j'étais devenu servile à force qu'ils me filent à manger, mais qu'est-ce que je croyais, pourquoi permettaient-ils parfois à des types dans mon genre de monter sur le grand manège, sinon pour donner le change, dire vous voyez bien que tout le monde peut nous rejoindre, vous voyez bien que le mérite, ça existe, et l'ascenseur social, il est pas beau mon ascenseur social ? J'étais tellement devenu l'un des leurs que mes livres suintaient le mépris. Ah le portrait que je dressais de mes parents, même si je me dédouanais lâchement en invoquant la fiction. Ah la façon dont je dépeignais la banlieue, les lotissements, et comme j'en usais de cette origine sociale et géographique, comme je la revendiquais, comme je l'exagérais pour dans le même temps lui cracher dessus. Et toutes ces interviews dans lesquelles j'omettais consciencieusement de corriger mon interlocuteur quand il parlait des « petites gens », des banlieues « sordides », des « vies de peu », des gens « pas éduqués », de la « France d'en bas », des gens « qui ne sont rien », des « vies réduites et minuscules ». Et puis qu'est-ce qui m'autorisait à raconter tout ce que je racontais et qui ne m'appartenait pas. De quel droit pillais-je ainsi tout le monde autour de moi. C'était quoi, ce délire, cette saloperie, de mettre des petits frères morts partout alors que ce n'était pas moi dont le frère était mort, hein ? Et la mère dépressive, la mère en deuil qui erre la nuit dans le lotissement en chemise de nuit ? Qu'est-ce qui m'autorisait à non seulement blesser mes propres parents, mon propre frère, mais en plus à piller la vie de mes soi-disant amis ? À le faire passer, lui, pour un putain de loser, un type borderline qui foirait tout et en voulait à la terre entière. Et puis j'étais tellement pathétique avec mes déclarations déguisées. On n'en pouvait plus de ce numéro d'amoureux transi, qu'est-ce qu'elle en pensait à mon avis, Marion ? Et mes enfants, qu'est-ce qu'ils en penseraient quand ils seraient en âge de lire ?

— Tu crois qu'on ne voit rien ? Mais c'est comme le nez au milieu de la figure. On la reconnaît dans tous tes personnages féminins, Sarah. Et dans le même temps t'es tellement à côté de la plaque. Tu la connais si mal, putain.

Il ne s'arrêtait plus. Serrait les dents. Se servait verre sur verre. Te prenait à témoin sans te laisser le loisir de répondre. Et puis ça a été le coup de grâce. N'était-ce pas dégueulasse ? Tout à fait dégueulasse ce que je t'avais fait dans mon dernier roman ? Et bordel il était tellement heureux que je ne l'aie pas eu ce foutu prix. Pour un bouquin qui était un tel sacrilège. Une telle saloperie. Comment avais-je osé ? Comment avais-je osé te faire ça ? Comment avais-je osé raconter cette histoire ? Chatel. Chatel et toi. Dès la cinquième. Aucun détail ne manquait. Même les plus crus. Même les plus sordides. OK j'en avais fait un prof de tennis. OK je t'avais transformée en apprentie sportive, et tu ne vivais pas en lotissement mais dans une résidence privée près du centre-ville, et d'ailleurs ça ne se passait pas allée des Sycomores mais à Arpajon, mais qu'est-ce que je croyais ? Qui m'avait autorisé à remettre ça sur le tapis ? Qui m'avait autorisé à donner cette version des faits dans laquelle tu étais la proie d'un détraqué, d'un pervers ? Tout ça pour vendre des putains de livres. Comment avais-je pu te trahir ainsi ? Le trahir lui aussi toutes ces années. Jusqu'où étais-je prêt à aller ? Combien de mensonges ? Combien de coups bas ? Pour qui me prenais-je ?

Ça n'aurait servi à rien de lui répondre que je ne me prenais pour personne en particulier, que comme tous les auteurs je tirais ce que j'écrivais de ce que j'avais vu, observé, consigné au fil des années. Où pensait-il que les écrivains puisaient leurs histoires ? Il ne m'aurait pas écouté. Je l'ai regardé se lever et quitter le bar. Toi tu étais en état de choc. Tu m'as interrogé du regard. Je t'ai fait signe de le rejoindre. Ce soir-là, j'ai su que je le perdais pour un bon bout de temps. Pour toujours, peut-être. J'ai eu peur que ce ne soit aussi le cas te concernant.

Après ça, je n'ai plus vu Alex pendant plus d'un an. À peine l'apercevais-je parfois allée des Sycomores quand il rendait visite à sa mère et que nous étions également de passage, Marion, les enfants et moi. Mais alors il nous ignorait. Nous croisait sans même relever la tête. Emma en a pleuré, une fois. Elle l'aimait beaucoup. Comme il l'avait fait avec Gabriel, il lui avait appris à dessiner, lui avait fait des tours de magie, avait joué au dauphin dans la mer en la portant sur son dos. Marion avait bien essayé d'aller lui parler mais il l'avait stoppée net.

— Écoute, c'est pas la peine. Et j'ai d'autres chats à fouetter.

C'est toi qui me donnais de ses nouvelles. Sa mère était malade. On venait de lui diagnostiquer un cancer. Et il luttait pour qu'elle accepte de se soigner. Elle prétendait que ça ne servirait à rien, que Dieu était avec elle et que le prier avec ferveur suffirait pour qu'elle guérisse. Et si ça ne marchait pas alors ça voudrait dire que c'était son heure. Qu'il était temps pour elle de rejoindre Clément. De le retrouver enfin. À l'entendre on aurait dit qu'elle n'attendait que ça.

Vous passiez beaucoup de temps ensemble. Il squattait de plus en plus fréquemment chez toi. Sous-louait régulièrement son studio à Juvisy. Gabriel l'appelait « tonton Alex ». Il disparaissait de moins en moins souvent, avait trouvé un job de prof de dessin dans une MJC dont tu connaissais le directeur, donnait quelques cours particuliers ici et là, s'était remis à peindre pour de bon. Tu m'envoyais des photos de ses toiles en cachette. Certaines mêlaient peinture et photographie, un peu à la manière de certains travaux de Gerhard Richter. Il y avait aussi ces paysages, souvent des plans d'eau, qu'on aurait dits couverts de cendres ou de terre. Et, étrangement, des œuvres beaucoup plus lumineuses, qui aujourd'hui évoqueraient peut-être les productions les plus récentes de David Hockney. Il ne s'agissait pas de séries successives, qu'on aurait pu qualifier de « périodes », mais de travaux qu'il menait en parallèle, comme si chacun exprimait une part de lui-même. Une forme de tripolarité. Je t'encourageais à lui conseiller de montrer tout ça à des professionnels, des galeristes, je pouvais même te fournir quelques contacts, j'avais gardé des relations avec cette fille qui était avec moi en dernière année de fac, elle bossait toujours au Palais de Tokyo. Tu me disais le faire, mais aussi qu'il ne voulait rien entendre.

Désormais, c'est sans lui que tu venais à Pléneuf. Malgré leur différence d'âge, Gabriel et ma fille s'entendaient à merveille. Ils se considéraient comme des cousins. D'ailleurs c'était ainsi qu'Emma le présentait à ses copines ou aux gosses avec lesquels il lui arrivait de sympathiser sur la plage. « Et lui c'est mon cousin. » Marion ne disait rien mais je voyais bien qu'elle vivait plus mal qu'avant tes séjours. J'imagine que nous voir tous les deux marcher sur la plage, rire ensemble, nous remémorer telle ou telle anecdote de notre enfance ou de notre adolescence, nous entendre veiller jusqu'à trois heures du matin, bouteille de whisky à l'appui, tandis qu'elle était montée se coucher, résonnait à présent différemment pour elle. Nous n'étions plus un trio. Il n'y avait plus que toi et moi.

Régulièrement, j'écrivais à Alex. Je m'excusais sans savoir exactement de quoi. En général j'étais saoul et seul dans mon bureau alors que tout le monde dormait dans la maison. C'étaient des mails sentimentaux où je donnais la pleine mesure de mes capacités en matière d'autodénigrement. Je prenais sur moi tous les torts. Mais bien sûr il ne répondait jamais. Sans doute ne les ouvrait-il même pas, les jetait-il directement à la corbeille. Pour preuve de ma bonne volonté, durant cette période, j'ai fait paraître un nouveau roman où rien ne me semblait emprunté à sa vie, ni à la tienne. Il n'y était question d'aucun enfant mort. Aucun personnage féminin ne te ressemblait. Ça se passait loin de l'allée des Sycomores. J'avais même pris garde à ce qu'on ne puisse pas confondre mon narrateur avec moi, ni ses parents, son frère, ses amis avec les miens. Je suppose qu'il ne l'a pas ouvert. De toute façon, à ma connaissance, il n'a plus jamais lu aucun de mes livres. C'est ce qu'il a toujours affirmé en tout cas.

Nous avons fini par nous revoir. En 2010. Quelques mois plus tôt, lors de ton dernier séjour à Pléneuf tu m'avais annoncé la nouvelle. Tu étais enceinte de lui. Et vous parliez de vous marier. C'est Alex qui insistait. Pour le reste, il n'y avait rien à comprendre. Ça s'était fait comme ça. En un sens, tu avais eu la sensation que c'était depuis longtemps inéluctable. Quoi qu'il en soit, tu en avais discuté avec lui et l'avais prévenu : il était hors de question pour toi que je ne vienne pas te voir à la maternité, que je ne sois pas aussi présent pour ce nouvel enfant que je l'avais été pour Gabriel. Et, moins encore, que je n'assiste pas au mariage.

2010-2013

Paul

Alex était assis dans le fauteuil près de ton lit quand nous sommes entrés dans la chambre. Il tenait Chloé dans ses bras et fixait le téléviseur accroché au mur bleu pâle – sur l'écran s'agitaient deux joueurs de tennis dont les noms ne me disaient rien. Dans le couloir nous avions croisé sa mère. Amaigrie, les yeux immenses au milieu de son visage creusé, elle portait un foulard pour cacher sa calvitie. Elle refusait la perruque.

— Comment vous vous sentez ? lui avais-je demandé.

Elle m'avait répondu que le Seigneur était avec elle. Qu'elle n'avait accepté ces traitements que pour faire plaisir à Alex. Les docteurs étaient confiants. Ils prédisaient une guérison mais elle en était persuadée : si ça se produisait ce ne serait pas grâce à eux mais parce que Dieu avait décidé qu'il n'était pas encore temps pour elle de retrouver Clément. Juste avant que nous nous quittions elle avait détaillé Marion des pieds à la tête.

— C'est drôle, vous ressemblez un peu à Sarah, lui avait-elle lancé.

Je ne me l'étais jamais dit et ça ne me semblait pas être le cas, mais Marion avait paru troublée.

Alex m'a salué d'un coup de menton. J'ai répondu de même, puis me suis penché vers toi pour te faire la bise. Tu avais les traits tirés. La cicatrice de ta césarienne te faisait souffrir. Ça n'était pas prévu mais tu avais dû t'y résoudre. Chloé n'avait pas l'air pressée d'arriver, le travail durait depuis plus de vingt heures et son petit cœur commençait à fatiguer. Le médecin avait décidé d'agir et il avait bien fait.

— Et le grand frère, il est où ? t'ai-je demandé.

— Chez Éric. Il viendra demain.

Puis je me suis tourné vers Alex. Il m'a tendu le bébé.

— Tiens, tu veux la prendre ?

J'ai acquiescé. Sur le coup ça m'a un peu surpris. Il me confiait sa fille. S'adressait à moi comme si nous nous étions quittés la veille. Mais sitôt que j'ai eu Chloé dans les bras, il est sorti de la chambre. Juste avant de refermer la porte il t'a lancé :

— Je vais faire un tour. Me boire une petite bière au bistro d'en face.

Tu m'as adressé un regard désolé.

— Il a jamais trop supporté les hôpitaux, ai-je hasardé pour détendre l'atmosphère.

— En même temps, avec sa mère, il n'a plus trop le choix. Il a bien fallu qu'il s'habitue, as-tu répliqué. Mais pour une reprise de contact avec toi, ce n'était pas si mal…

Vingt minutes plus tard, Marion t'a demandé si tu voulais quelque chose à boire ou à manger. Tu lui as dit qu'un thé te ferait plaisir. Et peut-être un cookie, un brownie ou un truc dans le genre. Elle est descendue à la cafétéria et nous nous sommes retrouvés tous les trois. Je tenais ton enfant contre mon torse. J'ai respiré l'odeur de son crâne. Un instant, j'ai pensé que dans une autre vie, ça aurait pu être notre fille à tous les deux. Je n'étais pas jaloux. C'était juste une idée vague, une rêverie. J'avais toujours aimé ces histoires, penser qu'il en fallait peu pour que nos vies empruntent un chemin ou un autre. La somme des hasards, des coïncidences, des embranchements, des carrefours, des malentendus, des contretemps. Mais jamais je n'aurais misé une pièce sur ce qui s'était passé entre Alex et toi.

— Comment le prend Gabriel ? L'arrivée du bébé ?

— Oh il est ravi. Il aurait préféré un petit frère mais bon.

— Et… le reste ?

— Il a toujours adoré Alex, tu sais bien. Toi aussi il t'adore, d'ailleurs.

— Mais moi il ne m'a jamais appelé tonton.

— Non, c'est vrai.

Tu as pris un air soucieux tout à coup. Je t'ai demandé si ça allait. Et tu m'as répondu que, concernant Gabriel, ce n'était pas ça qui t'inquiétait. Mais le fait que ça ne se passait plus très bien avec la nouvelle compagne d'Éric. Ni avec les enfants de cette dernière. Éric ne semblait pas s'occuper beaucoup de lui. Et elle avait des principes, disons, rigides. Des idées aussi, qu'elle tentait de lui transmettre et qui ne te plaisaient pas beaucoup.

— Je crois qu'elle est assez réac.

— Avec Alex et toi, ça fera une balance. Il finira centriste ce petit.

— Parle pas de malheur… Centriste…

Ce n'était pas le moment mais je n'ai pas pu m'empêcher de t'en parler. J'avais montré les photos des toiles d'Alex à cette fille que je connaissais depuis la fac et qui bossait au Palais de Tokyo. Elle y occupait maintenant un poste important et avait eu l'air impressionnée. Certes, ce n'était pas tout à fait son truc, ses inclinations allaient vers des démarches plus radicales, mais elle devait bien admettre que le marché avait beaucoup évolué en dix ou quinze ans. C'en était fini de la dictature des trucs conceptuels, des installations parfois absconses, du tout vidéo. On revenait peu à peu à la peinture. Et même à la figuration. Les peintres chinois et japonais, qui s'étaient fait une belle place dans le secteur, n'y étaient pas pour rien. En Europe, Richter, Kiefer, Soulages, Garouste, Baselitz étaient adulés. Rothko, O'Kieffe et Mitchell vénérés. On reparlait d'émotions. De sentiments, même. Il suffisait d'entrer dans les galeries branchées du Marais pour s'en rendre compte. Et dans ce paysage nouveau, Alex n'était plus à contre-courant, bien au contraire. Elle m'avait filé des contacts. Des galeristes qui cherchaient des artistes émergents.

— Bon, c'est rare qu'ils s'engagent comme ça sur un type qui vient de nulle part, n'a jamais exposé, mais enfin si Alex accepte de leur montrer son travail, ils pourraient peut-être le conseiller.

Tu m'as interrompu.

— Tu as sans doute raison. Mais si ça vient de toi, il n'acceptera jamais. En tout cas pas pour le moment.

Dans mes bras, Chloé s'est réveillée. Elle s'est mise à pleurer. Je l'ai bercée mais rien n'y a fait.

— Elle a peut-être faim, a dit Marion qui venait d'entrer, un thé et un éclair au café à la main. Désolée, ils n'avaient plus de cookie. Je t'ai pris ça.

Je t'ai tendu Chloé et aussitôt contre toi, elle s'est calmée. Son petit crâne est allé se loger dans ton cou. J'ai sorti mon téléphone pour vous prendre en photo. Tu as mis ta main libre devant tes yeux en prétextant que tu étais horrible. J'ai appuyé sur le bouton quand même. Tu as ôté ta main et j'ai appuyé une deuxième fois. Cette fois ton visage était à découvert. On ne voyait plus Chloé. C'est l'unique portrait de toi, seule, que je possède. Je le garde toujours avec moi. Tiens, tu peux fouiller dans mon portefeuille, là au fond de mon sac, près du lit. Tu verras. Il y est depuis quinze ans.

Sarah

Je sais bien que tu t'es toujours demandé comment ça s'était fait entre lui et moi. À quoi pouvait bien ressembler notre vie. Tu ne le voyais plus à cette époque, et moi je ne te livrais pas grand-chose. Tu n'osais pas non plus trop me cuisiner, il faut dire. C'était un sujet un peu tabou entre nous. Et s'il nous arrivait d'évoquer Alex, c'était toujours par le prisme de votre brouille et du silence qu'il opposait à tes mails. Dans ces messages, tu t'autoflagellais, instruisais le dossier à tes propres charges. Quémandais l'absolution. J'avoue que j'en lisais certains parfois et ça me faisait de la peine.

Je n'ai pas de grande révélation à t'offrir sur le sujet. Ça s'est fait comme ça. Depuis votre engueulade, il passait de plus en plus de temps chez moi. Je suppose que ça n'avait rien à voir. Ne va pas croire qu'il t'avait repoussé afin d'avoir enfin « le champ libre ». Mais il donnait ses cours à quelques encablures de mon appartement, venait souvent boire un verre après, restait dîner, surtout si Gabriel était dans les parages. Il picolait toujours un peu trop. Je refusais de le laisser prendre la voiture, et ouvrais le canapé. Il souffrait de la solitude, tu sais. Peinait à affronter la maladie de sa mère. Et moi j'étais heureuse qu'il soit là. De le voir plus souvent. Gabriel aussi, je dois dire.

Un soir, un peu ivres, nous nous sommes embrassés. Une chose en a entraîné une autre. Il n'y a rien de plus à savoir. Nous étions restés des enfants blessés. Nous avions besoin de consolation. Une consolation qui se passerait de mots, d'explications. Et nous étions les seuls à pouvoir nous l'apporter mutuellement.

Un jour il m'a dit :

— Je sais que c'est étrange, mais j'ai toujours eu la certitude que si un jour j'avais un gosse, ce ne pourrait être qu'avec toi. Je me suis toujours imaginé ça. Même à l'époque où ça me paraissait inenvisageable, presque incestueux, qu'on finisse ensemble.

J'ai pensé pourquoi pas. Je voulais un deuxième enfant. Alex était très présent dans la vie de Gabriel. En un sens, ça m'a paru logique. Tu sais comment c'est. Ces moments dans nos existences où nos actes, nos décisions nous paraissent couler de source. Et des années plus tard, impossible d'en démêler les tenants et les aboutissants, de reconstituer le raisonnement, les circonvolutions qui nous y ont menés.

Notre vie, pendant quelque temps au moins, nous a semblé relever de l'évidence, elle aussi. Nous nous entendions bien. Nous connaissions sur le bout des doigts. Nous nous soutenions l'un l'autre. Mon boulot à l'ASE me vidait, la détresse des enfants était souvent insupportable, mon impuissance me rongeait. Mais quand je rentrais Alex était là, il avait préparé un bon petit plat, mis un disque, sorti une bouteille de vin. Les semaines où j'avais Gabriel, il l'aidait pour ses devoirs. Nous allions tous les trois au cinéma ou nous balader au parc. Quelquefois nous faisions un petit tour à Paris. Et puis j'ai découvert que j'étais enceinte. Il est tombé amoureux fou de sa fille dès le premier jour. Tu aurais dû le voir. Aux petits soins. Il avait l'air comblé. Plein d'énergie. Il adorait jouer au papa. Sa mère semblait sur le chemin de la rémission. Quand il ne donnait pas de cours, ou qu'il ne bossait pas sur une affiche, un flyer, une brochure, il peignait. Ça paraissait vraiment le rendre heureux. Régulièrement, je lui demandais s'il envisageait de montrer un jour son travail à quelqu'un, mais il balayait la question d'un haussement d'épaules. Et si j'insistais, en revenait toujours à « l'humiliation » qu'il avait subie quinze ans plus tôt. J'avais beau lui répéter que tout ça était loin, que tout avait évolué, son travail, le domaine de l'art, il ne voulait rien savoir. Et puis la conversation finissait toujours par dériver sur toi. Dans son esprit, c'était comme si la reconnaissance dont tu bénéficiais lui interdisait de prétendre à quoi que ce soit. Comme si la place était déjà prise. Venant de là où nous venions, tu constituais à ses yeux une sorte d'aberration. Et la chance ne pouvait pas frapper deux fois dans un périmètre aussi proche.

Je ne crois pas qu'il t'en voulait pour ça. Il n'était pas irrationnel à ce point. Mais bien sûr que ça a pu jouer dans sa décision de ne pas te voir. Je le suppliais de te répondre. Il refusait d'en discuter. Ou bien il s'emportait. Il avait tant de griefs à ton encontre, les avait accumulés au fil des années. C'était le plus souvent injuste mais qu'est-ce que j'y pouvais. Et il ne me reprochait rien quand je passais du temps au téléphone avec toi. Ou que nous venions vous voir à Pléneuf avec Gabriel et Chloé. J'ignore ce qu'il faisait pendant ce temps, seul à la maison. Je crois que ça lui faisait du bien de se retrouver un peu avec lui-même, sans moi, sans enfants. Il était comme ça. Souffrait de la solitude mais en avait aussi besoin. Enfin tu sais comme il était. Pas à une contradiction près.

Ce qu'il disait quand il s'énervait contre toi ? Oh toujours les mêmes trucs. Ça tournait principalement autour de tes livres. Et de la vie que tu avais « la chance » de vivre, dont il répétait que tu nous la « jetais au visage ». Je n'ai jamais compris ce qu'il voulait dire par là. Je lui répondais qu'il était jaloux, que c'était nul. Tu te consacrais à ce que tu aimais, avec Marion et tes enfants vous formiez une jolie famille, vous habitiez une maison agréable mais qui n'avait rien d'ostentatoire, certes vous étiez plus à l'aise que nous côté pognon mais il ne fallait rien exagérer non plus. Un écrivain suffisamment reconnu pour vivre de sa plume mais qui n'avait jamais fait exploser les compteurs. Une prof de français au lycée. Ça restait dans le domaine de la décence. Et puis vous n'aviez rien volé à personne. Il finissait parfois par en convenir. Mais repartait aussi sec sur le contenu de tes romans. Évidemment qu'il les lisait. Tu te trompes sur ce point-là. Il ne le faisait même pas en cachette. Se jetait dessus dès que nous les recevions. Tu lui en adressais toujours un, dédicacé. Et moi, j'avais le mien. Nous te lisions souvent en parallèle. Il se laissait parfois emporter. Certaines choses le touchaient. Mais d'autres l'agaçaient. Toujours un peu les mêmes. Cette façon que tu avais de mêler le faux et le vrai. Ces trucs sur les « transfuges de classe » qui le hérissaient au plus haut point.

— Comme s'il avait grandi dans une putain de cité. Comme s'il n'avait jamais été autre chose qu'un petit Blanc inconscient de ses privilèges. Comme si vraiment pour lui ça avait pu être difficile, d'une manière ou d'une autre. Mais putain, de quoi il se plaint ?

— Il ne se plaint pas, je crois, essayais-je de tempérer. Il parle de ce qu'il a observé, pas de lui, il me semble. Il se positionne en témoin.

— Mais non, tu te fais avoir, comme toujours. Il fait tout pour qu'on le confonde avec son héros, justement. Pour que le lecteur pense que tout ce qu'il raconte, c'est du vécu. En partie au moins. C'est tellement roublard. Qu'est-ce qu'il cherche au juste, tu peux me dire ? Il veut qu'on l'admire, c'est ça ? Parce que toutes ces conneries, là, ça signifie quoi au final ? Qu'il est arrivé là où d'autres échouent, qu'il y avait des barrières à l'entrée mais qu'il a su les franchir à la force du poignet ? Ou parce qu'il était plus talentueux que d'autres ? Finalement, il sert la soupe au système qu'il prétend dénoncer. Il alimente le mensonge généralisé sur le mérite, l'ascenseur social, toutes ces foutaises. Il nie la force du déterminisme, de la reproduction, en montrant qu'on peut y échapper. Échapper à quoi au juste ? Tous ces trucs dans son dernier bouquin, là. Ce mec qui aurait été « sauvé », en quelque sorte, par les livres, l'art. Sauvé de quoi, bordel ? Et à qui faudrait-il encore baiser les pieds ? À la bourgeoisie intellectuelle, dont il survalorise systématiquement les supposés mérites ? Et puis c'est toujours pareil, dans ses putains d'interviews, il laisse dire tous ces trucs sans jamais rien corriger. Jamais il ne rectifie quand le journaliste le confond avec son narrateur, jamais il ne dit, Ah mais moi pas du tout, je vivais tranquille avec papa, maman et mon frère dans une maison avec jardin, on partait en vacances, l'école publique a toujours pris soin de moi, j'ai pu faire des études, je suis allé au conservatoire, on m'a toujours encouragé à apprendre, personne ne m'a jamais empêché de lire, d'écouter de la musique, de voir des films, j'avais une bibliothèque municipale à dix minutes à vélo de chez moi, une prof de français formidable qui m'a ouvert à la poésie contemporaine, une autre de piano qui me laissait sa salle quand elle ne donnait pas cours, pour que je m'entraîne sur son Pleyel.

J'ai eu un pote qui m'a filé un jour un bouquin de Modiano, suis allé dans une fac de bourges où j'ai pu les observer et m'acclimater, acquérir les codes et les réflexes requis, j'ai même eu un prof de socio fou de littérature qui m'a fait découvrir London, Carver, Fante et Brautigan. Il ne dit jamais, Ah pardon mais moi en fait je n'ai jamais perdu mon petit frère, mes parents ne se sont jamais séparés, je n'ai jamais trop reçu de baffes ou de coups de pied au cul, en fait moi je n'ai jamais rien vécu de difficile, je n'ai jamais couché adolescent avec un professeur de sport ou de théâtre de quarante balais…

Il terminait souvent là-dessus. Sur Chatel. Comme pour achever de me convaincre. Faire définitivement pencher la balance de son côté. Je détestais quand il faisait ça. J'avais l'impression qu'il m'utilisait, me manipulait. Qu'il soulevait cette question et qu'il déterrait ce passé dans le seul but de t'enfoncer, et que j'acquiesce à ses diatribes. Pour m'attirer dans son camp.

— Et si ça m'avait fait du bien à moi, qu'il écrive là-dessus, lui ai-je répliqué un jour. Si ça m'avait fait du bien que quelqu'un raconte ce qui m'est arrivé. S'il avait enfin mis des mots sur ce que je n'avais encore jamais réussi à me formuler ?

Il a semblé estomaqué. Comme s'il n'avait jamais réfléchi à tout ça sous cet angle. Celui du silence nocif. Des secrets enfouis. Des blessures cachées qui n'en finissaient pas de s'infecter et de nous pourrir de l'intérieur. Sans doute que ça le renvoyait trop à lui-même. À la mort de Clément, dont il se sentait coupable sans que rien jamais ait été énoncé, dévoilé. Le peu que tu évoquais dans tes romans était déjà trop à ses yeux. Idem pour cette scène dans un des livres que tu as publiés à cette période. Tu t'étais inspiré de l'épisode des *Nuits fauves*. Pas directement, certes. Mais tout de même. Là encore, tu avais osé mettre des mots sur ce que chacun gardait caché, ou avait enterré. Alex et les garçons. Tu effleurais à peine la question dans ce passage, mais ça avait suffi à le mettre en rage. Il ne l'avait pas dit, mais je l'avais bien senti. Quand je lui avais demandé, Alors qu'est-ce qui t'a énervé cette fois ? il avait répondu :

— Comme d'hab. Il ne changera jamais.

Et le sujet avait été clos. Il nous a explosé à la gueule quelques années plus tard.

Mais je mélange un peu les époques. Les livres. Dans cette période tout se confond un peu. La maladie de sa mère et sa guérison, puis sa rechute. Ma grossesse, la naissance de Chloé, le mariage et les années qui ont suivi. Celles où lui et toi vous ne vous voyiez plus du tout, où il lisait tes livres sans te le dire, où je t'envoyais en cachette des photos de ses toiles. Et celles où vous avez plus ou moins renoué. Celles où tout allait bien entre Alex et moi. Et celles où tout a commencé à s'effondrer.

Tiens, j'ai retrouvé cette photo du mariage. Tous les convives sont réunis, en arrière-plan on voit le lac, et tu es le seul à ne pas fixer l'objectif. Tes yeux sont braqués sur nous alors que nous nous embrassons. J'ai du mal à interpréter ton expression. Tu sembles interloqué. Dégoûté, peut-être. Comme un gosse qui voit ses parents se rouler un patin.

Je sais que tu as eu du mal à réaliser. À intégrer ce que tout ça signifiait. Déjà à la maternité, je l'avais senti. Jusqu'alors, il ne s'agissait que de mots. Tu savais que nous vivions ensemble, mais n'avais rien vu de tes propres yeux. Et même ce jour-là, le lendemain de la naissance de Chloé, tu n'avais croisé Alex qu'une poignée de minutes. Il portait notre enfant dans ses bras mais aurait tout aussi bien pu n'être qu'un visiteur. Comme sa mère, qui venait de partir. Comme toi et Marion, qui arriviez à peine. Très vite il avait quitté la chambre. J'imagine qu'il avait dû se poster dans un café, et de là observer les allées et venues. Cinq minutes après votre départ il était là, bouleversé par Chloé, dingue de sa fille. Cinq minutes après que vous aviez refermé la porte, il se penchait sur moi et m'embrassait. Retirait ses chaussures et venait se lover contre nous sur le lit. Mais tu n'avais assisté à rien de tout ça.

Vous avez gardé vos distances pendant toute la fête du mariage. Nous avions loué une petite salle de réception à la base de loisirs. Alex avait insisté. Il tenait à ce que ça se passe là et nulle part ailleurs. En lisière de la ville où tout avait commencé. Non loin de l'allée des Sycomores. Éric n'est pas venu. C'était pour lui hors de question. Cette célébration, notre relation, tout ça lui restait en travers de la gorge. Mais à part lui, il ne manquait personne. Marion et les enfants t'avaient accompagné. Tes parents étaient là, eux aussi. Il y avait même ton frère. Il était revenu vivre dans le coin, finalement, après avoir passé quatre mois dans votre maison à Pléneuf tandis que vous séjourniez au Japon. Il ne s'y était pas plu tant que ça. En dehors de la haute saison, tout était mort. Trop de ciel gris et trop de vent. Trop d'isolement. Il bossait désormais dans un magasin de chaussures à Évry 2 et filait le grand amour avec Nadia. Je les ai croisés il y a deux jours, en sortant d'ici. Ils venaient te voir. J'ai fait le calcul dans ma tête. Ils sont ensemble depuis plus de quinze ans, maintenant. Ils ont toujours l'air amoureux. Ça m'a fait plaisir.

Ma mère a tiré la gueule pendant toute la soirée. Pas de façon ostentatoire mais tu la connais, elle n'a jamais su masquer grand-chose. Rien de tout cela ne lui plaisait. Alex l'avait toujours mise mal à l'aise. Son côté inflammable. Ses gestes nerveux. Sa versatilité.

— On ne sait même pas comment il gagne vraiment sa vie… Et puis je n'ai jamais compris pourquoi tu avais quitté Éric. Un si gentil mari. Si sérieux. Si stable. D'autant que vous aviez un enfant. Pourquoi imposer ça à Gabriel ? Un divorce, la garde partagée…

Je n'ai pas eu le cœur à lui faire remarquer que j'aurais sans doute été plus heureuse si elle et mon père avaient choisi de se séparer beaucoup plus tôt. Ils l'auraient été plus eux-mêmes. Et m'auraient peut-être accordé l'attention dont j'avais besoin.

Le père d'Alex, lui, semblait bouleversé. De revenir sur ces lieux. De revoir son ex-femme, malade, affaiblie. D'être grand-père. Depuis la naissance de Chloé il appelait plus souvent son fils. Passait parfois nous voir. Couvrait sa petite-fille de cadeaux, de baisers. Alex le regardait, interloqué. Jamais il n'avait vu son père avoir ce genre d'attitude avec lui. Ni avec Clément. Ou bien il ne s'en rappelait pas. Il avait fini par poser la question à sa mère et elle avait ri. Non au contraire, l'avait-elle détrompé, il se souvenait très bien de l'homme empêché qu'avait toujours été son paternel. Jamais un mot doux, jamais un geste tendre. Jamais de conversations intimes. Jamais le moindre épanchement.

— Mais que veux-tu, il y en avait plein, des hommes dans son genre, dans notre génération. Les derniers dinosaures. Ils avaient été élevés comme ça eux-mêmes. Ont reproduit. Toutes ces histoires, tu sais, de mecs à l'ancienne. Être viril, ne pas montrer ses sentiments, réfréner tout ce qui peut avoir trait aux émotions, à la tendresse, aux démonstrations d'affection. Ne jamais pleurer. Tout garder verrouillé à l'intérieur. Se comporter comme un « bonhomme ». Bosser. Subvenir aux besoins de sa famille.

Point barre. Mais tant mieux pour lui s'il se déverrouille enfin. Tant mieux s'il se rattrape avec sa petite-fille. Et un peu avec toi. Moi aussi, tu sais, j'en ai des regrets. Je t'ai laissé t'éloigner, à une époque.

— Oui mais toi, c'est pas pareil. Il y a eu Clément.

— Pour ton père aussi, il y a eu Clément, Alex. Et pour toi aussi.

Qui était là encore ? Ma tante et ma cousine, bien sûr. (Quand je pense que vous avez couché ensemble une fois… Je n'en reviens toujours pas.) Des collègues de boulot que j'aimais bien. Et ces deux gamins que j'avais suivis à l'ASE et qui me surnommaient « notre bonne fée ». Ils s'en sortaient plutôt pas mal. J'avais assisté à leur propre mariage quelques semaines plus tôt et les avais invités en retour. Je ne pensais pas qu'ils viendraient. Mais ils avaient répondu présents.

Ce fut une belle journée. La cérémonie à la mairie. La soirée dans la salle de réception. Il faisait doux pour la saison. Nous avons pu profiter du parc, des pelouses. Des bords de l'étang en contrebas. C'est là qu'a été prise la photo. Nous avons bien mangé. Pas mal bu. Ma cousine a lu un discours qui a fait rire tout le monde. Tu as joué un morceau de piano et tout s'est vite transformé en karaoké. Chacun leur tour ou par petits groupes, les invités te demandaient des chansons et tu les accompagnais tandis que les paroles défilaient sur un écran. Ma cousine y avait projeté un peu plus tôt quelques photos d'Alex et moi au fil des années, sur le principe du générique d'*Amicalement vôtre*. Elle avait réussi à en récupérer un maximum auprès d'une bonne partie des convives. Alex ne savait plus où se mettre. Ce genre de truc le fichait toujours mal à l'aise. Et j'ai vu combien tu jubilais.

Tu as insisté pour que je chante. J'ai fini par céder. Et tout le monde s'est joint à nous sur le refrain de *Foule sentimentale*. Après ça, quelqu'un a lancé la musique et nous avons dansé jusque tard dans la nuit. Même toi, tu as dansé. Je dois dire que tu n'avais pas beaucoup progressé dans ce domaine.

Nos parents sont partis vers trois heures du matin. Ma mère a ramené Gabriel et Chloé chez elle. Marion, de son côté, a rejoint l'allée des Sycomores avec Emma et Nino. Il était prévu que vous y passiez une partie du lendemain avant de repartir à Pléneuf. Il ne restait que nous trois, ma cousine et son mec, un vieux copain et sa compagne, trois ou quatre de mes collègues, en couple ou non. Tu étais passablement bourré. Et je te voyais chercher le regard d'Alex. Tu attendais un signe. Il t'a vu de loin te lever et te diriger vers lui. T'a tourné le dos et s'est éloigné. C'était encore trop tôt.

Paul

Nous marchions sur la plage. Quelques mètres devant nous, les enfants se chamaillaient un peu. Nino avait envoyé du sable à la figure d'Emma et elle en avait reçu dans les yeux. Marion a dû intervenir, non sans m'avoir lancé un regard noir au passage. C'était toujours elle qui se chargeait de ce genre de médiation. Enfin, c'est ce qu'elle prétendait. Nous en étions arrivés là. Au temps des petits reproches, des piques déguisées, des insinuations. À l'époque, personne ne parlait encore de « charge mentale » mais c'est bien cela dont il était question. Elle devait tout se farcir. Les bagages quand nous partions en vacances. Les papiers. Les comptes. Les lessives. Les visites chez le médecin. Les réunions à l'école. Les remontrances, les ordres. Et moi bien sûr je n'étais là que pour les jeux, les fous rires, les grandes conversations, la consolation et les confidences. D'accord, j'assumais les courses et la préparation des repas, m'occupais du jardin, bricolais un peu quand ça restait dans mes cordes, mais c'était toujours pareil avec les mecs, je le faisais parce que j'aimais bien ça. Jamais je ne m'attelais à des tâches qui me rebutaient. Et puis dans les faits, j'étais souvent ailleurs. Quand ce n'était pas la promotion d'un livre c'étaient mes ateliers d'écriture ou un projet de scénario qui nécessitait que je me laisse kidnapper par tel ou tel réalisateur, sur l'île de Groix, à Nogent ou Paris. Marion se plaignait de mes absences, au propre comme au figuré.

— De toute façon même quand tu es là tu n'es pas là.

Une vieille rengaine. Je la connaissais par cœur.

— J'en ai marre de me taper tout le sale boulot. Et après ça, Monsieur va jouer les grands féministes dans les salons du livre ou à la radio…

Ça me faisait mal au ventre de voir ce que nous étions en train de devenir. La pente que nous dévalions au ralenti, sans rien faire pour freiner la chute. Marion me soupçonnait en outre d'entretenir des liaisons épisodiques avec certaines de mes consœurs, ou, plus pathétique encore, de mes lectrices. Tout cela était parfaitement infondé et je ne pouvais m'empêcher de penser que ces accusations douteuses cachaient peut-être quelque chose de son côté. Ne dit-on pas que la meilleure défense, c'est l'attaque ? Et il y avait ce nouveau prof d'histoire au lycée, qu'elle avait connu à l'époque de ses études et qui venait de divorcer. Son nom revenait de plus en plus souvent dans la conversation. Il leur arrivait d'aller au cinéma ou au concert ensemble quand j'étais en déplacement. Tu me disais d'arrêter avec mes conneries, ce n'était tellement pas le genre de Marion, et puis comme toujours je confondais la vie et mes livres. Dans mon dernier roman, j'avais mis en scène une sorte de double fictif. Il venait de se séparer de sa femme et ne voyait plus ses enfants qu'une semaine sur deux. Il y avait aussi un connard de nouveau compagnon qui jouait au beau-père, forcément dentiste et roulant en coupé Audi dans l'histoire. Rien de très original. Heureusement pour mes lecteurs, ce n'était qu'un élément mineur de l'intrigue. Mais, comme souvent, je n'avais pas pu me retenir d'anticiper en fiction ce que je craignais de voir advenir dans la réalité. Comme pour conjurer le sort. J'avais déjà pas mal œuvré en la matière. Au fil des publications, j'avais fait mourir mon père, ma mère, mes enfants même (et là j'étais impardonnable). Et toi aussi, bien sûr. Quant à Alex, il passait mes textes à disparaître, de toutes les manières possibles. Et il ne servait à rien de te resservir l'antienne du « mais ça n'a rien à voir, ce sont des personnages ».

— T'as tellement de chance dans ta vie, il ne t'arrive tellement rien qu'il faut toujours que tu t'inventes des drames. C'est glauque. Si un jour, un des trucs atroces que tu as écrit te tombe sur la gueule, tu ne l'auras pas volé. Mais ton heure n'est pas encore venue. Arrête de chouiner et de te faire des films. Fais en sorte de partir moins souvent, d'en faire un peu plus à la maison, d'être un peu plus présent et tout ira bien.

Voilà ce que tu me répétais quand nous nous parlions au téléphone, ou que nous nous retrouvions dans un resto ou un café à Paris. Tu ne t'étendais pas sur la question alors, mais je devinais que ce n'était pas beaucoup plus simple de ton côté.

Marion avait, comme toujours, fait des miracles, et les enfants marchaient maintenant bras dessus bras dessous, quelques mètres devant nous. Nino racontait à Emma une des histoires qu'il inventait à longueur de journée et elle l'écoutait avec patience, lui posait des questions. Ces deux-là étaient capables de passer du rire aux larmes en un éclair, des disputes aux déclarations d'amour éternel en un clignement de paupières. Marion a attrapé mon bras, posé brièvement sa tête sur mon épaule, et j'ai pensé qu'une fois de plus c'est toi qui avais raison. J'étais trop inquiet, trop pessimiste, alors que rien ne le justifiait. Alors que la lumière était splendide, la mer émeraude et que nous marchions en famille sur le sable laissé à découvert par la marée descendante. Mon téléphone a vibré dans ma poche. Sur l'écran s'est affiché un SMS. J'ai répondu aussitôt. Puis ai annoncé à Marion que j'allais devoir aller à Paris.

— Quand ça ?

— Demain. Le plus tôt possible.

Elle a secoué la tête.

— C'est qui ? C'est Sarah ?

— Non.

— Ah je sais. C'est Alex. Il se décide enfin à te faire signe. Ça fait des années qu'il t'ignore, il t'a envoyé tous ces trucs immondes à la gueule, il t'a snobé le jour de son mariage, et toi tu rappliques comme un petit chien. Et tu vas encore trouver le moyen de t'excuser. Je ne comprends pas ce lien que vous avez tous les deux. Cet ascendant qu'il a sur toi.

— Non, c'est pas lui. C'est sa mère.

— Sa mère ?

Y avait-elle cru elle-même ? À l'issue de la chimiothérapie et des séances de radiothérapie qui avaient suivi sa rechute, l'oncologue avait affirmé que les choses allaient dans le bon sens. La progression du cancer paraissait endiguée. Il refluait, même. Vous l'aviez emmenée quelques jours à Biarritz pendant les congés de printemps. Votre budget vacances pour l'été y était passé. Même affaiblie, elle avait semblé heureuse de voir l'océan, les vagues qui déferlaient sur la plage du casino, et de profiter de sa petite-fille. Chloé n'avait pas encore trois ans mais elle était très en avance, elle parlait sans arrêt et zozotait un peu. La mère d'Alex n'arrêtait pas de répéter qu'elle lui faisait penser à Clément au même âge. Alex se raidissait toujours un peu quand elle prononçait ces mots. Comme s'il y voyait un présage. Et puis, même en y mettant de la bonne volonté, il ne voyait pas sur quoi elle se fondait pour sortir un truc pareil. À ses yeux, Chloé était ton portrait craché.

Quelques semaines après ce séjour, tout s'était accéléré. Elle s'était sentie mal. Des douleurs lui perforaient le ventre. L'oncologue avait prescrit des examens. Il avait paru tomber des nues. Un nouveau foyer s'était déclaré. Le pancréas était atteint.

Je me suis garé sur le parking de l'hôpital de Villejuif. Tu m'attendais devant l'entrée. Elle t'avait convoquée toi aussi. Tu avais réussi non sans mal à te libérer. Il avait fallu repousser deux rendez-vous, ça n'avait pas été facile, tu dirigeais désormais l'antenne départementale de l'ASE et travaillais principalement à Nanterre. C'était parfois un sujet de plaisanterie entre nous.

— L'aide sociale, même à l'enfance, dans les Hauts-de-Seine, un des territoires les mieux lotis du pays, c'est un peu la planque, non ? te taquinais-je.

Tu riais mais ne manquais jamais de me détromper. Dans les Hauts-de-Seine comme ailleurs il y avait tant à faire, tellement de gamins en souffrance, de familles fracassées, et si peu de moyens, c'était comme tenter d'éteindre un incendie avec un arrosoir de jardin.

— Alex est là ?

— Non. Il est à l'appartement avec Chloé. Il a prévu de venir la voir en fin d'après midi.

— Il ne sait pas qu'on est là ?

— Elle m'a demandé de ne pas lui dire.

Nous sommes entrés dans l'hôpital, et je crois que sans même nous en parler, nous savions tous les deux pourquoi nous étions là. J'ai repensé aux mois qui avaient suivi mon emménagement allée des Sycomores. Nous étions tout le temps fourrés chez Alex. Sa mère semblait toujours heureuse de nous voir débarquer. Elle avait cette manière de passer ses mains dans les cheveux de ses enfants, de leur coller un baiser sur le front, de leur poser mille et une questions, qui détonnait tellement avec tout ce que j'avais pu voir jusqu'alors, que ce soit chez moi ou chez mes copains de la Croix-Blanche. Quand nous jouions au salon, elle s'installait dans le canapé, mettait un disque, attrapait un magazine et nous jetait des coups d'œil attendris entre deux pages. Je me souviens qu'elle chantonnait souvent les paroles des chansons qui s'élevaient des enceintes. Claude Nougaro. Julien Clerc. Et Véronique Sanson, que maman détestait tant.

Après la mort de Clément, nous ne l'avions plus croisée que de loin. Elle sortait rarement, et même alors nous avions l'impression qu'elle n'était pas vraiment là. Alex nous annonçait régulièrement qu'elle était partie se reposer quelque part. À son retour elle avait toujours l'air d'aller un peu mieux, cherchait parfois à entrer en contact avec nous mais, consciemment ou non, nous l'évitions. Nous avions tant à cacher. Tant à nous reprocher. Et plus le temps passait plus il nous paraissait impossible de revenir en arrière. Je ne sais même plus si nous en avons véritablement parlé un jour. Si nous avons évoqué cette éventualité. Sur quoi se fondait ce sentiment. Quand Clément était tombé dans l'étang, nous avions fait en sorte que les parents ne sachent rien. Nous avions menti, effacé les preuves. Il s'agissait alors seulement de cacher que nous avions désobéi. Que nous étions sortis du lotissement. Et avions insuffisamment surveillé Clément. Que cherchions-nous à éviter ? Une punition ? Une fessée ? Une simple gueulante ? Pourquoi avions-nous si peur de nos propres parents ? Ce n'était pourtant pas si grave. Mais ça l'était devenu quand Clément avait succombé et qu'un des médecins, à court d'explications, s'était hasardé à parler d'eau dans les poumons. Il n'y avait pas eu d'autopsie. Ce n'était resté qu'une hypothèse. Mais elle avait percuté Alex en plein cœur. Dans son esprit d'enfant, c'était devenu la seule explication. Tétanisés, nous avions décidé de nous taire. Je ne sais même pas si « décider » est le bon mot. Nous nous étions tus, voilà tout. Et avions regardé la mère d'Alex se débattre avec cette énigme. Son fils qui avait soudain cessé de respirer. Ce docteur qui avait, entre autres pistes, évoqué la possibilité d'une noyade sèche. Clément était-il allé à la piscine dans les jours qui avaient précédé ? Avait-il pris un bain sans surveillance ? Le père d'Alex avait balayé tout ça d'un revers de main. Clément était mort, il n'y avait rien à ajouter. Il y avait juste à pleurer. Alors nous nous étions tus et avions regardé sa mère se noyer à son tour. Contrairement à son mari, qui semblait, en quittant son foyer pour une autre famille, avoir choisi de tourner la page et de remettre les compteurs à zéro, elle n'avait jamais cessé de chercher des explications. Une raison. Après avoir frôlé la folie, elle avait fini par s'en remettre à Dieu et par considérer cette énigme comme une épreuve que lui infligeait le Seigneur. Le Très-Haut lui avait certes réservé le sort le plus injuste et cruel qu'on puisse imaginer pour une mère. Mais c'était en lui désormais qu'elle plaçait ses derniers espoirs de retrouver son fils un jour. Partout elle traquait des signes de sa présence. Clément était mort mais il était encore parmi nous, de là où il était il nous regardait, et se manifestait régulièrement. Une ampoule qui clignotait. Un bref et léger souffle de vent. Un voile devant les yeux, soudain, qui disparaissait aussi vite qu'il était apparu. Il l'attendait quelque part.

Qu'est-ce que ça aurait changé si nous avions parlé ? me demandais-je souvent. Aurions-nous été tenus responsables de sa mort ? L'étions-nous ? Alex aurait-il été mis au ban de sa famille ? Sa mère aurait-elle sombré un peu moins profondément ? Longtemps après le drame, nous avions consulté des livres de médecine, toi et moi, effectué diverses recherches et rien n'était clair quant à ces histoires de « noyade sèche ». Il s'agissait d'un phénomène extrêmement rare. Qui supposait que la victime soit restée immergée dans l'eau plusieurs minutes. Qu'elle ait effectivement manqué de mourir noyée. Avait-ce été le cas pour Clément ? Plus les années passaient plus la scène se brouillait dans nos esprits. Clément était-il mort de tout autre chose ? Mais à quoi bon remuer tout ça ? Sa mère avait trouvé un peu de paix dans les travées d'une église. Son père un second souffle et sans doute une certaine forme de consolation dans les bras d'une collègue. Et Alex là-dedans ? Qui pouvait mesurer ce que le décès de son frère, la culpabilité qu'il portait, son impuissance devant la douleur de ses parents et l'effondrement de son foyer avaient fissuré en lui ?

Elle dormait quand nous sommes entrés dans la chambre. Alex t'avait confié la veille que le médecin l'avait appelé pour lui annoncer que les choses risquaient de se précipiter maintenant, qu'il fallait qu'il se prépare. Mais il n'avait sans doute pas encore réalisé à quel point. Nous nous sommes assis à son chevet. Elle n'a ouvert les yeux qu'au bout d'une heure. A paru avoir besoin d'une minute ou deux pour se souvenir de ce qu'elle faisait là, et qui nous étions. Tu lui as pris la main.

— Vous êtes venus… a-t-elle murmuré.

Puis elle a refermé les paupières. Les garder ouvertes était au-delà de ses forces. Il lui en fallait déjà tant pour nous dire ce qu'elle avait à nous dire. Sa voix était pâteuse. Parfois, les mots étaient à peine audibles. Elle voulait avant de quitter ce monde, avant de rejoindre Clément dans l'au-delà, avant de baigner avec lui dans la grande lumière céleste et l'amour infini du Seigneur, nous délivrer et nous absoudre. Avec Alex c'était tout simplement impossible de parler de tout ça. Il prétendait avoir tout oublié de ces jours, de ces mois-là. Un trou noir. Clément était une plaie béante dont il semblait ignorer qu'elle le rongeait à ce point. C'était une forme de déni paradoxal. Qui suintait par tous ses pores et trouvait à s'exprimer dans chacun de ses gestes, chacun de ses mots, chacune de ses peintures. C'était comme le nez au milieu de la figure mais lui, une fois devant son miroir, paraissait ne rien voir. Il s'irritait, sortait de ses gonds dès que quelqu'un, même elle, abordait la question. Chez lui, le deuil était doublé d'un sentiment de culpabilité dont il lui était impossible de s'affranchir. Peut-être parce qu'il n'en connaissait pas lui-même les ressorts.

— Je voudrais tant qu'il trouve un peu de paix. Oh bien sûr, je sais qu'il ne la trouvera jamais là où moi je l'ai trouvée. Et je sais aussi combien la façon que j'ai eue de tant prier pour rejoindre Clément dans l'au-delà a résonné en lui comme un abandon. Il n'a jamais compris que je puisse vivre à ce point dans la compagnie d'un fantôme et l'espoir de le revoir là-haut alors qu'il était là, lui, bien vivant. Et qu'il avait besoin de moi. Je sais que je n'ai pas été à la hauteur. Mais qui aurait pu l'être ? J'ai fait ce que j'ai pu. J'ai survécu à la mort de Clément comme j'ai pu. Et que ça ait été à ce prix me désole. Je vais bientôt m'en aller. Et si une chose me rassure, c'est de vous savoir auprès de lui. Toi, Sarah. Mais toi aussi, Paul. Je sais que vous allez vous rabibocher, tous les deux. Je sais qu'il a reconnu en toi un autre frère. Et les frères entre eux, ce n'est jamais simple. Moins simple que l'amitié. Je sais que Sarah et toi, vous saurez trouver les mots, le moment, la faille où vous engouffrer. Et que vous réussirez là où j'ai échoué. Parce que vous aussi, vous portez cette culpabilité, ce secret qui vous dévore. Bien sûr, c'est sans doute moins prégnant, mais c'est là dans vos poumons et ça vous empêche de respirer tout à fait librement. C'est comme une écharde. Un tout petit éclat de verre dans le cœur. Ne me regardez pas comme ça. Je n'ai jamais été aveugle. Après la mort de Clément personne ne savait comment me parler, et j'ai tellement dérivé, j'ai chuté si bas. Ma famille, les amis, les voisins, tout le monde se tenait à distance, comme si j'étais contagieuse, comme si j'allais exploser. Comme si le malheur s'attrapait. Et vous n'étiez que des enfants. Alors bien sûr, que vous n'êtes plus venus à la maison. Bien sûr que lorsque nous nous croisions dans la rue vous vous contentiez de me saluer de loin et de prendre la fuite, comme tout le monde. Parce que le chagrin me dévorait et que ça me rendait monstrueuse. Et puis ensuite, quand j'ai commencé à aller un peu mieux, vous étiez déjà grands et centrés sur vous-mêmes. Il y a un âge où les adultes, les parents, les siens comme ceux des autres, n'entrent plus dans le champ de notre regard. C'est ainsi. On n'y peut rien. J'en étais bien consciente. Mais je savais aussi que me cachiez quelque chose. Je l'ai toujours su. Vous étiez tous ensemble, ce jour-là. Ne manquait qu'Antoine. Vous jouiez quelque part dans le lotissement. Quand nous sommes partis au cinéma avec Alain, vous n'étiez pas dans la rue. J'ai supposé que vous aviez trouvé refuge chez l'un ou chez l'autre. Ou bien que vous tourniez en rond dans les allées comme vous le faisiez si souvent à l'époque. Je me souviens que vous pouviez traîner sur vos vélos pendant des heures, c'était étrange à regarder. Impossible pour une adulte de comprendre l'intérêt de tout ça, de déterminer si vous vous emmerdiez comme des rats morts, tuiez le temps, ou preniez du plaisir au contraire. Bref, nous sommes partis au cinéma. Et quand nous sommes rentrés, Alex et Clément étaient là dans le salon. Je leur ai demandé s'ils s'étaient bien amusés avec vous et nous sommes passés à table. Clément s'est couché un peu plus tôt que d'habitude. Il semblait fatigué. J'ai pensé, ils ont dû beaucoup jouer. Pédaler pendant des heures. Peut-être une partie de foot ou de raquettes. C'est de la bonne fatigue. Et puis il est mort dans la nuit. Je l'ai trouvé dans son lit inanimé. Il avait vomi. Et peut-être qu'il n'y a pas d'explication à tout ça. Que Dieu avait son propre plan pour lui. Pour moi. De toute façon, à ce moment-là, j'étais incapable d'entendre quoi que ce soit. J'ai refusé qu'on procède à une autopsie. Je ne voulais pas qu'on abîme mon petit. Des hypothèses ont été formulées. Un choc. Un traumatisme crânien. Une commotion cérébrale. Une maladie génétique. Une réaction allergique. De l'eau dans les poumons. Je les entendais à peine. Je n'avais plus de force pour rien. Alain, non plus, à sa manière. Mais au fil des mois, des années, à vos visages décomposés, vos regards fuyants, vos attitudes gênées, j'ai compris qu'il était arrivé quelque chose ce jour-là. Ça n'avait peut-être rien à voir. Mais dans vos têtes c'était lié, j'en étais certaine. Vous savez, je n'ai jamais retrouvé les vêtements qu'il portait ce jour-là. Et je me suis toujours demandé pourquoi mes enfants s'étaient changés pendant que nous étions au cinéma. J'en ai tellement voulu à Alain de m'y avoir traînée pour voir ce navet avec Belmondo.

J'en ai tellement voulu à Belmondo. Je me suis tellement raconté que rien ne serait arrivé si nous n'étions pas partis. C'était sans doute absurde. Mais pas plus que le reste. Qu'est-ce que ça aurait changé ? Alex et Clément seraient rentrés. M'auraient-ils dit quelque chose ? Aurais-je remarqué quoi que ce soit ? Une bosse. Des vêtements déchirés ou trempés. Et quand bien même, qu'aurais-je fait ? Serions-nous allés voir un médecin ? Aurions-nous entrepris quoi que ce soit qui aurait pu changer la donne si Alex m'avait dit « maman, Clément est tombé de vélo », ou « on jouait au foot et il a chuté et s'est cogné la tête », ou « désolé on a fait des bêtises on est sorti du lotissement alors qu'on n'en avait pas le droit et il est tombé dans l'eau », même si j'ai eu beau y réfléchir pendant des années je ne vois pas où il aurait pu tomber dans l'eau, dans quel lac, quel étang ? Quand nous sommes rentrés du cinéma, Clément ne présentait aucune égratignure, pas plus qu'une bosse ou un bleu. Rien que j'aie remarqué en tout cas. Et même si nous n'étions pas allés voir ce film avec Belmondo et qu'il était rentré trempé de je ne sais où, qu'est-ce que ça aurait changé ? Rien. Nous vous aurions un peu engueulés. Nous aurions peut-être ri de votre mésaventure. Et c'est tout. À cette époque, aucun parent n'allait aux urgences après une chute ou un petit séjour sous l'eau si tout semblait bien aller. Alors voilà je voulais vous dire ça. Quoi qu'il se soit produit, quoi que vous m'ayez caché, ça n'a aucune importance. Dieu avait décidé de rappeler Clément auprès de Lui et on ne pouvait rien y faire. Rien de ce qu'Alex aurait pu me dire, rien de ce que j'aurais pu voir si je n'étais pas allée au cinéma n'y aurait changé quoi que ce soit. Clément serait monté se coucher et je l'aurais retrouvé mort.

Sa voix s'est éteinte soudain. Elle était allée au bout de ses forces. Je me suis tourné vers toi et tu avais les larmes aux yeux.

Nous sommes restés encore une heure ou deux à la regarder dormir. Alex est venu la voir en fin d'après-midi et quand il est rentré chez vous, il t'a raconté qu'elle avait ouvert les paupières à trois reprises, très brièvement, mais n'avait pas réussi à prononcer le moindre mot. Il avait compris qu'il n'entendrait sans doute plus jamais le son de sa voix.

Elle est morte deux jours plus tard. J'étais toujours chez mes parents. J'avais la chance de les avoir encore tous les deux. C'est ce que vous m'avez souvent répété, Alex et toi, dans les années qui ont suivi. Que j'avais toujours eu de la chance. Que j'étais toujours passé entre les gouttes. Qu'il ne m'arrivait jamais rien. Il ne s'agissait ni d'un reproche, ni d'une quelconque forme de jalousie. C'était juste un constat à vos yeux. Parfois j'y songeais et je me demandais si c'était si vrai que ça. Je n'avais perdu ni frère ni parents. Ces derniers n'avaient pas encore soixante-dix ans. Il n'y avait rien d'anormal à tout ça. Ça n'était pas tout à fait de la chance. C'était plutôt vous qui n'en aviez pas eu.

Sarah

Au fond, c'est sa mort qui vous a réunis. Tu étais là dans les jours qui ont suivi, puis à l'enterrement, puis encore quand Alex a dû se résoudre à faire le tri dans la maison. Et vous avez repris les choses là où vous n'auriez jamais dû les laisser. Sans doute avait-il besoin de toi à ses côtés dans cette phase de sa vie. Il venait de perdre sa mère. Il était devenu père alors que la maladie la rongeait. Cette concomitance était pour lui vertigineuse et le laissait désemparé.

Pendant quelques semaines, tu as multiplié les allers-retours entre la Bretagne et l'allée des Sycomores. Lorsque je te demandais comment Marion le vivait, tu minorais. Mais je sentais bien que ça cachait quelque chose. Tout commençait à vraiment se fissurer entre vous. C'est devenu de plus en plus évident au fil des mois suivants. Votre couple se délitait. Ça nous sautait à la figure, désormais, avec Alex, quand nous venions vous rendre visite à Pléneuf. La présence des enfants, leur vitalité, la gaieté qu'ils diffusaient dans la maison faisaient diversion, mais c'était palpable. J'avais pourtant la sensation que tu n'en avais pas pleinement conscience. Je sais maintenant que j'avais tort. Que tu te contentais de donner le change, comme souvent. Mais à l'époque, je me disais que c'était typique de toi, cette façon que tu avais de laisser la vie te passer à côté pendant que tu pensais à autre chose. On pourrait mettre ça sur ta tombe, songeais-je : Désolé, je pensais à autre chose.

Mais pardon. Ce n'est pas si drôle. Ça l'était peut-être à l'époque. Ça ne l'est plus du tout aujourd'hui.

Et je suppose qu'en réalité, si quelqu'un n'a pas compris ce qui était en train de lui arriver, c'est bien moi.

Je garde de ces semaines un souvenir paradoxal. Nous les avons passées dans un curieux mélange de douceur et de douleur. Les funérailles s'étaient déroulées à l'église. Le prêtre la connaissait peut-être mieux que quiconque. Elle s'était si souvent confiée à lui. Je dis rarement du bien de ces gens-là, de leurs rituels absurdes, de leurs superstitions puériles. Mais je dois bien avouer que tous les mots qui ont été prononcés ce jour-là étaient justes et délicats, délivrés du fatras liturgique attendu et de toutes ces conneries sur l'au-delà. Alex avait lu deux textes de Christian Bobin. Il avait choisi quelques pièces de Pergolèse, Bach et Purcell. Tout était baigné de tristesse et de lumière.

Après l'office, nous nous étions rendus au cimetière situé derrière l'école. Clément y reposait depuis déjà vingt-sept ans. Sa mère l'y rejoignait enfin. Ils se serreraient désormais l'un contre l'autre. Elle avait pris les dispositions afférentes dans les premiers mois de son cancer, alors que nous pensions encore qu'elle s'en sortirait.

Il y avait longtemps que je n'avais pas mis les pieds allée des Sycomores. La mère d'Alex venait parfois chez nous, il allait la chercher et la ramenait, mais elle se disait toujours trop fatiguée pour nous « recevoir ». Seul Alex y passait de temps en temps. Pour s'occuper d'elle ou pour peindre. Dans le lotissement lui-même, rien n'avait changé, à part l'identité de certains voisins. Les autres, ceux qui à l'instar de tes parents étaient là depuis de nombreuses années, avaient un peu vieilli. Beaucoup étaient à la retraite. Ils râlaient désormais contre les enfants qui envoyaient rouler leurs ballons dans leurs parterres de fleurs. Les accusaient d'avoir rayé leurs bagnoles. Se plaignaient du bruit même s'il y en avait peu. Rappelaient à qui voulait l'entendre que la rue n'était ni un terrain de foot ni un court de tennis. La plupart avaient sûrement voté Sarkozy aux dernières élections et devaient trouver François Hollande, qui avait finalement été élu, à la fois trop mou et trop de gauche – il leur en fallait peu.

Dans la maison non plus, rien n'avait vraiment bougé. Au rez-de-chaussée, seuls l'écran plat de la télévision, le modèle du four micro-ondes ou du lave-vaisselle témoignaient du passage des années et de la succession des époques. Aux murs du salon étaient néanmoins accrochées quelques toiles d'Alex parmi les plus récentes. Des étangs cernés d'arbres nus, d'une pâleur confinant à la transparence, comme sur le point de disparaître, ou noyés de brume. À l'étage, la chambre de Clément était restée figée dans le temps. Alex avait entrepris de lui consacrer une série de tableaux. Il avait commencé à y travailler quand il avait compris que sa mère allait mourir et qu'il lui faudrait un jour ou l'autre vider la maison et résilier le bail. Il voulait garder une trace de cette pièce. La graver à jamais. C'était la première fois qu'il consacrait si littéralement son travail à son frère.

La chambre d'Alex sentait la peinture et la térébenthine. La moquette était constellée de taches de couleur. Des toiles retournées s'entassaient contre les murs. Il y en avait d'autres au garage. À chaque pause, entre deux buffets vidés, deux tiroirs inventoriés, deux penderies dégagées, il te laissait fouiller. Rattraper le temps perdu. Toutes ces œuvres dont je t'avais envoyé les photos étaient devant toi maintenant. Elles prenaient vie. Et il y en avait tant d'autres. Certaines anciennes, que je n'avais jamais vues moi-même. D'autres plus récentes, qu'il ne m'avait pas encore montrées. Il ne le faisait jamais avant un mois ou deux de latence. Il laissait reposer, comme il disait. Puis, au bout de ce laps de temps, les regardait, les évaluait, et décidait si elles étaient dignes d'être sauvées ou s'il fallait les mettre au rebut. Régulièrement il refaisait un tri. Aucune grâce n'était jamais définitive. Il me demandait parfois mon avis. Mais n'en tenait pas toujours compte. De toute façon l'envie lui venait souvent de tout saccager.

— À quoi bon conserver toutes ces merdes. Ce que j'aime, c'est les peindre, ces toiles. Le reste, à quoi ça peut bien rimer ?

La maison s'est vidée peu à peu. À la demande d'Alex qui s'en est déclaré incapable, nous nous sommes tous deux chargés de la chambre de Clément, avons tout mis en carton. N'avons pu nous résoudre à jeter quoi que ce soit. J'ai appelé le père d'Alex pour savoir ce qu'il voulait qu'on fasse de tout ça, et il m'a répondu que nous pouvions agir comme bon nous semblait. Tout garder. Tout jeter. Ça ne changerait rien à ce qui s'était produit. Penser à tout ça était trop douloureux pour lui. En définitive, j'ai tout emporté chez nous. Les livres, certains jouets ont été rangés dans la chambre de Chloé. J'ai entreposé le reste dans des placards ou à la cave.

Nous avons tout nettoyé, récuré. Il arrivait que de potentiels futurs locataires viennent visiter la maison. Certains étaient pressés. S'est bientôt posée la question des tableaux. Nous avions peu de place chez nous. Et Alex ne voulait surtout pas en accrocher dans notre salon, nos couloirs, notre chambre. De toute façon il n'y aurait pas eu assez de murs.

— Moi j'ai de l'espace, as-tu proposé. Je peux toujours les stocker quelque part. En attendant. Mais ce serait peut-être le bon moment pour les montrer à quelqu'un, non ?

— Pourquoi faire ?

— Ben je sais pas. Pour avoir l'avis de gens du métier. Te trouver un galeriste. Exposer.

Alex a paru hésiter. J'ai eu peur qu'il ne se mette en colère. Mais il est resté très calme au contraire. Ça lui ressemblait si peu. Lui si éruptif, à cran, sur les nerfs. Il a haussé les épaules puis lâché qu'il n'y croyait pas une seule seconde, mais que si tu insistais, alors…

— Comme ça on en aura le cœur net une bonne fois pour toutes. Et tu arrêteras peut-être de m'emmerder avec tout ça. Je n'ai jamais peint que pour moi-même.

Je me souviens de ton sourire. Tu semblais fier de ton coup. Tu as contacté les galeristes que ta copine du Palais de Tokyo t'avait recommandés dès le lendemain. Leur a envoyé quelques photos des tableaux. L'un d'eux venait d'ouvrir un lieu dans le Marais et s'est déclaré intéressé. Mais il fallait d'abord qu'il voie tout ça en vrai et rencontre l'artiste.

— OK mais hors de question que je sois là, t'a averti Alex.

— Bon. Tu peux ne pas être là pendant qu'il regarde. Mais si ça lui plaît et qu'il demande à te rencontrer pour parler de la suite, comment on fait ?

— Ça n'arrivera pas. Déjà, ton type, je te parie qu'il ne viendra jamais ici. Aucune chance qu'il mette les pieds allée des Sycomores. Je les connais ces mecs-là. Ils ne passent jamais le périph.

— Il a grandi à Combs-la-Ville. Ses parents y sont toujours. Son père était cheminot. Faut que t'arrêtes avec ça, Alex. Tous les gens qui gravitent dans l'art ou la littérature ne sont pas nés dans le septième. C'était peut-être le cas il y a quelques années. Ça ne l'est plus autant aujourd'hui.

— OK. Cinq minutes alors. Et faudra pas compter sur moi pour lui raconter ma vie.

Dumont est venu deux jours plus tard. Tu t'étais occupé de tout. La maison de la mère d'Alex avait été transformée en espace d'exposition. La chambre de Clément, désormais vide, accueillait les tableaux qu'Alex lui avait consacrés, dans une sorte de mise en abyme qui me paraissait vertigineuse et me serrait la gorge. Le salon et la cuisine étaient dévolus aux plans d'eau, aux arbres nus, aux paysages pris dans les cendres. Dans la chambre de sa mère étaient exposés des portraits mêlant peinture et photographie qu'il avait faits d'elle au fil de sa maladie. Dans la sienne était disposée une série de petits formats consacrés à des paysages urbains typiques de la grande périphérie parisienne. Alex l'avait baptisée « Lieux communs ». Pour ma part j'y voyais une façon de dialoguer avec tes propres livres. Je m'en étais ouvert à lui en les découvrant et il m'avait répondu :

— Peut-être mais alors, c'est un dialogue de sourds. Une confrontation. Ou disons, pour ma part : une rectification. Ouais c'est ça. Je rectifie. Je corrige.

Tu es allé chercher le galeristc à la gare. Je vous ai accueillis. J'avais pris ma journée. Chloé était à la garderie. Gabriel passait la semaine chez Éric. Alex, lui, était parti se balader à vélo. Il avait emprunté celui de ton père. Je lui avais recommandé de ne pas trop s'éloigner quand même. Il m'avait montré son téléphone et m'avait dit, Appelle-moi si besoin, je serai là en dix minutes. Tout le temps de la visite, je me le suis imaginé en train de faire des tours dans le lotissement, puis dans les rues environnantes, comme quand nous avions dix ou onze ans. Peut-être même pousserait-il jusqu'au Clos Saint-Michel, à la grande pelouse, à l'île et à l'étang.

Il fallait s'y attendre. Quand le galeriste a demandé à lui parler, Alex n'est revenu qu'au bout d'une demi-heure. Et il a fait sa tête de con pendant le court entretien qu'il a consenti à lui accorder. Il a refusé de commenter ses toiles, joué au mec qui savait à peine ce qu'il faisait, peignait à l'instinct, n'avait rien à dire sur la peinture en général et encore moins sur la sienne. Il en a aussi rajouté sur son boulot de graphiste du dimanche pour journaux municipaux ou petits théâtres de banlieue, les cours qu'il donnait ici et là à des groupes de retraités désœuvrés et de gamins inscrits de force par leurs parents. Dumont le considérait d'un air amusé. Il en avait vu d'autres.

— J'ai cru comprendre que la maison allait être louée. Où comptez vous peindre désormais ? Vous avez un endroit pour installer votre atelier ?

— On verra bien, a répondu Alex. De toute façon je ne suis pas certain de continuer. Je me demande si je n'ai pas fait le tour de la question.

Parfois je repense à cette phrase et je me dis qu'elle était prémonitoire. Alex sentait déjà venir le moment où il aurait fait le tour d'un certain nombre de questions : la peinture. Moi. Sa fille. Notre foyer. La vie elle-même.

Parfois je me dis que ça n'était peut-être pas une bonne idée. Je ne t'accuse pas, ne te tiens responsable de rien. Mais tout a été si concomitant. La phase nouvelle dans laquelle il est entré. Notre séparation. Tout ça a eu lieu en même temps, deux ans plus tard. En 2015, juste après les attentats. Je sais : ça n'a rien à voir. Même si ça l'a meurtri, comme nous tous. Peut-être plus encore. Il lisait *Charlie* depuis ses quinze ans. Et comme beaucoup d'enfants de sa génération, c'est Cabu, chez Dorothée, qui lui avait appris à dessiner. Lui en avait transmis le goût. C'est comme ça, en suivant ses consignes, qu'il avait commencé.

Quoi qu'il en soit, ce jour-là tu as raccompagné le galeriste à la gare. Et une semaine plus tard la nouvelle est tombée. Dumont acceptait de représenter Alex. Promettait de placer quelques-uns de ses travaux dans diverses expositions collectives. Une première en solo en province, à Rennes ou Nantes, pourrait suivre. Et on verrait bien où tout ça mènerait. L'objectif étant, à moyen terme, de lui ouvrir les portes de sa propre galerie dans le Marais pendant trois ou quatre mois. Mais c'était le genre de choses qui se préparait. Étape par étape.

— Ah oui, j'allais oublier. Trois de mes artistes partagent un atelier à Pantin. Si ça vous intéresse, il y a une place pour vous. Et ne vous inquiétez pas. Chacun a son espace. Ils ne sont pas du genre bavard. Si vous n'avez pas envie de leur adresser la parole, pas de problème.

Alex a d'abord dit non à tout.

Tu as insisté.

Et il a fini par accepter.

2015-2017

Paul

Il y avait bientôt un an que Marion et moi étions séparés quand tout a explosé entre vous. Enfin, exploser n'est peut-être pas le bon mot. Comme pour mon propre couple, les choses se sont peu à peu lézardées, jusqu'à ce que soudain la faille apparaisse au grand jour. Quand Marion m'avait annoncé qu'elle voyait quelqu'un d'autre et qu'elle allait désormais vivre avec lui, je ne suis pas tout à fait tombé des nues. À part le nouveau prof d'histoire, je n'avais pourtant pas de soupçon particulier la concernant, aucun indice ne m'avait alerté. En tout cas rien qui aurait pu me laisser penser qu'elle entretenait une liaison et que ce put être sérieux au point qu'elle me quitte pour s'installer avec son amant. Mais il était clair depuis de nombreux mois que si nous restions ensemble elle et moi, c'était avant tout, comme on le dit souvent dans ce genre de situation, « pour les enfants ». Nous ne nous disputions pas si souvent. Ne nous déchirions que rarement. Simplement, et bien que vivant sans heurts sous un même toit, nous nous étions éloignés l'un de l'autre. Menions de plus en plus nos vies chacun de notre côté. Je passais beaucoup de temps dans mon bureau à écrire. Partais marcher seul sur les sentiers, ou pour de longues virées en kayak sous les falaises du cap quand la mer était calme. Nous n'allions plus si souvent tous ensemble à la plage. La plupart du temps, l'un de nous embarquait les enfants tandis que l'autre restait à la maison où il avait « des choses à faire ». Des copies à corriger ou un cours à préparer pour elle. Un chapitre à terminer pour moi. Chacun regardait ses propres séries dans son coin. Nous ne lisions plus les mêmes livres. Nous rendions au cinéma séparément. (Elle allait voir les derniers Almodóvar ou Desplechin pendant que j'étais en déplacement. Et je les rattrapais à mon retour lorsqu'elle était au lycée.) À cette époque aussi, je souffrais d'insomnies tenaces et il m'arrivait d'aller lire dans la chambre d'amis pour ne pas la déranger. Je finissais par m'y assoupir vers trois ou quatre heures du matin. Quand je me levais elle était déjà partie au travail, et les enfants à l'école. Ces derniers sentaient-ils quelque chose ? Il devait forcément régner dans notre maison une atmosphère moins gaie et insouciante qu'autrefois. Moins de rires, moins de paroles et de baisers échangés. Ou bien au contraire étaient-ils si concentrés sur leur propre vie, les cours et les copains, qu'ils n'ont rien vu venir ? Peut-être avaient-ils même oublié que quand ils étaient plus petits les choses avaient été différentes. Et puis il y avait toujours beaucoup de monde à la maison. Les amies et collègues de Marion. Des potes qui passaient le temps d'un week-end. Fabien, le libraire du coin, qui venait souvent boire un coup et restait à dîner. Arnaud, avec qui j'allais pêcher le bar ou le maquereau une fois par semaine et qu'on invitait à prendre l'apéro avec sa femme et ses deux gamines. Et puis Alex, Gabriel, Chloé et toi qui rappliquiez pour les vacances ou les ponts. Marion pestait parfois.

— Tu aurais pu me prévenir avant de leur dire qu'ils étaient les bienvenus.

— Ah bon ? Pourquoi ? Ils ne le sont pas ?

— Si, évidemment, mais… Je sais pas. On pourrait recevoir d'autres gens de temps en temps, non ? Ma sœur. Ma copine de Lyon. Mes parents.

Cette animation presque constante masquait sans doute un peu les choses. Mais avec le recul, c'est bien à cette période, alors que tout se délitait peu à peu, que la tristesse gagnait, qu'Emma, qui n'avait que onze ans, a commencé à souffrir de ses premières crises d'angoisse. Ça s'est accentué quand la séparation a été actée, et qu'il lui a fallu rejoindre la cohorte des enfants de parents divorcés et le monde enchanté de la garde partagée. Ça me déprimait tellement. J'avais l'impression de nager en plein cliché. Les affaires oubliées chez l'un ou chez l'autre. Les « mais chez maman on a le droit ». Les reproches de Marion sur la façon dont je « gérais » les enfants. Les devoirs, les médicaments, l'heure du coucher, les écrans. Ses soupçons quant à la manière dont je devais leur parler de leur « beau-père », avec qui ils entretenaient une relation étrangement distante – ce qui m'arrangeait bien, il faut l'avouer. Les engueulades concernant l'organisation. Les échanges de semaines que j'imposais parce que j'avais des obligations, des déplacements, des salons du livre, des rencontres en librairie, des interviews à la radio. Le ton montait parfois. Marion menaçait de prendre un avocat, de laisser la justice organiser et trancher les choses. Comment avons-nous pu en arriver là si vite ? C'était si commun, si tristement trivial qu'il n'y avait même pas de quoi en faire un livre. Tu en souriais parfois. Me disais que décidément, ma vie était si dénuée d'originalité qu'il ne me restait plus, une fois encore, qu'à aller piocher dans celles des autres. Ce que je faisais allègrement, et théorisais à l'envi quand je prétendais refuser le nombrilisme autobiographique et préférais, effectivement, m'intéresser, pour citer Emmanuel Carrère, à d'autres vies que la mienne.

— Comme si tu pouvais faire autrement, raillait parfois Alex. La fiction chez les écrivains, c'est ce à quoi ils se résignent quand ils n'ont pas une vie assez intéressante pour la raconter… Qu'est-ce que tu pourrais bien faire avec la tienne ? Un type qui écrit. Un couple heureux qui finit par s'user. Des enfants adorables. À part ça, quoi ? Tu lis, quand tu n'es pas scotché à ton bureau, tu vas au ciné, tu te balades sur les sentiers, tu te baignes, tu pagaies. Tu vas faire ton marché. Tu jardines. Exaltant, tout ça.

Je ne sais plus à quel moment exact j'ai perçu que tout se fendillait aussi de votre côté. J'avais sans doute trop la tête dans mon propre sac. Je n'ai pas vu les signes quand il l'aurait fallu. Ces fois où de nouveau tu venais à Pléneuf sans lui parce qu'il était « en pleine ébullition créative ». Ou qu'il était requis par une exposition où certains de ses tableaux étaient présentés – même s'il continuait à refuser les (rares) demandes d'entretien qui lui étaient adressées par les journalistes dépêchés par son galeriste, au motif que ses œuvres parlaient d'elles-mêmes, et qu'il ne souhaitait pas entrer dans ce putain de système généralisé qui voulait que dans tous les domaines de l'art, la personnalité de l'artiste, son discours, comptent autant que le fruit de son travail. Il passait de plus en plus de temps à Pantin. La date de son exposition solo dans le Marais avait enfin été arrêtée, après avoir été repoussée à plusieurs reprises. Il prévoyait d'y présenter le meilleur de ses anciennes séries et une douzaine de pièces issues de ses travaux en cours, dont nous ne savions rien. Tout était stocké à l'atelier et il prétendait préférer que tu les découvres dans l'écrin d'une galerie. Certaines toiles avaient beau être achevées, te les montrer en plein milieu du chaos dans lequel il travaillait serait revenu selon lui à te faire entrer « dans les cuisines ». Et à briser « la magie ».

Quelquefois, au détour d'une conversation, tu me confiais qu'il n'était plus beaucoup à la maison. Ce n'était pas dans ta voix une récrimination. Au contraire. Tu semblais te réjouir pour lui, même si ça te rendait la vie plus compliquée. Tu avais ton travail. Votre fille. Et Gabriel quand il était là. Ce dernier était entré de plain-pied dans l'adolescence, il y avait parfois des tensions, il t'accusait de t'occuper davantage des enfants des autres que des tiens, mais tu connaissais ça par cœur, tu l'avais anticipé, tous les gens qui bossaient à l'ASE essuyaient un jour ou l'autre ce reproche. Alex le recadrait de temps en temps. Il pouvait se le permettre. Gabriel l'avait toujours adoré. Alex était le parfait contraire de son père, que l'adolescent trouvait dorénavant chiant et conventionnel. Quant à sa belle-mère, il usait depuis peu du raccourci le plus direct : c'était une vraie facho, une pure réac.

— Elle a même défilé à la Manif pour tous. Elle est contre l'avortement sauf en cas de viol. Et elle ne dit pas « embryon » mais « bébé », cette conne…

Comment qualifier la trajectoire que prenait la carrière d'Alex en tant que peintre ? Il avait vendu quelques toiles à des prix qui lui semblaient indécents, mais qui ne témoignaient pourtant que d'une cote balbutiante. Pour la peine, il claquait tout en un clin d'œil, t'emmenait en week-end à Amsterdam, Édimbourg ou Copenhague tandis que ta mère s'occupait de Chloé. Les journaux spécialisés rendant compte des expositions où l'on pouvait admirer ses œuvres le citaient au détour de leurs articles, consacrés principalement aux autres exposants, plus repérés. On parlait de lui comme d'un « jeune espoir » et ça le faisait sourire.

— Il n'y a bien que dans l'art et la littérature qu'on peut être qualifié de « jeune » à quarante balais...

Dumont faisait un peu la moue. Selon lui son poulain ne jouait pas suffisamment le jeu pour que tout se passe comme il l'aurait souhaité. Alex le répétait à qui voulait l'entendre. Il en tirait une certaine fierté. Pourtant, il le jouait toujours plus qu'il ne le croyait. Ses toiles rejoignaient le plus souvent les entrepôts de collectionneurs conseillés par des spécialistes chargés de repérer pour eux de potentielles sources de revenus spéculatifs. Quand ce n'étaient pas les murs des sièges sociaux d'entreprises soucieuses de policer leur image tout en s'adonnant aux joies grisantes de la défiscalisation.

Vous vous êtes séparés quelques mois avant le vernissage de sa première exposition parisienne. Il venait de te confirmer qu'il voyait quelqu'un. Bien sûr tu avais des doutes. Des soupçons. Rien de très original. Un texto plus qu'ambigu qui s'était affiché sur son téléphone. Ses absences répétées. Les nuits qu'il passait de plus en plus souvent à l'atelier, où il prétendait dormir sur un vieux canapé pourri. L'odeur d'un parfum qui n'était ni le tien ni le sien sur ses vêtements. Quand il a tout avoué tu m'as demandé :

— Et toi, tu savais ?

Je t'ai répondu que non, et c'était la vérité. Pour tout dire, j'en étais presque aussi blessé que toi. Il avait été mon confident pendant toute la période qui avait précédé ma séparation avec Marion. Puis pendant celle qui avait suivi. Il me semblait que nous avions rattrapé le temps perdu et retrouvé le niveau d'intimité qui avait été le nôtre durant notre jeunesse. Mais non, il ne m'avait rien confié. Sans doute parce que nous demeurions toujours aussi proches, toi et moi. Il m'a tout raconté un peu plus tard, alors que déjà vous ne viviez plus ensemble. Il n'avait plus rien à cacher désormais. Et je crois même qu'en me livrant certaines choses, il espérait que je te les répète. Il encaissait mal que tu lui en veuilles autant. Ne comprenait pas que tu aies choisi de rompre. Que tu te sois sentie trahie.

— Tu crois que c'est parce que je l'ai trompée avec un mec ? Que si ça avait été une meuf elle aurait réagi pareil ?

— Arrête tes conneries, Alex. Tu connais parfaitement la réponse.

— Ouais, tu as sûrement raison. Mais le truc, c'est que moi je n'ai jamais voulu ça.

— Voulu quoi ?

— Qu'on se sépare. Qu'on se retrouve à se partager la garde de Chloé. Tout aurait très bien pu continuer comme avant.

Je ne sais si lui-même croyait à ce qu'il disait. Dans son esprit, les garçons, auxquels il n'avait jamais renoncé quoi qu'il ait pu nous dire tant d'années plus tôt, c'était surtout du sexe. Il n'avait jamais vraiment connu l'amour avec aucun. Il y avait parfois de la tendresse, de la complicité, mais en un sens ça restait toujours en surface, et surtout, ça finissait immanquablement par s'évanouir. Avec toi, c'était différent. Il t'aimait, disait-il. Il t'avait toujours aimée. Il t'aimerait toujours. Tu étais sa part manquante.

— Ça s'appelle l'amitié, Alex, lui disais-je alors, avec une certaine dose de mauvaise foi, je te l'accorde.

— Non je ne crois pas. Je voulais un enfant avec elle. Dormir avec elle. Partager ma vie avec elle. Et je le veux toujours. Je ne comprends pas pourquoi c'est impossible. Je veux dire : elle me connaît depuis si longtemps. Elle savait à quoi s'attendre quand nous nous sommes mis ensemble, quand nous avons décidé d'avoir Chloé. Elle savait à qui elle avait affaire. Elle savait que s'embarquer avec moi, ce n'était pas s'inscrire pour une croisière du troisième âge sur le Rhin. Elle savait qu'on n'aurait pas la vie de tout le monde, non ?

Parfois il pleurait. Il marmonnait que tu l'avais foutu dehors. Et qu'il voyait déjà venir le truc : avec Chloé tout serait compliqué, il n'était pas assez fiable, il le savait, pour revendiquer une garde partagée, ne la verrait qu'un week-end sur deux et la moitié des vacances, il y aurait des règles, un calendrier, ça fausserait tout.

— Pas forcément, tentais-je de le rassurer. Et puis Sarah et toi, vous ne vivez plus ensemble, mais vous restez amis, non ? Vous pouvez vous voir quand vous voulez, faire des trucs ensemble avec Chloé.

— Je ne sais pas. Je sens bien que ça ne va pas se passer comme pour toi. Et si elle se met avec quelqu'un ?

Je n'avais pas de réponse à cette question. Ou bien elle était impossible à formuler. À cette époque, nous étions redevenus célibataires toi et moi, et je ne pouvais m'empêcher de penser que ça allait être à notre tour d'être ensemble tous les deux. Parce que tu sais bien ce qu'il en était en fait. Moi aussi je t'avais toujours aimée. Moi aussi je t'aimais. Moi aussi je t'aimerais toujours. Même si à l'évidence, j'avais aussi aimé Marion. Oui, je l'avais aimée profondément. D'une façon différente peut-être. Mais je l'avais aimée elle aussi. Il n'y avait rien de contradictoire dans tout cela. C'était juste la vie comme elle allait.

Dans toutes les conversations que nous avons eues Alex et moi sur ces sujets, il demeurait un angle mort. La question des garçons. Du bout des lèvres il m'avait avoué qu'il n'avait jamais cessé d'en voir. Mais il ne nous l'avait jamais dit. À aucune des périodes de nos vies. Pourquoi ? Au fond il t'avait prise en traître. C'est ce que je lui disais parfois.

— Peut-être que si tu avais joué franc jeu, tout aurait été différent. Les choses auraient été claires dès le départ. Je crois que Sarah s'est sentie trahie que tu aies pu lui cacher ça pendant tant d'années, et plus encore quand vous avez commencé à vivre ensemble, c'est ça qui ne passe pas.

Il refusait de s'expliquer là-dessus. Et aujourd'hui encore, je me demande à quoi ça tenait. En un sens, rien n'avait changé depuis cette journée où nous étions allés voir *Les Nuits fauves.* Déjà adolescent il avait préféré ne rien nous dire à ce sujet. Certes, il s'agissait d'une autre époque, d'un autre contexte. C'était sans doute plus difficile que maintenant et que dans les milieux où nous évoluions désormais. Mais que craignait-il vraiment ? Que nous ne le comprenions pas ? Que cela change quoi que ce soit au regard que nous portions sur lui ? À la nature de notre relation ? Pour qui nous prenait-il au juste ?

— C'est même vexant, mec, lui ai-je lancé un soir.

— Parce que toi tu nous dis tout peut-être ? Sarah, tu lui as dit un jour, les yeux dans les yeux, ce que tu éprouvais pour elle ? Et même à moi, tu l'as dit un jour ? Est-ce qu'un seul jour tu as assumé le fait que tu crevais de jalousie, que tu m'as maudit quand je me suis mis avec elle, que j'ai eu un enfant avec elle ? Et ces sermons à la con que tu me fais, ce n'est pas plutôt parce que tu penses que j'ai usurpé ta place, que je t'ai volé Sarah ?

C'est ainsi qu'il s'en sortait. Tout comme il minorait la relation suivie qu'il entretenait depuis déjà deux ans avec ce peintre lituanien dont il partageait l'atelier à Pantin. Voilà aussi ce qui t'avait foutue en rogne. Ce que tu n'avais pas encaissé. Ce que tu avais considéré comme une odieuse trahison. Ces mensonges mesquins quand il restait dormir là-bas. Ou qu'il ne t'accompagnait pas à Pléneuf parce qu'il était soi-disant en pleine « ébullition créative ».

Quand il préférait « aller seul » au vernissage des expositions auxquelles il participait. Bien sûr qu'à toutes ces occasions il était avec lui.

Alors oui, ainsi qu'il l'avait craint, à partir de ce moment votre relation s'était abîmée. Parce que de ton point de vue il t'avait prise pour une conne. Parce qu'il avait sacrifié votre foyer, la vie que vous meniez tous les trois, celle de Chloé, qui n'avait que cinq ans et que votre séparation avait forcément affectée, celle de Gabriel même, qui avait ressenti tout ça comme un abandon, pour se livrer à un pathétique adultère bourgeois qu'il maquillait en aventures sexuelles, et peu t'importait que ce soit avec des femmes ou des garçons – qu'il s'agisse d'une relation suivie, ça, par contre, tu ne l'encaissais pas. Parce que selon lui tu l'avais mis à la porte sans raison valable, sans chercher à l'écouter et à le comprendre, te conformant à une version très conventionnelle des relations de couple, de l'amour et du sexe. Parce que l'amitié que vous avez d'abord tenté de sauvegarder n'a pas tenu face aux assauts du quotidien, du concret, à la pension qu'il réglait en retard ou oubliait de payer, à la façon qu'il avait de vouloir la négocier à la baisse en minorant les revenus qu'il tirait de son activité de peintre et qu'il refusait, étant donné leur inconstance, de faire figurer dans le calcul de ses revenus annuels (qui sans ça demeuraient modestes), aux tours de garde qu'il faisait sauter, ou voulait réorganiser à sa seule convenance.

De nouveau, nous avons cessé de nous voir tous les trois ensemble. Notre trio s'est encore une fois désenlacé. Ta relation avec Alex était devenue celle d'une femme trompée avec l'ex qui se trouvait aussi être le père d'un de ses enfants. Je te croisais lors de mes passages en région parisienne et tu continuais à venir à Pléneuf avec Chloé et Gabriel quand c'était ta semaine ou ta partie de vacances.

Ces séjours prenaient néanmoins une teinte inédite. Tout du moins en ce qui me concernait. Les enfants faisaient écran, mais il me paraissait de plus en plus inévitable que quelque chose d'autre se noue enfin entre nous.

Quant à Alex et moi, nous nous sommes de nouveau éloignés. De manière irréversible cette fois. D'abord parce qu'il ne m'a jamais pardonné de me ranger systématiquement de ton côté dans l'inévitable échange de récriminations que vous vous adressiez désormais, qu'ils soient relatifs au passé ou à Chloé. Puis parce qu'il a décidé qu'il en serait ainsi. D'une des façons les plus radicales qu'on puisse imaginer.

Sarah

Je crois que c'est le jour où nous nous sommes rendus ensemble dans le Marais pour voir l'exposition solo d'Alex que l'évidence s'est imposée : j'avais besoin d'air. De sortir de tout ça. Il y avait trop longtemps que nous tournions en boucle. Y avais-je pensé moi aussi ? Avais-je sérieusement songé à nous deux ? Sans doute pas aussi nettement que toi. Tout me semblait si compliqué. Tu vivais en Bretagne et n'envisageais pas de bouger parce qu'il y avait les enfants et qu'ils vivaient une semaine sur deux chez leur mère. De mon côté je ne voulais pas non plus soustraire tout à fait Chloé à son père. Et puis il y avait Gabriel, qui commençait à prendre ses distances mais avait plus que jamais besoin de moi. Tout était si lourd. Inextricable.

Il pleuvait ce jour-là. Nous nous étions donné rendez-vous dans un café. Tu étais à Paris pour assurer le service de presse de ton prochain livre. Je t'ai vu entrer trempé, tentant de protéger les quelques exemplaires que tu avais emportés à l'issue de la séance. Deux pour ton propre usage, un pour tes parents, à qui tu avais prévu de rendre visite le lendemain (ils avaient pourtant décrété ne plus vouloir lire aucun de tes romans, ça leur était « trop douloureux », il leur était trop difficile de « faire la part des choses », même s'ils les alignaient consciencieusement dans les rayons de leur bibliothèque). Et un pour moi. Nous nous sommes embrassés. Donné quelques nouvelles de nos enfants, de mon travail, du temps qu'il faisait à Pléneuf. C'était aussi la première fois que tu remettais les pieds dans la capitale depuis les attentats de novembre. La ville te paraissait ankylosée, lestée de tristesse, douloureuse. Il te semblait qu'en terrasse, dans les cafés, les restos, on mimait la joie, la résilience. Mais existait-il d'autres manières de guérir ? Ne faisions-nous pas toujours semblant de nous remettre du pire en espérant que ça devienne vrai un jour ? Que ça accélère le processus. Il en allait de même avec la mort de nos proches, non ?

Tu m'as tendu ton roman. À ton air un peu coupable, j'ai compris que je devais une fois encore y figurer d'une façon ou d'une autre. Et Alex aussi sans doute. J'ai lu le résumé, feuilleté quelques pages. J'ai aussitôt senti les larmes monter. Ma gorge se serrer. J'étouffais. Nous avions eu quarante ans et tu avais entrepris de dresser une sorte de bilan provisoire, sous couvert de fiction, mais qui serait vraiment dupe ? Sûrement pas moi. Il m'avait suffi de quelques lignes pour m'y reconnaître. Et t'entrevoir en éternel amoureux transi. Dans tant de tes livres, à travers tant d'avatars, tu suggérais que nous passions notre vie à nous manquer de peu. Que tu remettes le couvert alors que nous étions tous deux célibataires te ressemblait tellement. Tu avais si peu changé depuis cet âge où tu composais mon numéro de téléphone, attendais que je décroche, ne prononçais pas le moindre mot quand ça arrivait et lançais une vieille chanson de Francis Cabrel. Et puis cette manière de toujours revenir en arrière, de tourner en rond, d'errer sans fin dans le labyrinthe de notre enfance, de notre adolescence, de notre jeunesse. Parfois je me demandais si ce socle commun n'était pas tout ce qui nous restait. Je voyais poindre le moment où le plus gros de ce que nous aurions à vivre ensemble consisterait à nous remémorer et à commenter le passé qui nous liait. Je t'ai remercié et j'ai rangé le livre dans mon sac. Tu as dû croire déceler dans mes yeux humides l'émotion qui m'étreignait à l'idée de m'y reconnaître, de nous y recroiser. À quoi s'ajoutait sans doute l'appréhension que je devais ressentir à la perspective de pénétrer dans cette galerie, alors que je ne cessais de me battre contre Alex tout en m'efforçant de ne pas le détester. Quelques semaines plus tôt encore, il m'avait poussée à bout. Je lui avais laissé Chloé pour les vacances comme prévu, et quand je l'avais récupérée elle m'avait semblé morose. Je l'avais interrogée sur ce qu'ils avaient fait et elle avait fini par m'avouer qu'elle avait peu vu son père. Qu'il l'avait laissée la majorité du temps chez son propre père et sa belle-mère. Qu'avait-il bien pu avoir de si urgent à faire, qui justifie qu'il accorde si peu de temps à sa fille de sept ans ? Chloé n'avait pas su me répondre. Ou bien elle n'avait pas voulu, se doutant que la vérité risquait de me déplaire. Qu'il s'agisse d'obligations « professionnelles », de la fameuse « ébullition créative » qui le prenait toujours par surprise, au moment où il s'y attendait le moins, par « inadvertance » comme il aimait à le dire, d'une histoire de cul avec un mec croisé dans un bar, une soirée, une exposition, peu importe, ou du énième rebondissement du feuilleton qu'égrenait sa relation impossible avec le fameux peintre lituanien dont il avait un temps partagé l'atelier à Pantin (celui-ci avait depuis changé de galeriste et de lieu de travail, aux dernières nouvelles il sévissait à Berlin), elle avait raison, ce que je réussirais à déduire de ses mots d'enfant ne me plairait pas. Quand j'avais interpellé Alex sur le sujet il m'avait répondu qu'il trouvait important que Chloé noue quelque chose de fort avec son grand-père. Qu'il s'agissait là d'une double correction du passé. D'une réconciliation par procuration. Son père l'avait négligé, presque oublié, et en ce sens avait foiré son expérience paternelle : une nouvelle chance lui était donnée à travers sa petite-fille. Et qu'il se soucie de Chloé signifiait qu'il en avait tout de même quelque chose à foutre de lui. Tout ce charabia m'avait mise hors de moi. Tout ce que je voyais, c'est que Chloé l'encombrait et qu'il avait trouvé un moyen de s'en débarrasser. J'aurais pu l'étrangler.

Oui, c'est à tout cela que tu as dû penser en notant que j'étais sur le point de pleurer, là dans ce café. À tout cela mais d'abord à toi, et à ton livre. Comme toujours. Alors que la vérité était ailleurs. Beaucoup plus profonde et matérielle à la fois. J'étais si fatiguée. Tant de choses me pesaient. La vie dans toute sa lourdeur parfois. J'étais une mère célibataire avec deux enfants de deux pères différents, ensevelie sous des tonnes de contraintes et d'obligations. Mon boulot me passionnait mais j'avais en permanence la sensation de ne pas en faire assez, de ne pas être à la hauteur de l'attention que demandaient tous ces enfants qu'on baladait de foyer en famille d'accueil, qu'on lâchait dans la nature à dix-huit ans en sachant pertinemment qu'une bonne partie d'entre eux finiraient à la rue, ou ne se remettraient jamais de leur enfance brisée, et tout ça pour être payée des clopinettes.

Mais toi, comme toujours, tu devais uniquement penser à ton foutu bouquin, à l'amour que tu me portais « en secret », ou que tu fantasmais parce que c'était si foutument romanesque. J'ai terminé mon verre et t'ai dit qu'il était temps d'y aller.

Nous avons traversé la rue sous le même parapluie. La galerie était presque déserte. L'exposition avait ouvert six jours plus tôt, tu n'avais pas pu te rendre au vernissage parce qu'il tombait le même soir qu'une présentation de ton dernier roman aux libraires franciliens à La Bellevilloise, et moi je n'en avais tout simplement pas eu la force. De quelque manière que je l'envisage, participer à ce pince-fesses me semblait insurmontable. Que ce soit un triomphe ou un échec, ou ni l'un ni l'autre, je n'avais plus l'énergie ni l'envie de rassurer Alex, de modérer sa parano ou de lui lustrer l'ego. Je sais que ça peut paraître vache. Mais il faut que tu comprennes : à ce moment-là de nos vies, je lui en voulais tellement. Je ne pouvais pas savoir que je lui en voudrais bien plus encore quelques années plus tard. J'ai prétexté qu'une bronchite me clouait au lit. Et le tour a été joué. D'ailleurs je ne crois pas qu'il m'en ait tenu rigueur. À toi, par contre, il en a voulu. Il me l'a dit. Après tout, des bouquins, tu en sortais tous les deux ans en moyenne. Et il savait comment ça se passait : ton éditeur aurait très bien pu présenter le nouveau sans toi. Alors que lui, à quarante ans, il vivait son premier grand moment et n'en connaîtrait peut-être pas d'autre. Certes, il oubliait que sans toi rien de tout ça ne serait arrivé, que c'est toi qui avais tant tenu à montrer son travail à des professionnels, toi qui avais fait en sorte que son futur galeriste vienne voir ses toiles allée des Sycomores. Mais tout ça n'entrait plus depuis longtemps dans le récit de sa propre trajectoire. Il l'écrivait autrement. Cette exposition était une revanche, un pied de nez à l'adversité. Il s'était battu contre vents et marées et avait fini par entrer par effraction dans un monde qui ne voulait pas de lui parce qu'il n'y était pas destiné. Et il ne le devait qu'à lui-même et à son talent. Je détestais quand il partait là-dedans. En général c'était au téléphone et il avait trop bu, peut-être fumé ou pris de la coke, des pilules, il devenait exalté, s'enivrait de sa propre personne, et tout serait suivi quelques jours ou semaines plus tard d'une descente brutale qui le laisserait exsangue. Il avait toujours été comme ça et l'était plus que jamais depuis notre séparation. Je sais ce que tu vas me dire : qu'il existe un mot pour ça. Un diagnostic. Maniaco-dépression. Bipolarité. Peu importe. Je sais ce que tu penses : qu'il aurait dû être suivi. Accompagné. Soigné. Et ce dès son enfance. Vu d'aujourd'hui, ça paraît évident. Il avait perdu son petit frère. Personne ne le savait à part nous mais une culpabilité à double fond le rongeait : celle de s'en sentir responsable et d'avoir caché certains faits à ses parents, et plus particulièrement à sa mère, qu'il avait vue perdre pied sans rien pouvoir y faire. Et moi aussi, j'aurais tant eu besoin de soins, d'écoute, je m'en rends compte à présent. Pendant plus de vingt ans j'avais tout minoré, tout enfoui. Mes parents, leurs engueulades, leurs prises à témoin et leurs confidences inappropriées. Leur façon de s'arracher ma loyauté. Et puis Chatel, bien sûr. Même si j'avais longtemps tenté de me le cacher. Même si j'avais passé tant de temps à relativiser. M'étais acharnée à considérer cet épisode comme ma première grande histoire d'amour. Même si je n'arrivais pas à l'époque à mettre des mots sur ce qu'il m'avait fait, alors qu'il était un adulte et que je n'étais qu'une enfant. Sur ce qu'*on* l'avait laissé me faire, me disais-je parfois, et tant pis si je ne savais pas qui ce *on* recouvrait.

Nous avons fait le tour des salles. Nous connaissions déjà une grande partie des œuvres exposées. Alex avait tenu à présenter des toiles tirées de la série qu'il avait consacrée à la chambre de son frère. Le catalogue précisait cependant qu'elles n'étaient pas à vendre, ce qui avait fait l'objet d'âpres discussions avec le galeriste.

— Une galerie n'est pas qu'un lieu d'exposition, Alex, lui avait lancé Dumont. Ni une salle de musée. C'est avant tout un espace de vente…

Mais Alex était resté campé sur ses positions.

C'est dans la dernière salle que figuraient les deux séries sur lesquelles il avait travaillé récemment. La première était dédiée à sa mère. Et je dois dire que ces tableaux étaient magnifiques. Ils empruntaient autant à Munch qu'à Bacon, mais on y retrouvait ce goût pour la transparence, l'évanescence, les voiles, la brume, qui était sa marque. Sa mère y apparaissait autant qu'elle y disparaissait. Par contraste, la deuxième série vibrait de vie, de présence. Il s'en dégageait quelque chose de cru, de frontal. Et c'est à moi qu'elle était consacrée. À moi, et pour deux des toiles, à Chloé. Nous nous sommes regardés et j'ai lu dans ton regard de la stupeur. Tes mâchoires se sont crispées. Tu as posé ta main sur mon épaule. Comme si tu avais deviné. Senti à quel point découvrir ces tableaux m'était insupportable. J'ai eu du mal à respirer soudain. Il fallait que je sorte. Nous avons quitté la galerie et nous sommes précipités dans la rue sans parapluie – j'avais oublié de le récupérer et ne m'en suis rendu compte que beaucoup plus tard, trempée de la tête aux pieds, quand, au terme d'un trajet dont je ne me souviens pas, nous nous sommes retrouvés sur les quais de la Seine. Les battements de mon cœur pulsaient dans mes tempes. J'avais mal au crâne et voyais trouble. Encore aujourd'hui je ne sais pas mettre de mots sur ce que j'éprouvais alors. Sur ce qui m'avait littéralement mise hors de moi. Je sais juste que je suffoquais. Et que je me sentais vidée de ma propre substance. Comme si quelqu'un l'avait aspirée. Et ce quelqu'un c'était lui. Et c'était toi. Oui, c'est comme ça que ça m'est apparu soudain, là, sur ce quai de Seine sous la pluie. D'un seul coup je vous ai vus tous les deux comme des vampires. Et j'ai compris que je n'en pouvais plus. Tu avais l'air en colère contre Alex toi aussi, mais je ne comprenais pas pourquoi. Après tout, m'exposer dans cette galerie et me vendre, car c'est ainsi que je ressentais les choses, n'était pas très différent de ce que tu faisais avec tes livres, et depuis tant d'années, même si je n'y avais jamais été directement reconnaissable. De quel droit faisiez-vous ça ? Quand alliez-vous me lâcher, me laisser vivre et respirer ? Je n'en pouvais plus d'être l'infirmière de l'un et le fantasme de l'autre. Je n'en pouvais plus du regard que vous posiez sur moi, du personnage dans lequel vous m'enfermiez l'un comme l'autre, je n'en pouvais plus d'être ballottée entre vous deux. Où étais-je, moi, là-dedans ? Et est-ce que vous en aviez seulement quoi que ce soit à foutre ?

Je t'ai demandé de t'en aller. Tu as refusé.

— Tu n'es pas bien, là. Je ne vais pas t'abandonner comme ça.

— Barre-toi, j'ai hurlé. Barre-toi.

J'ai fouillé dans mon sac et t'ai lancé ton livre à la figure.

Tu l'as esquivé et il a atterri dans l'eau grise et épaisse. Tu m'as regardée, effaré. Et puis tu es parti.

J'ai mis du temps à reprendre mon souffle. À retrouver mon calme. J'ai remonté les escaliers. Un type était en train de pisser, la queue à l'air. Je suis passée tout de même, j'ai regagné la rue. Il faisait nuit et les voitures filaient phares allumés, essuie-glaces allant et venant sur le pare-brise. Je me suis engouffrée dans la bouche de métro la plus proche. J'avais hâte de rentrer chez moi, d'être avec Chloé. Hâte de retourner au boulot le lendemain. Hâte de reprendre le cours de ma vie. Une vie que je vivrais pour moi-même, enfin. Une phrase tournait en boucle dans ma tête. Il fallait que je me délivre. De vous. De l'enfance. De l'adolescence. Elles avaient la peau si dure. Nous n'en sortions pas. Toi aussi tu tournais sans fin dans notre cage. Tu restais scotché au passé. Rivé à l'allée des Sycomores. Nous devions passer à autre chose, tu comprends ? Arrêter de ruminer. Il était grand temps, tu ne crois pas ? Pour moi en tout cas ça l'était. Je n'avais que trop tardé. Il fallait que je me libère. Que je règle mes comptes et passe à autre chose.

Pendant l'année qui a suivi, nous ne nous sommes croisés que de loin en loin. Je ne suis pas allée à Pléneuf. Ton livre a connu un certain succès et tu avais peu de temps pour me voir quand tu venais à Paris. À peine celui de prendre un verre. Quelque chose semblait cassé entre nous. Même l'un en face de l'autre nous demeurions à distance. Nous nous parlions surtout de nos enfants. Gabriel était de plus en plus dur avec moi, comme s'il me reprochait d'avoir quitté Alex, qui ne lui donnait plus de nouvelles depuis. Chloé souffrait d'être délaissée par son père, qui se soustrayait de plus en plus régulièrement à ses tours de garde, multipliait les relations qui tournaient court et ruminait sans fin ce qu'il considérait comme l'échec de son exposition. Il avait certes vendu quelques toiles, mais son travail avait suscité peu d'échos dans la presse et son nom ne circulait pas autant qu'il l'avait rêvé dans les cercles spécialisés. Du reste, Dumont aussi paraissait déçu et ne cessait de lui reprocher ses « postures ». Les rares interviews qu'Alex avait finalement consenti à donner s'étaient mal passées.

— Pour qui se prend-il ? s'étaient plaints ses interlocuteurs.

La maigre réputation qu'il traînait désormais était celle d'un type difficile, aigri, coupant. Prétentieux même. Ce qui ne manquait pas de sel quand on le connaissait. Quand on savait combien la haine de soi le rongeait.

De ton côté, tes enfants t'inquiétaient. Tu avais l'impression qu'ils n'en finissaient pas de ne pas se remettre de votre séparation. Emma voyait un thérapeute. Elle multipliait les crises, se foutait des baffes en cachette, souffrait parfois de phases de déréalisation, était obsédée par la mort, la sienne et celle de ses proches. Comme ceux de son frère, ses résultats scolaires étaient stratosphériques, ses capacités intellectuelles stupéfiantes, mais en décalage complet avec sa maturité émotionnelle. Quant à Nino, depuis son entrée au collège il était devenu si taciturne et secret. Si émotif et si peu sûr de lui. Comment était-ce possible ? Ils avaient été tous deux si solaires, vibrants d'énergie, de joie, de gaieté. Comment les choses avaient-elles pu changer si vite ? Et quelle était ta responsabilité dans tout cela ? Quels gènes défectueux leur avais-tu légués ? Quelles névroses, quelle mélancolie ? À quel moment n'avais-tu pas assez veillé sur eux, comment avais-tu pu être à ce point incapable de les protéger, de leur fournir la carapace, les armes nécessaires pour se défendre et avancer ? Je te raillais.

— Pourquoi voudrais-tu que tes enfants soient solides, toi qui l'es si peu ? Et depuis quand tu t'inquiètes de la fragilité, de l'hypersensibilité des uns et des autres, alors que tu les as si souvent glorifiées ?

Tu haussais les épaules. Tout cela te laissait tellement désemparé. Que tes enfants puissent souffrir, ou tout simplement avoir des hauts et des bas, semblait t'arracher le cœur.

Nous nous en tenions là, dorénavant. Nous restions en surface. Et chacun repartait vivre sa vie. Tu t'étais alors engagé dans une relation compliquée avec une écrivaine. Ça n'a pas duré très longtemps. Juste assez pour que deux ans plus tard paraisse un livre à peine codé où elle racontait votre histoire sans rien en omettre et te clouait au pilori. Heureusement pour toi, tu n'étais pas assez connu pour que ça puisse intéresser quiconque. Ce qui ne l'avait pas empêchée de crier haut et fort dans les quelques interviews qu'elle avait données, principalement sur des blogs obscurs, que tu avais tout fait pour lui nuire et empêcher que son roman connaisse le succès qui lui était promis. Ah. Tu en souris aujourd'hui. Mais je me souviens qu'à l'époque toute cette histoire t'avait anéanti. Alex, lui, m'avait dit en avoir beaucoup ri. Nos relations se résumaient alors au strict minimum, les vôtres étaient plus morcelées encore, mais il avait quand même trouvé important de me le faire savoir.

En ce qui me concerne, sentimentalement, c'était le calme plat. Il m'arrivait de me demander si c'était définitif. Si j'avais même connu quoi que ce soit qui puisse ressembler à de l'amour depuis Chatel. Je m'étais laissé aimer par Éric sans avoir jamais été véritablement amoureuse de lui. Et j'avais fini par haïr ce pour quoi je l'avais laissé me choisir. Son côté posé, fiable, sérieux. Sa stabilité émotionnelle. Son goût modéré pour les complications. Son faible appétit pour l'introspection. Au fond il était votre exact opposé. Déjà, à travers lui, je tentais de me délivrer de vous. Puis il y avait eu Alex, et comment lui en vouloir quand il disait qu'il m'avait sincèrement aimée. Moi aussi je l'avais aimé. Je l'aimais depuis toujours. Mais sans doute pas de la manière dont on l'entend s'agissant d'un couple, je devais bien l'admettre. Et puis il y avait toi. Qu'est-ce que ça pouvait bien dire de moi ? Me choisir un mari qui ne vous ressemblait en rien. Osciller entre vous deux qui étiez mes amis d'enfance, mes frères, presque. Avais-je été un jour vraiment amoureuse de qui que ce soit ? Avais-je déjà été consumée par le désir ? Tout cela existait-il seulement ? Ou n'étaient-ce que des fables pour enfants crédules. Certains le soutenaient. Résumaient tout à des histoires d'atomes et de besoins physiologiques, prétendaient que l'amour était une imposture, une construction, une religion aussi fabriquée que les autres. C'est à cette époque que j'ai commencé à voir un psy. Et que pour la première fois de ma vie, j'ai parlé de tout ce que j'avais traversé. De ce qui m'avait fondée. De Clément. De vous. De mes parents. D'Éric. De Chatel. Dans l'ordre. J'ai repoussé le plus possible le moment d'évoquer le cours de théâtre. La thérapeute ne cessait de me pousser à creuser. Et moi de tourner autour. Et puis j'ai fini par me jeter à l'eau. Ce que j'ignorais alors, c'est que je n'étais qu'au début d'un long chemin. Celui qu'il me fallait emprunter pour enfin prendre la mesure de ce que ce type avait abîmé en moi. Envisager d'en guérir un jour. Et me pardonner une faute que je n'avais pourtant pas commise.

2018-2020

Sarah

On a beau le savoir, on a beau être prévenu, la vie nous prend toujours par surprise, avec sa manière de procéder par accélérations subites, accumulation soudaine, entre deux périodes si étales que les jours finissent par se confondre. Pendant les trois années qui avaient précédé, j'avais mené tant bien que mal ma vie de mère célibataire, avec deux enfants issus de deux unions. Mon travail à l'ASE, l'aîné qui vivait chez moi une semaine sur deux et se montrait de plus en plus agressif, me reprochait tout et n'importe quoi, d'avoir divorcé de son père, de l'avoir éloigné d'Alex en me séparant de lui, tout ça pour une simple coucherie sans importance, de l'avoir éduqué dans un bordel ambiant permanent, une instabilité chronique, de m'être toujours plus inquiétée pour les gamins que je suivais que pour mes propres enfants, ma fille qui rechignait désormais à passer des week-ends ou des vacances avec son père, qui de toute façon se défaussait de plus en plus souvent, et avec qui j'étais fatiguée de me battre, mes séances chez le psy, et le temps que je passais avec toi quand tu venais à Paris ou que je te rejoignais de nouveau en Bretagne, voilà de quoi était constitué le gros de ma vie. Tu en faisais toujours partie malgré la scène qui s'était jouée entre nous, le jour où nous étions allés voir l'exposition d'Alex. J'imagine qu'elle nous avait tenu lieu de mise au point. Nous étions tous deux célibataires mais nous ne nous mettrions pas ensemble pour autant. Sans doute était-ce là une décision unilatérale, que je n'avais même pas pris la peine de formuler, mais tu avais bien reçu le message, je crois. Depuis le temps, depuis tant d'années, tu avais l'habitude. Et aussi celle de ne jamais tenter le moindre geste en dehors des signes que tu m'adressais à travers tes livres.

Nous n'étions pas en couple, mais paraissions les seuls à le savoir. Tous ceux qui nous croisaient à l'époque étaient persuadés du contraire et s'amusaient de ce pseudo-secret que d'après eux nous nous échinions à sauvegarder. Ma mère, ton éditrice, tes voisins à Pléneuf, mes copines et collègues de travail, Gabriel, Emma, Alex, Éric, Marion… Il nous arrivait de nous en amuser, de les mener un peu en bateau. Et j'aimais la complicité tendre qui circulait alors entre nous.

Alex, de son côté, ne te donnait plus signe de vie que de loin en loin. Il était de toute façon, même pour moi, devenu insaisissable. Il vivait désormais à Saint-Ouen, où il avait dans un premier temps partagé un atelier avec deux autres artistes et donné des cours de dessin dans un centre culturel. Dumont avait fini par le lâcher.

— Ça ne prend pas, lui avait-il lancé en guise d'explication.

Et les nouvelles séries sur lesquelles il planchait ne parvenaient pas à le convaincre. Alex avait trouvé refuge chez un concurrent beaucoup moins installé. Avec ce dernier non plus les choses ne marchaient pas très fort, mais le type en question n'avait pas d'attentes particulières. Ou disons qu'il visait beaucoup moins haut. C'était un jeune homme à particule qui n'avait jamais eu ni n'aurait jamais besoin d'argent. Il faisait ça pour son seul plaisir, sans véritables connexions, ni position sur le marché. Tout ça laissait Alex amer. Et il te le reprochait parfois. De son point de vue, tout était de ta faute maintenant. Lui n'avait jamais rien demandé. Et avec tes contacts, la pression que tu avais exercée pour qu'il accepte enfin de montrer son travail à des professionnels, tu lui avais fait entrevoir des choses qui lui resteraient à jamais inaccessibles. En 2018, il m'a annoncé que c'était fini. Qu'il arrêtait. De montrer son travail. D'exposer. De tenter de vendre. Et de peindre tout court. Il cessait aussi d'enseigner. Avait trouvé un job dans une boîte de graphisme spécialisée dans la signalétique. Et, d'un point de vue sentimental, se cantonnait à de brèves liaisons avec des garçons qu'il rencontrait via des applis de rencontre. Les femmes, il n'en était plus question. J'étais celle de sa vie, nous n'étions plus ensemble, il avait fait une croix sur l'amour et ne se vouait plus qu'au sexe, au plaisir charnel – et de ce côté c'était quand même avec les mecs que ça se passait pour lui, il fallait bien qu'il arrête de se mentir, pendant tant d'années il s'était joué la comédie de la bisexualité, mais la vérité c'est qu'il y avait moi et l'amour d'une part, et le sexe et les hommes de l'autre, point barre. Je le laissais dire. Tout ça ne me regardait plus. Je voulais juste qu'il vive comme bon lui semblait, qu'il soit le plus heureux possible, si tant est qu'il puisse l'être. J'essayais de mettre de côté mes griefs quant à l'éducation de Chloé et de sauver ce qui pouvait encore l'être entre nous. J'essayais d'être pour lui une amie. Comme je l'avais toujours été.

Il n'a pas tenu très longtemps dans sa boîte de graphisme. Difficile, une fois encore, de dire de quoi il vivait exactement. Il touchait le chômage. Sans doute lui restait-il un peu d'argent des quelques toiles qu'il avait vendues. Je ne souhaitais pas trop en savoir sur le sujet, d'autant moins qu'il ne payait plus la pension sur laquelle nous nous étions entendus concernant Chloé. Tout ce que je voyais, c'est qu'il avait recommencé à disparaître de plus en plus souvent. Et ce n'était que plusieurs jours après son retour que j'apprenais qu'il était allé aux Pays-Bas ou au Danemark, en Slovénie, en Lettonie, en Slovaquie, en Albanie. Il lui arrivait de débarquer chez moi sans prévenir, sortant tout droit de l'aéroport ou de la gare, au prétexte qu'il voulait embrasser sa fille et lui offrir le cadeau qu'il lui avait rapporté de là-bas. Il restait parfois deux ou trois jours, dormait sur le canapé comme si nous n'avions jamais partagé le même lit. Chloé avait toujours l'air surprise qu'il finisse par repartir. Comme si elle espérait secrètement que nous nous remettions ensemble. Naturellement, pendant ses absences, il sous-louait son appartement via Airbnb et le temps qu'il passait avec nous dépendait surtout de l'occupation de son logement et de l'argent qu'il voulait en tirer. Je ne sais pas exactement ce qu'il faisait quand il était à l'étranger. Ce qu'il cherchait à fuir en décampant ainsi dès qu'il le pouvait. Souvent, je me disais que c'était moi et notre fille. Ou lui-même. Je l'imaginais errer dans les rues d'autres villes, se noyer dans d'autres langues, dériver sans fin. Peut-être emportait-il avec lui un carnet, des crayons, et dessinait-il ce qu'il voyait. Quand il passait à l'appartement et que je l'interrogeais sur le sujet, il haussait les épaules et me répondait juste, Oh rien, je me balade, je regarde comment les gens vivent ailleurs.

— Et ?

— Ben c'est à peu près partout pareil qu'ici. Mais bon, en même temps, je ne suis jamais allé très loin. On parle toujours des différences entre les pays, entre les peuples,

les cultures, même au sein de l'Europe, mais moi ce que je vois, c'est le contraire. On vit tous pareil, à quelques détails près. C'est sûrement l'époque qui veut ça. La mondialisation. Internet. Il n'y a peut-être qu'en Afrique ou dans des coins reculés de l'Asie qu'on est tout à fait ailleurs aujourd'hui. Enfin j'imagine.

Je ne sais pas si je dois voir aujourd'hui quelque chose de prémonitoire dans ces paroles. C'est évidemment tentant. Mais il est toujours aisé de refaire le match après coup. On peut tout réinterpréter, voir des signes annonciateurs là où on en a besoin. Pour trouver une explication rationnelle. Que les choses aient un sens. Quitte à l'inventer. Pour sortir du chaos. C'est ce que tu as toujours fait dans tes livres, non ? Organiser le chaos, les causes et les conséquences, proposer un récit de nos vies un minimum intelligible. Sans quoi tout reste si erratique. Illisible. Il suffit de jeter un œil à ma propre existence durant cette période. Qu'est-ce qui avait un sens ? Qu'est-ce que la vie voulait me signifier ? D'abord ma mère est morte. Thrombose veineuse. Le caillot avait gagné le cœur alors qu'elle était en vacances dans le Cantal, au milieu de nulle part. Elle m'a appelée trois fois mais j'étais en rendez-vous. Je n'ai pas répondu. Est-ce que ça aurait changé quelque chose si je l'avais fait ? J'étais à Nanterre. Je n'étais pas médecin. Elle n'a pas laissé de message. Quand j'ai essayé de la rappeler elle n'a pas décroché. De quoi aurais-je pu m'inquiéter ? Plus tard, les médecins m'ont dit qu'elle avait dû chercher à me joindre quand elle avait ressenti les premières douleurs. C'est souvent le réflexe qui nous vient dans ce cas-là. Appeler les proches, même quand ils sont loin, même quand ils ne peuvent rien pour nous. Parfois ça marche. Parfois le proche en question décroche et fait ce que le patient aurait dû faire lui-même avant toute chose : appeler les secours.

Ma mère a fini par s'y résoudre, mais trop tard. Le Samu a mis une heure à rappliquer. Je me souviens d'Alex pestant contre l'état de notre pays, les déserts médicaux, la déshérence des services publics. Il aurait voulu que je partage sa colère. Mais je n'avais pas assez de force pour ça.

Maman a été enterrée auprès de mon père, dans le cimetière près de la forêt. Je sais que c'est ce qu'elle aurait voulu. Je me rappelle que tu avais pris une nuit dans un hôtel dont nous avions, jusqu'ici, toujours ignoré l'existence (qui pouvait bien y séjourner et pourquoi ? Un mariage, un enterrement, je suppose. Une visite chez des amis ou des parents dont l'appartement ou la maison étaient trop petits pour accueillir des invités ? Une halte pour représentants de commerce, comme celui qu'était mon père quand j'étais gamine ?). Tes parents avaient quitté l'allée des Sycomores depuis deux ans. Ils louaient à présent un petit appartement en Normandie, à vingt kilomètres de la côte. C'est toi qui avais fini par les convaincre de passer leur retraite non loin de la mer. Plus rien ne les retenait en banlieue parisienne. Ta mère avait rechigné un peu. Cette maison, ce quartier, c'étaient tant de souvenirs. Et puis ton frère vivait maintenant avec sa copine dans un bled paumé des Yvelines. En définitive, s'ils avaient opté pour la Normandie plutôt que pour la Bretagne, c'était une manière de ne pas choisir entre Antoine et toi. Même si à l'évidence c'est de lui qu'ils étaient le plus proches. L'éloignement géographique, tes livres, ta manière d'être, tes goûts, tes idées, avaient créé une sorte de voile transparent qui avait depuis longtemps contaminé vos relations, les faussait, créait une distance que rien ne viendrait jamais réduire.

C'est la dernière fois que nous avons été réunis tous les trois là-bas. Mais l'heure n'était pas encore au pèlerinage. Nous ne sommes pas passés allée des Sycomores. Ni devant le centre social et culturel, le conservatoire ou le collège. Nous nous sommes cantonnés au funérarium de Juvisy, où s'est tenue une cérémonie sobre et touchante (je revois encore Chloé se blottissant contre moi, ne me lâchant pas du regard, inquiète, protectrice, câline, j'entends encore la voix de Gabriel lisant un texte qu'il avait écrit au sujet de sa grand-mère sur le principe de *Je me souviens*, je ne l'avais pas connu si touchant ni vu baisser la garde depuis des mois et des mois), et au cimetière près de la forêt. Alex est venu, bien sûr. Tous les trois, nous me faisions l'effet de frères et sœur devenus adultes, dont les chemins ne cessaient de diverger et de se croiser, à la fois proches et lointains, séparés et soudés. C'était triste et bouleversant. Je me suis demandé s'il en serait ainsi pour toujours. Notre trio moins accordé que jamais, mais se reformant au gré des événements, enterrements, mariages, maladies, urgences diverses, coups du sort, aléas. Ou si d'une manière ou d'une autre nous parviendrions à retricoter quelque chose.

Je me rappelle mal l'inhumation elle-même. J'aurais voulu ne pas y assister. Rester sur les mots que nous avions prononcés. Demeurer dans l'abstraction. Cet entre-deux qui laisse leur place aux fantômes nous autorise à vivre encore auprès des absents, dans leur souvenir, quand la mise en terre est si crue, si concrète. Si définitive.

Avant de quitter la ville, nous sommes allés dans l'autre cimetière et nous sommes recueillis tous les trois sur la tombe de Clément, qui était aussi celle de sa mère. Au bout de quelques minutes nous nous sommes éloignés, toi et moi, pour laisser Alex seul un moment.

Les vacances scolaires commençaient quelques jours plus tard. Tu m'as proposé de les passer chez toi à Pléneuf. J'ai accepté. J'avais besoin de calme, de nature, de plages et de sentiers côtiers. Je me sentais épuisée. Si fragile. Orpheline. Tant de choses se bousculaient. Je n'avais plus ni l'un ni l'autre de ces parents qui l'avaient été si peu. Qui m'avaient si mal protégée. Soudain j'ai eu peur de reproduire. De ne pas être assez présente pour mes propres enfants. Je craignais d'avoir déjà tout raté. De ne pas avoir su leur offrir la vie stable dont ils avaient besoin. J'ai eu peur d'être passée moi aussi à côté de quelque chose, de ne pas avoir assez veillé sur eux. Qui avait veillé sur moi ? Personne. Tout ça m'obsédait. Sans doute parce que ma mère m'avait été arrachée sans que jamais nous ayons soldé les comptes de mon enfance. Tant de questions me restaient en travers de la gorge, me ramenaient à l'adolescence et à Chatel. À la réaction de mes parents quand ils avaient compris ce qui s'était passé entre lui et moi. Leur façon de minorer. D'accréditer « l'amourette de jeunesse », l'écart d'adolescence. De me tenir responsable de tout. De laisser entendre que c'est lui qui était tombé dans mon piège et non l'inverse. La petite allumeuse. La Lolita de banlieue. De le laisser se sortir de tout ça sans la moindre égratignure. Il n'y avait pas eu de scandale. Moins encore de démarche du côté de la police ou de la justice. Aucun psy ne m'avait écoutée. Personne n'avait recueilli ma parole. Personne à part toi, des années plus tard, à travers un de tes livres, ne m'avait aidée à reconsidérer ce que j'avais vécu. Il m'arrivait encore de me parler d'amour, de me raconter l'histoire d'une idylle transcendant la différence d'âge, les tabous, les interdits. Il m'arrivait encore, en dépit de mes séances chez la psy, de me raconter que j'avais voulu qu'il se produise ce qui s'était produit. Que je l'avais cherché. Que c'était moi qui avais fait basculer Chatel, l'avais séduit et qu'il n'avait rien à se reprocher. D'autres fois, je me disais qu'il n'y avait pas de hasard. Et que ce n'était pas pour rien que je vouais ma vie professionnelle à voler au secours d'adolescents vulnérables. Comme si j'essayais de les sauver de ce dont personne ne m'avait protégée. J'en revenais toujours là. Comment mes parents avaient pu à ce point ne rien voir ? J'avais pourtant émis, à mon corps défendant, sans en avoir conscience, tant de signaux d'alerte. Je leur avais tellement signifié, sans jamais le leur dire, que je me noyais. Il m'arrivait aussi de vous en vouloir à vous aussi. Alex et toi. Vous non plus n'aviez rien vu. Rien compris.

Tout me ramenait à Chatel. Même l'époque. Dans la voiture qui nous menait de la gare de Lamballe à chez toi, tu as mis la radio, et nous avons entendu parler de cette actrice et du réalisateur qui, alors qu'elle n'était qu'une adolescente, « une enfant », a précisé la journaliste, avait entrepris de « faire son éducation artistique » en marge du tournage qui les réunissait. Tous les week-ends elle se rendait chez lui. Et très vite les choses avaient pris une autre tournure. Un virage répugnant. Dégueulasse. Je me souviens que tu as baissé le son, sans doute parce que Chloé était sur la banquette arrière. Ou parce que tu pensais que ça risquait de remuer trop de choses en moi. Alors que je ne demandais que ça. Qu'on remue toutes ces choses et qu'on mette des mots dessus. Les mots justes. Nous sommes arrivés chez toi et j'ai tout de suite repéré le livre qui traînait dans le salon. Tu l'avais reçu en avant-première. Et déjà lu. Tu m'as vue m'en saisir, parcourir la quatrième de couverture. Je t'ai entendu balbutier que peut-être, ce n'était pas le moment pour moi de me plonger dans un texte pareil. J'ai haussé les épaules. Ça ne te ressemblait tellement pas. Toi qui nous serinais depuis tant d'années avec la nécessité de « dire » les choses. De les écrire comme elles étaient, même par le biais de la fiction. Toi qui sacralisais tant le pouvoir qu'avait la littérature de nous élucider, de nous placer sous une lumière salvatrice, de nous offrir enfin l'occasion de nous regarder bien en face. Tout à coup, on aurait dit que tu avais peur pour moi. Peur que je lise mon histoire dans celle de l'autrice. Que j'y reconnaisse ma propre vie. Et que je pose des termes trop crus et définitifs sur ce que j'avais vécu. Le livre racontait l'histoire vraie d'une adolescente qui tombait sous la coupe d'un écrivain moyennement célèbre et collectionneur revendiqué de relations avec de très jeunes filles qu'il allait cueillir dans les parcs ou à la sortie du collège. Il en faisait même des livres.

Bien sûr, j'ai dévoré ce récit. Et bien sûr j'y ai reconnu tant de choses. Des mots étaient lâchés. Consentement. Emprise. Des responsabilités pointées. Celle de l'homme lui-même. Des parents. De la société tout entière. Ça m'a profondément remuée. Un double sentiment m'a traversée, comme pour l'actrice dont on parlait plus tôt à la radio. D'abord une gratitude infinie. Puis un trouble persistant. Ça avait à la fois tout et rien à voir avec moi, et je me débattais dans cet entre-deux. À la différence de ce qui s'était passé pour ces deux femmes, mes parents n'avaient jamais été au courant de rien. N'avaient rien « accepté ». Et la société non plus, en un sens. Tout était resté caché, secret. Chatel n'était ni un cinéaste reconnu, ni un écrivain plus ou moins confidentiel mais célébré par une partie de Saint-Germain-des-Prés en dépit de ce que chacun savait de lui, en dépit de ce qu'il était : un pédophile qui profitait de son ascendant pour mettre des enfants dans son lit et en faire le sujet de livres prétendument sulfureux. Je n'étais alors ni une actrice en devenir, ni une future écrivaine. Je n'étais que moi. Une gamine qui prenait des cours de théâtre dans un centre social et culturel d'une petite ville de banlieue. Chatel lui-même ne ressemblait pas à ces hommes, me disais-je. L'actrice et l'écrivaine avaient beau me hurler le contraire, je ne pouvais toujours pas m'empêcher de penser que mon histoire avec Chatel demeurait unique et qu'elle avait tout de même eu un rapport avec l'amour. Après tout, notre actuel président était marié à une femme qui avait été sa professeure de théâtre alors qu'il n'avait que quatorze ans, et c'est à cet âge que la relation du jeune homme avec son aînée avait débuté.

Nous avons parlé de tout cela toi et moi, je m'en souviens, à plusieurs reprises pendant ces vacances. Enfin, disons que je parlais et que tu m'écoutais m'embourber dans mes contradictions. Je luttais contre moi-même et contre l'évidence. Je refusais encore de me considérer comme une victime, tout en reprochant à chacun de ne pas m'avoir protégée. Je refusais de condamner Chatel mais n'avais pas de mots assez durs pour mes parents, pour Alex, pour toi, pour mes profs de l'époque, pour mes camarades du cours de théâtre. Je te racontais tout ça en te faisant jurer que tu n'en tirerais pas un de tes foutus livres. Y croyais-je seulement ? Te pensais-je capable d'y résister ? Ne m'avais-tu pas mille fois prouvé le contraire ? Ne savais-je pas que j'avais affaire à un vampire ? Ou bien en avais-je pleinement conscience et désirais-je au fond que tu t'empares de tout ça et démêles les choses à ma place ?

C'est un peu ce que tu as fait, mais d'une autre manière. Depuis quelques mois, tant de choses sortaient de partout. La vague MeToo n'en finissait pas de déferler, les témoignages de s'accumuler, tant de verrous sautaient. Ça avait commencé dans les domaines les plus en vue, on n'en était pas encore à faire le ménage au sein de chaque entreprise, de chaque foyer, de chaque strate de la société, on s'en tenait à ce qui brillait (ce qui permettait à certains de relativiser et de laisser entendre qu'il s'agissait en fait de phénomènes isolés et typiques de milieux dévoyés par nature, le cinéma, le théâtre, la politique), ça n'était que le début, nous n'en étions alors qu'aux prémices, et depuis pas un jour ne passait sans qu'un nouveau cas soit exposé au grand jour. Viols, agressions sexuelles, phénomènes d'emprise, inceste, violences psychiques. Et dans le lot, avant même que l'actrice et l'écrivaine ne prennent l'initiative de balancer un grand coup de poing dans le couvercle du silence qui tenait bon jusque-là malgré quelques soubresauts, certains cas récents avaient particulièrement retenu ton attention. Des jeunes femmes, des jeunes filles, des enfants, abusées par leur entraîneur. Des dossiers s'ouvraient dans le monde du tennis, de la natation, du patinage artistique. Le parallèle avec ce que j'avais subi te sautait aux yeux. D'autant que tu l'avais établi des années auparavant, sans me consulter ni m'en avertir, dans ce roman qui avait provoqué la colère d'Alex. Mais, à l'époque, tu n'avais pas tout à fait pris la mesure de ce que tout ça recouvrait. Tu avais juste utilisé mon histoire, l'avais modifiée en surface parce que, justement, ça faisait « une histoire ». Ça rendait ton personnage plus complexe. Lui offrait « un vécu ». De la profondeur. Du caractère. Rien de plus. Il faut croire que tout ce qui se déversait, tout ce travail de libération de la parole avait fait son chemin en toi. Que pour toi aussi, ça mettait des mots sur une situation, des faits, des enjeux que tu avais en un sens minimisés, sous-estimés. Peut-être te sentais-tu un peu minable, un peu complice. Peut-être te reprochais-tu d'avoir péché par légèreté. De n'avoir pas compris combien tout cela était grave, profond, systémique. Je ne t'en tiens pas grief. Il y a tant à faire. Tant d'yeux à déciller. Tant de choses à déconstruire. Des millénaires à remettre en question. Et tant de résistance en face. Déjà à l'époque, la réaction s'organisait, on commençait à en entendre qui se plaignaient de la soi-disant radicalité des féministes, on relativisait, des mouvements masculinistes préparaient leur riposte, des réacs de tous poils s'égosillaient contre les ravages de ce qu'on ne nommait pas encore le « wokisme ». Toujours est-il que tu prenais des notes sur tout ça, tu constituais un « dossier », composé d'articles de presse, d'extraits de livres portant sur ces sujets. Mais surtout, tu t'étais mis en tête de retrouver la trace de Chatel. Qu'était-il devenu ? Qui se remémorait quoi ? Tu avais contacté d'anciennes élèves du cours au centre social et culturel. La plupart avaient tout bonnement refusé de te répondre. Certaines prétendaient ne rien se rappeler ou presque. Deux ou trois t'avaient renvoyé dans tes buts : Chatel était un bon prof, et qu'est-ce qu'on y pouvait si une adolescente un peu trop délurée l'avait attiré dans ses filets. Elles se souvenaient très bien de moi et de mes manières. J'étais certes très jeune mais n'avais déjà plus rien d'une enfant. M'habillais de façon provocante, lui jetais des œillades équivoques. Le pauvre avait flanché, c'était humain. Qui aurait pu le lui reprocher ? Une dernière conservait de tout ça le souvenir d'une histoire infiniment tragique et romanesque, un amour impossible, l'éternel combat de ceux qui s'aiment contre les carcans moraux et les normes qu'impose la société. Tu avais aussi tenté de retrouver la directrice de l'époque, mais elle était morte depuis deux ans déjà. Quant aux gens en place à la mairie dans ces années-là, aucun n'avait souhaité te répondre précisément. L'un d'eux, connaissant ta réputation d'auteur et se méfiant de toi, avait même évoqué son avocat. Tu avais ensuite fouillé du côté de la ville où Chatel avait enseigné peu après avoir été débarqué du centre social. Mais tant d'années avaient passé. Il y était resté quelque temps avant de démissionner, puis on perdait sa trace. Personne à Corbeil-Essonnes n'avait eu le moindre élément à t'apporter. Personne ne savait où il était allé ensuite. Ce qu'il était devenu. Au mieux on se souvenait d'un enseignant parmi d'autres, sans histoires.

Quelques jours avant la mort de ma mère, tu étais tombé sur un article dans un quotidien régional. On y parlait d'un prof de théâtre qui avait exercé pendant plusieurs années à Nevers. Une femme d'une trentaine d'années ayant suivi ses cours entre ses douze et dix-sept ans venait de porter plainte contre lui. Certes, il ne se nommait pas Chatel mais l'histoire que rapportait la journaliste ressemblait furieusement à la mienne. Une gamine qui rêvait de devenir comédienne et semblait à l'échelle de son quartier sortir du lot. Un prof de théâtre qui ne tardait pas à la repérer, décrétait qu'elle était « à part » et lui offrait de la former de façon plus intensive. Lui proposait de rester après les cours pour peaufiner son jeu et ses rôles, lui parlait de présenter le Conservatoire ou le cours Florent quand elle aurait dix-huit ans, se chargeait lui-même de la raccompagner chez elle après ces cours particuliers. Il y avait eu des baisers, des caresses, puis des relations sexuelles. La promesse échangée de tenir tout cela secret. Les discours usuels sur l'histoire folle et belle qu'ils vivaient, son caractère unique, exceptionnel. La jalousie envers les copains du collège et du lycée, le mépris pour les parents qui ne pouvaient pas la comprendre, les mots qui la plaçaient sur un piédestal et la rabaissaient à la fois. Cette manière de la tenir entre ses griffes, de lui répéter qu'elle n'y arriverait jamais sans lui, que lui seul pouvait la mener là où elle voulait aller. Et puis la découverte par un tiers de ce qui se passait vraiment. Les parents qui s'empressaient d'enfouir l'affaire sous le silence. L'opprobre sur la jeune fille qui avait séduit un homme mûr, l'absence de condamnation claire du comportement de ce dernier, personne pour soulever sa responsabilité dans cette affaire, personne pour prononcer les mots qui s'imposaient sur tout ça. Et pendant des années, cette femme seule avec cette histoire. Son sentiment de culpabilité. Un mal-être dont elle avait longtemps peiné à identifier la source. Le prof avait quitté la ville et le conservatoire où il enseignait pour s'établir ailleurs, dans une autre ville. Il y avait créé, disait-on, une nouvelle compagnie dont les spectacles tournaient un peu en région Centre.

Je me souviens parfaitement du moment où tu m'as parlé de ce papier. Les enfants étaient dans la chambre d'amis, occupés à regarder un film des studios Ghibli. Nous buvions un verre sur la terrasse. Je me balançais dans le fauteuil hamac que tu avais suspendu à une branche du grand cèdre. Il faisait particulièrement doux. Il n'y avait pas de vent pour une fois. La marée montait et le bruit des vagues s'échouant sur le sable nous parvenait comme si nous étions sur la plage. Tu marchais sur des œufs. Comme si tu redoutais les répliques, les secousses, ce que tout ça pourrait fissurer en moi. Et je ne sais pas ce qui aurait été le pire au fond. Apprendre qu'une autre élève, ailleurs, confrontée à un autre prof de théâtre ait vécu exactement la même histoire que moi. Que la mienne ait pu aussi être si banale. Ou que l'enseignant en question se révèle finalement être Chatel lui-même. Un Chatel qui aurait changé de nom et reproduit son système ailleurs. Apprendre que je n'étais pour lui qu'une fille parmi d'autres. Je t'écoutais attentivement. Tu as répété plusieurs fois que tu n'avais pas réuni toutes ces informations pour en faire un livre, mais parce que ça te hantait. Tu avançais par petites touches. Ajoutais un élément ici et là, lorsque tu étais bien certain que j'avais digéré ce qui avait précédé. Je t'ai fait signe de continuer. Je sentais bien que tu ne m'avais pas tout dit. Tu m'as proposé d'aller faire quelques pas sur la plage. Nous avons longé la mer et fumé dans l'obscurité. Et tu m'as dit, Voilà, j'ai obtenu le numéro de la fille qui a porté plainte.

— Je l'ai appelée aujourd'hui. Elle m'a dit qu'elle était en contact avec deux autres femmes ayant vécu peu ou prou la même chose avec ce prof et qu'elles s'apprêtaient à agir elles aussi.

— C'est bien. Mais en quoi ça me concerne ?

— C'est lui, Sarah. Ce type, c'est Chatel.

— Comment peux-tu en être sûr ?

— Les flics ont déjà commencé leur enquête. Chatel était son pseudo d'artiste et il l'a utilisé jusqu'à ce qu'il quitte Corbeil-Essonnes. Après quoi, que ce soit à Nevers ou ailleurs, il ne s'est plus présenté que sous son nom de naissance.

— Je ne comprends pas pourquoi ces filles portent plainte. Si ça s'est passé comme pour moi, il ne les a jamais véritablement contraintes.

— Sarah…

— Quoi ?

— Tu n'avais que treize ans. Et il s'en est pris à au moins trois autres enfants après toi.

— Je n'étais pas une enfant. J'avais treize ans.

— Si Sarah, tu étais une enfant. Et c'était un adulte.

— Mais si c'est moi ? Si c'est moi qui l'ai séduite. Moi qui me suis jetée sur lui.

— Ça ne change rien. C'était un adulte et tu étais une enfant. Si ça a été le cas, il aurait dû te repousser. T'expliquer que ça n'était pas possible.

Je savais déjà tout ça. Je le savais évidemment. Mais personne ne me l'avait jamais dit. J'ai fondu en larmes. Et tu m'as prise dans tes bras.

Je me suis présentée au poste de police de Pléneuf le surlendemain. Et à mon tour j'ai porté plainte.

Il n'y a jamais eu de procès. Chatel s'est suicidé un an plus tard, dans le plus strict anonymat. Il est presque remonté dans mon estime. Au moins il avait eu le cran, la décence, de mettre fin à ses jours, quand tant d'autres types dans son genre continuaient à vivre libres, sans que rien ne semble leur peser sur la conscience. Et puis pour tout dire, à ce moment précis, malgré l'épreuve que je m'étais infligée en parlant aux enquêteurs, malgré le dégoût qui m'avait envahie quand j'avais eu vent de ses dénégations, malgré les tourments qu'il m'avait causés en m'inondant de mails où il me reprochait de l'avoir trahi, me répétait que j'avais été sa grande histoire d'amour, la seule et l'unique, et qu'à travers les autres il n'avait fait que me convoquer à nouveau, rejouer la pièce, me retrouver par procuration, je n'en avais plus rien à foutre. Comme l'aurait dit Alex, j'avais bien d'autres chats à fouetter.

Paul

Un matin, j'ai reçu un petit colis. Le nom de l'expéditeur ne figurait pas dessus. Mais j'ai tout de suite reconnu l'écriture d'Alex. J'ai ouvert et à l'intérieur se trouvaient une clé et un papier plié en quatre. Y figurait une adresse, accompagnée de quelques mots : « Cette fois je me casse. J'ai pris un aller simple. On verra bien quand je rentrerai. Je te laisse ça au cas où. »

Je l'ai appelé immédiatement mais il n'a pas répondu. J'ai retenté ma chance tout au long de la journée. En vain. Entre-temps je t'avais eue au bout du fil. Tu n'as pas paniqué. C'était du Alex pur jus. Nous ne comptions plus ses départs improvisés, ses retours inopinés, parfois agrémentés de gestes mélodramatiques dont lui seul avait le secret. Quelques mois plus tôt il m'avait appelé un soir, complètement saoul, et m'avait supplié de lui acheter un tableau. La somme qu'il m'avait annoncée était faramineuse. Mais c'était celle dont il avait besoin, m'avait-il lancé, pour se payer un billet pour Hanoï ou ailleurs et pouvoir y subsister quelque temps. Il m'avait fait jurer de ne pas t'en parler. M'assurait vouloir disparaître pour de bon. Faire « comme dans mes livres ». Il avait prononcé ces derniers mots sur un ton sarcastique. Et je n'avais pas eu grand-chose à dire pour ma défense. Dans combien de mes romans celui en qui il avait toujours cru devoir reconnaître son double prenait-il la tangente, disparaissait sans laisser de traces ? J'avais tenté de temporiser, de le raisonner, avait mentionné Chloé, lui avait demandé de réfléchir. Il ne pouvait pas lui faire ça. *Vous* faire ça. De toute façon, je n'avais pas la somme qu'il me demandait. Mon dernier bouquin avait un peu moins bien marché que les précédents et j'étais en rade côté cinéma, rien d'inquiétant, tout cela était dans l'ordre des choses, ça allait et ça venait, mais en l'espèce j'étais plutôt fauché. Il avait raccroché furieux, après m'avoir abreuvé d'insultes et de reproches, où se mêlaient ma pingrerie, le peu de soutien que je lui témoignais depuis toujours et, pour changer, le contenu de mes livres. Le lendemain, tu l'avais eu au téléphone. Il t'avait ri au nez et m'avait traité de sale poucave. Il était bourré, c'est tout. Avait eu un coup de blues. Une envie subite de partir loin et de disparaître à jamais. Et puis me foutre les jetons l'avait amusé. Il avait pris un malin plaisir à me laisser imaginer que mes putains de fictions puissent devenir réalité et que j'y sois pour quelque chose. Mais bien sûr qu'il ne ferait jamais ça.

Tu t'es tout de même rendue chez lui à Saint-Ouen. Tu avais le double des clés. Il te l'avait confié comme il l'avait toujours fait où qu'il ait vécu au fil des années, « au cas où ». Au cas où quoi, ça restait un mystère, mais c'était sa manière de faire, ce doute qu'il laissait planer en permanence sur la possibilité qu'il s'évapore ou qu'il lui arrive malheur, comme s'il vivait en permanence sur un fil qui menaçait de rompre. Sa voiture n'était pas sur le parking. Mais ça ne voulait rien dire. Il pouvait être allé faire un tour. Sans doute pas très loin. Il n'avait jamais aimé conduire. Et privilégiait le train pour ses escapades. Plus rarement l'avion. Mais même dans ce cas-là, il laissait sa bagnole au pied de son immeuble et se rendait à la gare ou à l'aéroport en RER ou en bus. Il n'avait pas les moyens de se payer le parking, d'autant que la durée de ses absences était le plus souvent indéterminée. Tu as composé le code, grimpé les escaliers, tenté de faire tourner la clé dans la serrure. Mais tu as dû te rendre à l'évidence. Elle avait été changée. Tu as sonné chez les voisins. Ils se sont montrés méfiants, peu disposés à répondre à tes questions. De toute façon, ils ne connaissaient pas vraiment Alex. Juste bonjour au revoir comme ça en passant. Il avait l'air un peu bizarre, ce type. Toujours à cran. Ils le soupçonnaient de beaucoup picoler. De se droguer même, peut-être. Ça n'était pas si vrai à ta connaissance. Seulement Alex, dans ses mauvais moments, avait cette allure et cette gestuelle un peu inquiétantes, nerveuses, on le sentait prêt à dégoupiller à tout instant, les yeux tremblants et rougis, les dents serrées. Ils ont fini par te lâcher que de toute façon il était parti.

— Comment ça, parti ?

— Il a déménagé.

— Où ça ?

— Ah ben on n'en sait rien, nous. La semaine dernière, des déménageurs ont tout vidé. Le lendemain j'ai demandé au concierge et il m'a répondu que le locataire avait résilié son bail, voilà. Une entreprise de travaux est venue avant-hier mettre un petit coup de peinture. Il paraît qu'on aura de nouveaux voisins, lundi. Un couple, je crois.

Après ça, tu t'es rendue à l'adresse qui figurait sur la carte que j'avais reçue. Il s'agissait d'un box. Tu n'as pas pu l'ouvrir puisque c'est moi qui étais en possession de la clé. Nous l'avons fait ensemble quelques jours plus tard.

Nous étions toujours sans nouvelles de lui. Je t'ai rejointe à Saint-Ouen, après avoir laissé les enfants à Marion qui m'avait reproché une fois de plus de ne pas respecter les jours de garde prévus, de toujours tout décider au dernier moment. Elle avait ri d'un rire amer quand je lui avais rétorqué qu'il s'agissait d'une urgence, que je devais te retrouver, qu'Alex avait rendu son appartement et que nous ne parvenions pas à le joindre.

Le box contenait les tableaux qu'il n'avait jamais voulu ou réussi à vendre. Quelques plans d'eau sous la cendre, cinq ou six paysages périurbains, la chambre de Clément, une partie des portraits qu'il avait faits de toi, ainsi que deux ou trois de sa mère. L'entreprise qui gérait les box était située à Boulogne-Billancourt. Nous nous y sommes rendus. La femme qui nous a reçus nous a répondu qu'Alex avait réglé la location du local pour six mois, en espèces. Elle a aussi eu la gentillesse de nous donner le nom et les coordonnées des déménageurs qui avaient transporté les œuvres. Nous les avons contactés dans la foulée. Avons dû parlementer avant d'obtenir les informations suivantes : eux aussi avaient été payés en espèces. Ils avaient vidé l'appartement de Saint-Ouen. Les tableaux avaient été acheminés vers un box que leur avait indiqué le commanditaire. Quelques meubles avaient été livrés chez Emmaüs. Le reste, principalement des sacs bourrés de vêtements, de livres, de disques, de DVD et de dossiers remplis de papiers, apporté à la déchetterie. Je t'ai regardée secouer la tête, incrédule. Cette fois, Alex avait bel et bien tout liquidé. Et il s'était évaporé pour de bon.

Au commissariat, où tu as demandé l'ouverture d'une procédure pour « disparition inquiétante », on t'a rétorqué qu'Alex n'était ni mineur ni majeur « protégé ». Et qu'en tant qu'adulte autonome, il n'avait pas à justifier ses allées et venues. Nous avons dû avoir recours à un enquêteur privé. Ce dernier est parvenu, je ne sais comment et ne veux pas le savoir, à consulter ses comptes. De nombreux retraits, étalés sur plusieurs mois, avaient précédé son « déménagement ». Alex avait méthodiquement vidé ses différents livrets. Les sommes n'étaient pas énormes, mais il avait tout de même épargné un peu d'argent au fil des années. Une bonne partie provenait d'un virement permanent mis en place par son père après que celui-ci avait quitté l'allée des Sycomores. Celui-ci n'avait jamais cessé de l'alimenter depuis, et avait veillé à en revaloriser le montant en fonction de l'inflation. Tu l'as interrogé à ce sujet.

— Ma relation avec Alex n'a jamais été facile, tu le sais bien, t'a-t-il expliqué. Mais j'ai toujours tenu à ce qu'il reste ça entre nous. Je crois que c'était une manière pour moi de lui montrer que je me souciais de lui. Que je ne l'avais jamais « abandonné », quoi qu'il ait pu en dire.

Alex n'avait jusque-là jamais touché à ces sommes. Il y avait de quoi financer un déménagement, prendre un billet d'avion pour l'Asie ou ailleurs et y vivoter quelques mois.

Sa voiture, quant à elle, a fini par être localisée dans une fourrière. Elle y avait été transportée depuis le parking de l'aéroport de Paris-Charles-de-Gaulle où elle avait été abandonnée. Le ticket était sur le tableau de bord. Les clés sur le contact. Demeurait un mystère : le détective n'avait, à ce jour, pas encore réussi à retrouver sa trace dans le moindre avion ayant décollé de Roissy ou d'Orly à cette période. Mais il ne désespérait pas. Alex avait pu vouloir brouiller les pistes et prendre un avion depuis un autre aéroport, ou quitter la France à bord d'un train, à moins qu'il ne soit tout simplement pas sorti du pays.

Voilà. C'est ainsi qu'Alex a cru bon de s'éclipser de nos vies. Sans jamais s'en extraire tout à fait. Il plane autour de nous en permanence. Depuis sa volatilisation, Chloé a dû grandir sans son père, et dans l'hypothèse jamais refermée de sa réapparition. Toi tu n'as jamais décoléré. Je sais combien tu lui en veux d'avoir fait ça à votre fille.

Pendant les mois qui ont suivi, nous nous sommes ruinés en détectives privés, mais aucun d'entre eux n'a jamais eu d'éléments nouveaux ou un tant soit peu tangibles à nous fournir. Nous nous tenions prêts à embarquer dans un avion pour le Vietnam, le Laos, le Cambodge, le Bénin ou le Burkina Faso. Prêts à sauter dans une voiture pour le Larzac, l'arrière-pays niçois, les Landes ou le Morvan. Prêts à prendre un métro ou un RER pour rejoindre un squat, un hôpital, un cimetière. Mais rien jamais ne nous a menés nulle part. Il nous a fallu apprendre à vivre ainsi. Et je dois dire qu'en dépit de tout ce que j'avais pu écrire sur le thème de la disparition, malgré toutes les pages que j'avais noircies en tentant de me placer du côté de « ceux qui restent », je n'y étais pas vraiment préparé. Écrire sur tout ça ne m'avait rien appris. Écrire ne guérissait de rien. Je l'avais toujours pensé. À mes yeux il s'agissait de tout autre chose. J'en avais la preuve éclatante.

Tu as dû te résoudre à vendre certains tableaux pour financer les recherches. Les paysages périurbains. Les portraits qu'il avait faits de toi. Les autres, ceux qui d'une manière ou d'une autre concernaient Clément ou sa mère, étaient entreposés chez moi. Si Alex ne réapparaissait pas, ils reviendraient à Chloé. Et ce serait à elle de décider de ce qu'elle voudrait en faire. C'est Dumont qui s'est chargé de tout. Étonnamment, la cote d'Alex avait grimpé en flèche. Rien d'astronomique, mais son absence plus ou moins définitive nimbait ses œuvres d'une aura nouvelle.

Dumont l'avait toujours affirmé, Alex avait un certain talent, mais à notre époque, une œuvre ne pouvait se suffire à elle-même sans artiste derrière, sans discours, sans *storytelling*. Paradoxalement, sa volatilisation changeait la donne. Présent, rétif, il nuisait à son travail. Parti sans laisser d'adresse, il l'auréolait de mystère. Bien sûr, Dumont devait en rajouter un peu. Vendait un peu partout la personnalité torturée du peintre, sa sexualité trouble, son amour contrarié avec la femme de sa vie, le drame originel de la mort de son frère, sa mère devenue à moitié folle de chagrin puis tout à fait mystique, son enfance banlieusarde dans un lotissement qu'il décrivait comme un lieu sordide, alimentant les clichés dont les acheteurs avaient tant besoin pour franchir le pas. Si j'avais eu le cœur à ça, j'en aurais presque souri. Aurais goûté l'ironie de la chose. En s'évaporant, Alex jouait malgré lui le jeu qu'il avait toujours exécré. Mais rien de ce qui le concernait ne me faisait plus rire.

Six mois après sa disparition, tandis que tu te confrontais à l'impossibilité d'expliquer un geste pareil à ta fille de dix ans, son inconcevabilité même, alors que te rongeait l'angoisse de ne pas savoir comment un enfant pouvait se remettre d'un truc pareil, que tu tentais tant bien que mal de te tenir à ses côtés et de l'entourer de tout l'amour et toute la douceur dont tu étais capable, parce que jusqu'à nouvel ordre il n'existait pas d'autre remède, rien d'autre que l'amour et la douceur, le confinement a été instauré. Gabriel, du haut de ses dix-neuf ans, n'en démordait pas : il le passerait chez son père. Hors de question qu'il s'enferme on ne savait combien de semaines chez toi, dans ton appartement minuscule alors qu'il pouvait bénéficier d'une vraie maison avec jardin. Et puis il y avait autre chose : depuis quelques mois, vos relations étaient devenues explosives. Chaque conversation dérapait. Il émettait désormais des opinions sur tout et n'importe quoi, et elles étaient systématiquement opposées aux tiennes. Il te traitait de gauchiste avec un mépris non dissimulé, raillait ton angélisme et tes idées de bobo. T'accusait de ne lui avoir jamais inculqué de « valeurs ». Qualifiait ouvertement Alex de vieux pédé dégénéré et le conchiait d'avoir eu l'égoïsme d'abandonner Chloé. Se moquait de moi, ta « gauchiasse d'ami écrivain », tellement bien pensant, tellement « déconnecté ». Tu le soupçonnais d'avoir viré à l'extrême droite. Je t'en fournirais la confirmation deux ans plus tard. Je l'avais vu apparaître dans un reportage consacré aux mouvances identitaires. Il était alors en troisième année de droit à Assas, où il frayait apparemment avec les fachos de l'UNI, vivait encore chez son père et ne te donnait plus guère de nouvelles. Le strict minimum. Mais même après ça, tu n'as jamais voulu couper les ponts. Rompre les liens. Tu as continué à monter au front. À déployer des trésors de patience, à encaisser les coups qui pleuvaient en rafale dans les mots qu'il t'adressait au téléphone ou par mail quand il daignait enfin te répondre, ou dans ceux qu'il te crachait au visage quand, de temps à autre, il finissait par accepter de te voir. Tu étais prête à prendre sur toi tous les torts s'il le fallait. Et à l'écouter déblatérer sans fin ses horreurs, sa haine des étrangers, des musulmans, des féministes, des tarlouzes, des wokistes, le tout lesté d'un complotisme nourri par la fachosphère, les mouvements antivax et l'algorithme de Twitter. Que pouvais-tu faire d'autre ? C'était ton fils. Tu ne désespérais pas que vous vous retrouviez un jour. Tu ne cesserais jamais de l'aimer. En dépit de tout.

Gabriel restant chez son père, plus rien ne vous empêchait, Chloé et toi, de venir vous « confiner » chez moi. À Pléneuf, même si le bord de mer nous demeurait inaccessible – les forces de l'ordre y veillaient d'autant plus fermement que c'était absurde –, il n'était pas difficile de se soustraire aux strictes obligations qui sévissaient dans les grandes villes. Mes enfants allaient et venaient discrètement du domicile de leur mère au mien. Nous pouvions, munis d'une attestation que nous remplissions au stylo effaçable, nous promener dans la campagne. Le jardin était agréable. Comme partout ailleurs il faisait beau et doux. Les hôpitaux craquaient sous la charge, des gens mouraient, des familles étaient endeuillées, mais comme une large part des chanceux évoluant du bon côté de la barrière, un minimum privilégiés, nous avons traversé cette période dans un climat de douceur et de lenteur paradoxal. J'avais du temps pour écrire. Tu en avais pour ta fille. Mes enfants l'adoraient et étaient aux petits soins pour elle. Ensemble ils jouaient à *Animal Crossing*, enchaînaient les parties de cartes, les séances de cinéma sur la télé, les puzzles, dessinaient, et foutaient le souk dans la cuisine en préparant un gâteau par jour. J'ai honte de le dire mais après tout ce que tu avais traversé, ce confinement ne pouvait pas mieux tomber. Si j'étais cynique, je pourrais presque le bénir. Ces quelques mois à vos côtés ont compté parmi les plus beaux de ma vie.

2025

Sarah

Tu voulais revoir l'allée des Sycomores. Revenir là où tout a commencé. Tes enfants ne trouvaient pas ça raisonnable. Moi non plus. Nous avons demandé son avis à ton médecin. Il nous a dit que tu tenais plutôt bien le choc. Bien sûr il n'était pas encore en mesure de se prononcer sur l'efficacité des traitements. Avec ce genre de cancer, on ne savait jamais. Il y avait des bonnes surprises. Et des dénouements moins heureux. Parfois les choses se stabilisaient sans qu'on sache tout à fait pourquoi. Certains finissaient même par guérir. D'autres déclinaient soudainement, dévorés par la maladie qui après avoir fait mine de refluer sous les assauts des rayons et des chimios ravageait tout sur son passage, plus féroce que jamais. Mais en tout état de cause, il ne voyait pas d'objection à ce que tu quittes Pléneuf et les environs de l'hôpital de Rennes où tu étais suivi. Après tout, ce n'étaient que cinq heures de voiture aller et cinq autres au retour. Au pire, les hôpitaux de Villeneuve-Saint-Georges ou de Juvisy ne seraient qu'à quelques kilomètres. Au pire, je n'habitais qu'à trois quarts d'heure et tu pourrais te reposer chez moi autant qu'il le faudrait. Nous avions de toute façon prévu que tu y passerais la nuit.

Nous sommes partis tôt le matin. C'est moi qui ai conduit. J'étais arrivée la veille à Pléneuf. Nous avions dîné en tête à tête, et principalement parlé de nos enfants. Chloé allait plutôt bien. Elle dormait chez une copine dont le grand frère lui plaisait bien. Elle m'avait même avoué se sentir amoureuse. Qu'elle se confie ainsi m'avait étonnée. C'était une adolescente très secrète. Elle parlait peu. Ça avait toujours été le cas mais ça s'était accentué avec la disparition de son père. Elle ne l'évoquait jamais. Affrontait la situation avec une indéchiffrable stoïcité. Mais je savais qu'un jour ou l'autre tout exploserait. Je me tenais prête. Je n'avais pas d'autre choix. Être à ses côtés, veiller sur elle comme le lait sur le feu, tenter de l'accompagner au mieux et me tenir prête. Nous nous entendions bien toutes les deux. En dépit de tout, nous menions une vie paisible et douce. Nous nous aimions, nous tenions chaud, partagions de plus en plus de choses. Elle aimait les livres, le cinéma. La forêt et les marées basses. Se définissait comme écoféministe. Se souciait plus des autres que d'elle-même, dépensait une énergie folle à réconforter ses amies quand elles allaient mal, à dénouer les conflits qui se tramaient au collège entre les uns et les autres. Je la regardais avec admiration. Tu me disais, Tu vois, les chiens ne font pas toujours des chats… Ça me faisait sourire, même si mon cœur se tordait dès que je pensais à Gabriel. Nous n'avions pas échangé le moindre mot depuis plusieurs mois. Je suivais sa vie à travers ses publications sur X. Dernièrement il s'était réjoui de la réélection de Trump, ne cessait de relayer les vidéos en provenance de CNews, multipliait les saillies climatosceptiques, antiféministes, xénophobes et appelait Le Pen et Bardella par leurs petits noms : Marine et Jordan.

De ton côté, tu croisais les doigts. La succession des confinements avait causé des ravages sur la santé mentale des jeunes et depuis, rien ne leur était épargné. Ni les guerres qui sévissaient en Europe et au Moyen-Orient, ni les conséquences de plus en plus inéluctables du réchauffement climatique. Ni l'atmosphère de haine qui régnait sur la France, ni la montée des populismes et des fondamentalismes un peu partout. Ni l'alliance mortifère de l'extrême droite et de l'ultralibéralisme, ni la vague MeToo et ce qu'elle leur révélait de la violence des hommes et de la société patriarcale. Pourtant, ta fille, qui avait si longtemps dû se débattre avec ses crises d'angoisse et ses épisodes de dissociation, s'en sortait plutôt mieux que ses contemporaines. Elle avait suivi un traitement qui semblait la stabiliser. S'épanouissait dans ses études à la fac, avait un amoureux. Mais tu restais sur tes gardes. Quant à Nino, après être passé en un clin d'œil de l'enfant volubile, clownesque et bourré d'énergie à l'adolescent renfermé et taciturne, il dépensait maintenant son temps à visionner des vieux films de Truffaut, Demy, Sautet, Capra, Hitchcock et autres, t'accompagnait au cinéma quand tu allais voir les derniers Kore-eda ou Christophe Honoré, écoutait des chanteurs français qui n'étaient pas de sa génération et qu'il était le seul à connaître parmi ses copains, et noircissait depuis peu en secret des carnets de son écriture illisible. Tu craignais qu'il ne se soit mis en tête de devenir écrivain ou scénariste à son tour. Je tentais de te rassurer.

— C'est ton portrait craché à son âge…

Ce qui t'inquiétait plus encore.

Tu as dormi pendant presque tout le trajet, bercé par la playlist que j'avais concoctée pour l'occasion. Elle compilait mes chansons fétiches des cinq dernières années. Dans leur sillage se dévidait le fil de nos souvenirs. Le deuxième confinement que nous avions aussi passé chez toi à Pléneuf, puis la vie qui avait enfin repris son cours. Sans Alex désormais. Sans Gabriel, dans une certaine mesure, non plus. Tu avais été très occupé par l'écriture d'un film, puis par celle d'un roman dont la sortie t'avait également beaucoup accaparé. Sans surprise, il narrait les démêlés d'une mère avec un de ses fils, dont elle découvrait l'engagement dans la mouvance identitaire. Je suppose que tu pensais y délivrer des messages à l'intention de Gabriel, sans comprendre que tu jetais surtout de l'huile sur le feu. Mais je n'ai pas eu le temps de t'en vouloir. Ta maladie s'est déclarée au même moment. C'est à moi que tu l'as annoncée en premier. Avant même d'en parler à tes parents, à ton frère. À tes enfants. À leur mère. Tu avais besoin de moi, de mon soutien, et bien sûr j'ai répondu présente. J'avais si peur de te perdre, toi aussi. Je t'aimais tant. Depuis si longtemps. Et en dépit de tant de choses. Parfois je me dis que nous nous sommes manqués, toi et moi. Mais toujours tu me corriges. Nous ne nous sommes jamais quittés. Et tu ajoutes :

— Et si je survis, je sais que nous ne nous quitterons jamais. C'est comme ça. Nous sommes liés pour toujours. D'une manière qui n'appartient qu'à nous. Et échappe à toutes les définitions. À celle de l'amour comme à celle de l'amitié.

Tu aimes convoquer cette image niaise et éculée de « l'âme sœur ». Je préfère continuer à nous imaginer « inséparables ». Mais peu importe. Nous étions en route pour l'allée des Sycomores, quarante ans après nous y être rencontrés. Quarante après la mort de Clément aussi.

— Quarante ans déjà, as-tu plaisanté en ouvrant un œil alors que nous faisions une pause aux environs du Mans.

Et encore quarante autres devant nous. Nous n'en sommes qu'à la moitié du parcours, tu sais…

J'ai hoché la tête. Quarante ans, ça ne me semblait pas si mal. Je voulais bien y croire. Je voulais bien signer. Tu allais guérir. Et je viendrais pourquoi pas vivre près de toi à Pléneuf. Tu me l'avais suggéré à plusieurs reprises. Chloé aimait tant la mer et les sentiers, la plage, les oiseaux, les genêts et les bruyères. Elle s'apprêtait à entrer au lycée. C'était peut-être le bon moment pour envisager un déménagement, un changement de vie.

— Et mon boulot ? avais-je objecté.

— Tu n'as qu'à demander une mutation.

— Ça ne se fait pas d'un coup de baguette magique… Et puis la Bretagne, c'est très demandé.

— J'ai des relations, tu sais.

Et j'avais souri en songeant combien Alex aurait détesté t'entendre formuler ce genre de phrase. T'aurait reproché d'être celui que tu étais devenu selon lui. Un genre d'intellectuel à la con, qui frayait avec des gens haut placés, réclamait des passe-droits et en bénéficiait parfois. Ce n'était pas si vrai. C'était même complètement à côté de la plaque. Et en l'espèce, tes « relations », c'était juste cette fille que tu avais connue à la fac. Je l'avais croisée une ou deux fois. Elle venait des anciennes cités minières du Nord. Et ses parents avaient tenu jusqu'à leur retraite un bar PMU. Après avoir un temps officié au ministère de la Culture, puis à celui de l'Enseignement supérieur et de la Recherche, elle avait récemment changé de périmètre et œuvrait à présent au sein du Conseil national de la protection de l'enfance. Vous aviez gardé des liens tout au long de vos parcours respectifs.

Je t'avais répondu, Oui pourquoi pas.

— Tu dis ça pour que je m'accroche.

— Et alors ? Quel mal y aurait-il à cela ? Je veux que tu t'accroches. Je veux que tu guérisses. Je te veux pour quarante ans encore dans ma vie. Et puis peut-être que c'est ce dont j'ai vraiment envie. Me faire muter en Bretagne. M'installer à Pléneuf ou pas loin. Ou même chez toi. Tu sais, Chloé me parle encore des confinements que nous avons passés dans ta maison. Elle me dit souvent que nous devrions nous marier, toi et moi…

— N'importe quoi.

— Oui… N'importe quoi…

Nous sommes arrivés en fin de matinée. Je t'ai conduit partout où tu le souhaitais. D'abord au centre-ville où tant de choses avaient changé. Il y avait aujourd'hui un supermarché, une librairie, un coffee-shop, et même un fast-food spécialisé dans les poke bowls. Un fromager affineur et un caviste. Un magasin bio. Une boutique de vêtements.

À Paris-Jardin, par contre, tout était resté figé. Les grandes villas et le château, les deux étangs, le bois et le ruisseau, les allées ombragées et le petit kiosque, les maisons nichées au creux de jardins plantés de grands arbres où patientaient des tables de ping-pong, des vélos d'enfants, des balançoires et des trampolines. Nous avons fait quelque pas sur les chemins de la base de loisirs. Longé le lac en empruntant la passerelle de bois que tu avais toujours aimée. Des dizaines d'oies bernaches flânaient le long de l'eau. Puis nous sommes passés devant le collège, dont les bâtiments avaient été rénovés. En face, quatre des six courts de tennis étaient occupés. En milieu d'après-midi, nous nous sommes garés près du conservatoire. Tu as voulu entrer dans la médiathèque. La bibliothécaire t'a reconnu et vous avez échangé quelques mots. Tu lui as promis de venir parler de tes livres un de ces jours. Je ne sais pas si elle t'a cru. Tu me semblais si faible, si diminué. Tu flottais dans tes vêtements et marchais à petits pas. Quelques mètres suffisaient à t'essouffler. Tu avais tant maigri. Tu avais pris mille ans. Le docteur disait que c'était inévitable mais que ça ne voulait rien dire. Le cancer pouvait encore refluer, tu pouvais guérir pour de bon, et te remplumerais alors en quelques mois.

Le centre social et culturel avait été rasé. À la place se dressaient des immeubles d'habitation flambant neufs et remarquablement laids. Nous sommes repassés par le centre-ville. Toute la place du marché avait été refaite, elle aussi. Des bâtiments hauts de trois ou quatre étages avaient poussé un peu partout. L'allée Berthelot avait été entièrement réaménagée. Tous les arbres avaient été abattus pour que d'autres, plus chétifs, soient replantés. Personne ne savait pourquoi et selon quelle logique. Si les tilleuls d'origine étaient malades, ou s'il s'était agi de faciliter les travaux.

Enfin, nous nous sommes dirigés vers l'allée des Sycomores. Tu as d'abord voulu que nous entrions dans la résidence d'à côté. J'ai souri en me rappelant combien les maisons du Clos Saint-Michel nous avaient si longtemps paru luxueuses et les rues qui les bordaient cossues. Ce n'était pourtant qu'un alignement banal de pavillons tous identiques, cachant des jardins de taille moyenne. La « folie » n'était pas beaucoup plus qu'une bâtisse blanche au toit d'ardoises, sise au milieu d'une pelouse moins vaste que dans nos souvenirs. L'étang était si petit et si peu profond, l'île si proche du rivage. On en venait à douter que Clément ait pu manquer s'y noyer. Que tant d'eau ait pu inonder ses poumons.

Allée des Sycomores, tout avait un peu vieilli. Le crépi des maisons était sale, la peinture de certains volets s'écaillait. Les murs étaient constellés de taches d'humidité. Nous nous sommes attardés un moment devant la maison d'Alex, puis devant la mienne, et enfin devant la tienne. Elles ne l'étaient pourtant plus. Elles l'étaient pour toujours. Derrière les fenêtres s'agitaient des couples dans la trentaine, des enfants encore petits. La vie continuait, une autre génération avait pris le relais et c'était très bien ainsi.

Je me souviens de cette journée comme d'un moment heureux, très doux, lumineux. Tu étais très gai, ne cessais de blaguer malgré la fatigue. Nous avons fini par les deux cimetières et même là-bas rien ne semblait vraiment peser. Nous étions en paix, je crois. Accordés à ces lieux où s'étaient joués tant de moments de nos vies. Nous n'avions rien à leur reprocher. Nous nous y sentions chez nous. Quoi qu'ils aient pu nous réserver.

C'est au retour, dans la voiture, que nous avons commencé à nous raconter notre propre histoire. Ça te paraissait le bon moment pour tout récapituler, et nous dire ce que nous n'avions jamais réussi à nous dire jusqu'alors. Le bon moment aussi pour nous rappeler ensemble tout ce que nous avions partagé. Nous avons continué dans les jours, les semaines qui ont suivi. Par téléphone. Par mail. De visu. Puis dans ta chambre d'hôpital, quand tu as dû y retourner.

Et me voilà à ton chevet. Ça fait maintenant une semaine que tu es là. Le hasard a voulu que tu entres ici au début des vacances. J'ai aussitôt rappliqué. Nous logeons chez toi et je viens tous les jours. Quand je suis ici, Chloé reste avec tes enfants ou bien chez leur mère quand eux-mêmes viennent te voir. Nous nous relayons. Nous ne voulons pas te laisser seul. Le soir nous dînons tous ensemble. Marion y compris. Nous nous entendons bien, elle et moi. Nous nous sommes toujours bien entendues, en fait. Et son mec n'est pas si atroce que tu as toujours bien voulu le dire. De toute façon il ne s'attarde jamais à table, s'enferme dans sa chambre et nous laisse bavarder en descendant des bouteilles de blanc, tandis que les enfants jouent à Dixit ou à Imagine.

Le docteur prend des gants, mais il ne veut pas nous donner de faux espoirs. À ses yeux, le traitement que tu reçois actuellement est celui de la dernière chance et les statistiques ne plaident pas en ta faveur. Mais ni moi ni tes enfants ne voulons y croire. Je sais ce que tu dirais : qu'est-ce que ça change, qu'on y croie ou non ? Qu'on prie ou croise les doigts. Tu as toujours détesté l'idée que la guérison puisse être une question de volonté ou de courage. Qu'en était-il alors des enfants qui succombent ? Qui pouvait croire qu'ils n'avaient plus envie de vivre, qu'ils abandonnaient la partie à un moment ou à un autre ?

— Faire croire que certains d'entre nous ont en quelque sorte « mérité » de guérir, c'est de la saloperie pure et simple.

N'empêche que chaque jour, je prie pour que ça marche. Je ne sais pas à qui je m'adresse. Je n'ai jamais été croyante moi non plus. Je m'en remets à la chance, à la vie, à l'amour ou à ce que tu voudras. C'est absurde mais c'est plus fort que moi.

Je ne sais ce qui t'épuise le plus. Le traitement ou la maladie. Mais la plupart du temps, tu dors. Je te regarde. Je ne te quitte pas des yeux. Hier je me suis glissée sous les draps et me suis collée contre toi. Je t'ai serré dans mes bras. Puis j'ai pris ta main et lui ai fait parcourir mon visage, mon cou, mes seins, mon ventre. Tu as entrouvert les yeux un instant avant de te rendormir. Quand tu t'es réveillé quelques heures plus tard, tu m'as dit, C'est drôle, j'ai rêvé que nous dormions ensemble.

— Et ?

— Et c'était bien. Aussi bien que si nous avions fait l'amour.

— Nous le ferons un jour. Bientôt.

— Tu dis encore ça pour que je tienne bon.

— Je ne sais pas. Tu crois que ça suffirait ?

— C'est bien possible. Oui. Je crois. S'il n'en tenait qu'à moi, ça suffirait. Je t'aime.

Tu as souri faiblement. Je t'ai répondu, Moi aussi. Mais déjà tu t'étais rendormi. Tu n'as pas rouvert les yeux depuis.

On toque à la porte. Ça doit être l'heure des soins. Je vais m'éclipser. Je n'aime pas te laisser. Sauf quand c'est pour tes enfants. Parfois, lorsqu'ils viennent te rendre visite, je reste un peu avec eux dans la chambre. Les voir à ton chevet, espérant que tu t'en sortes, redoutant que la maladie t'emporte, me brise le cœur. Trop souvent j'ai les larmes aux yeux et je m'en veux. J'aimerais tant apaiser leur frayeur, les rassurer, les consoler. Mais je ne peux qu'être là, auprès d'eux, avec eux. Je suppose que ce n'est déjà pas si mal. Que dans ces moments-là on ne peut pas faire beaucoup plus. Et je sais que si les choses tournent mal, ce sera aussi mon rôle. Demeurer à leurs côtés autant que possible. Même si je n'en mènerai pas bien large moi non plus.

C'est bête mais tu sais, quand on toque ainsi à la porte de ta chambre, parfois c'est Alex que j'imagine apparaître. Je ne te l'ai jamais dit mais je n'ai jamais cessé de lui écrire. Je le fais à l'adresse mail qui a été la sienne jusqu'à ce qu'il s'évapore. Contrairement à ses comptes Instagram et

Facebook, il semble qu'elle n'a pas été désactivée. Quand j'envoie un message, rien ne m'indique qu'il n'a pas été distribué. Ni même lu. Je lui écris tous les mois. Lui donne des nouvelles de Chloé. Lui envoie des photos. Lui dis que j'espère qu'il est en vie et qu'il va bien, où qu'il soit. Qu'il a trouvé ce qu'il cherchait. Et que si un jour il regrette ce qu'il a fait, si un jour il veut ressurgir dans nos vies, alors nous l'accueillerons sans reproche ni colère. Nous serons là. Nous l'attendons.

Avant-hier, je lui ai annoncé que tu étais de nouveau à l'hôpital. Et qu'il n'était pas certain que tu en réchappes cette fois-ci.

L'infirmière entre. Je sors le temps qu'elle fasse ce qu'elle a à faire. Dans le couloir, alors que je me dirige vers la cafétéria, ton médecin me salue d'un bref hochement de tête. Je lui demande s'il est normal que tu dormes autant et il se contente de hausser les épaules. Il m'énerve à la fin. Avec lui on croirait que tout n'est question que de hasard. Comme si tout se jouait à la roulette russe. Je le lui fais remarquer. Il me répond que c'est un peu ça en effet. Qu'on ne peut jamais savoir comment le corps, la maladie vont réagir chez un individu en particulier. En la matière les statistiques ne servent à rien. Les taux de guérison ne valent pas tripette.

— Un patient souffre d'une maladie. On tente des choses. Ça marche ou ça ne marche pas. Il n'y a pas d'autre règle. Et ça vaut pour tous les cas. Si on vous dit que vous avez 75 % de chances de guérir de ce cancer, au fond il n'y a qu'une alternative. Soit vous vous en sortez, soit non. Une chance sur deux. Et c'est pareil si on vous annonce que vous n'avez que 10 % de chances de vous en tirer. Soit c'est le cas soit non. Une chance sur deux. Tout ce que je peux vous dire, c'est que le corps de votre ami lutte comme il peut. Le fait qu'il dorme tant peut être le signe qu'il a besoin de ça pour mobiliser toutes ses forces. Ou bien qu'il n'en a déjà plus assez. Mais il faut garder espoir. Jusqu'au bout.

— Tant qu'il y a de la vie, y a de l'espoir, c'est ça votre philosophie de la médecine ?

— En quelque sorte. C'est bien maigre, je sais…

Il n'y a pas grand monde à la cafétéria. Je me glisse dans la file d'attente. Je jette un œil à travers les vitres en attendant mon tour. La neige tombe sur le parking.

L'infirmière vient de ressortir de ta chambre. Je la vois dans le couloir, qui trimballe son chariot. Je m'approche et elle me lance un petit sourire.

— Il a de la visite, m'annonce-t-elle.

Tes parents, peut-être, pensé-je. Hier ils m'ont dit qu'ils envisageaient de venir te voir. Malgré la route, le givre, la distance. Ils sont vieux, maintenant.

J'ouvrirai la porte.

Le soleil inondera la pièce.

D'abord, de dos, assis près de ton lit, penché sur toi, je ne le reconnaîtrai pas. Ses cheveux seront gris. Son corps plus épais, son dos légèrement voûté.

Il se retournera enfin. Et me lancera un regard désolé. Un regard d'enfant. Puis ses yeux embués de larmes se reposeront sur ton visage endormi.

Il te tiendra la main.

Je contournerai le lit et m'assiérai de l'autre côté. Face à lui.

Je te prendrai la main à mon tour.

Je me pencherai et murmurerai à ton oreille :

— Paul. Réveille-toi. Alex est venu te voir.

ET TOUTE LA VIE DEVANT NOUS

Tu émergeras des brumes. Ouvriras les yeux et nous regarderas l'un après l'autre.

Puis tu nous serreras fort les doigts. Et tu nous souriras.

Cet ouvrage a été mis en pages par
<pixellence>

Imprimé en France par CPI
en mai 2025

Dépôt légal : août 2025
N° d'édition : 660590-0
N° d'impression : 183731